JN318625

訳文庫

天使の蝶

プリーモ・レーヴィ

関口英子訳

kobunsha
classics

光文社

STORIE NATURALI
by
Primo Levi
© 1966 e 1996 Giulio Einaudi Editore S.p.A.,Torino
Prima edizione《 I coralli 》1966
Japanese translation rights arranged with Giulio Einaudi Editore S.p.A.
through Japan UNI Agency,Inc.

目次

天使の蝶

（前略）よしお信じ下さらなくとも、私は気にかけはいたさぬが、性(さが)善(よ)き人、分別ある人ならば、他人の言ったことや書物で読んだことは、常にこれを信用するのが当り前である。ソロモンの『箴言』第十四にこう記してあるではないか？「純真ナルモノハ一切ノ言葉ヲ信ズ云々」と。

（中略）私としては、これを非とすることを何一つ聖書には発見できないのである。しかし、諸君は、たとえ神様の思召しが左様であったとしても、神様はこのようなことはなされるわけがないと言われるかな？　ははあ、お願いでござる、そんな阿呆なことを考えて脳味噌をぐちゃぐちゃになさらぬがよい。蓋(けだ)し、申上げて置くが、神には不可能ということが全くない以上、もし神がそうとお望みになりさえすれば、今後御婦人方は、このように耳から子供を生むことにもなろうというものだ。

　そもそもバッコスは、ユピテルの腿(あし)から生れたのではないか？

（中略）ミネルウァは、ユピテルの脳のなかから耳を通って生れたではないか？

（中略）カストールとポルックスとは、レダが産み落して、これを孵（かえ）したという卵の殻（から）から生れたではないか？

　それはともかくとしても、奇怪で自然に反する様々な出産のことが書きしるされてあるプリニウスの一章を全部今諸君にお話し申上げたら、諸君はいよいよびっくり仰天されるに相違ない。しかし、私は彼ほど自信たっぷりな嘘吐（つ）きでは決してない。諸君は、この男の『博物誌（ヒストリヤ・ナトゥラリス）』第七巻第三章を読まれて、これ以上私の頭を煩わさぬようにしていただきたいものだ。

フランソワ・ラブレー『ガルガンチュワ物語』第一之書第六章
渡辺一夫訳（岩波文庫）

1　ビテュニアの検閲制度

この国における文化的な生活がいかに乏しいものであるかは、すでに別の機会にも述べたとおりだ。いまだに文芸保護政策を基盤とし、資産家の援助に頼りながら、かなり高額の報酬を得ているひと握りの専門家や芸術家や技術者の手に委ねられているのが現状だ。

とりわけ興味を引くのが、検閲の問題を解決するために考案されたシステムである。というより、〝自発的に課した〟といったほうが、むしろ適切かもしれない。今から十年ほどまえ、ビテュニアではさまざまな理由から、検閲の〝需要〟が急速に高まった。わずか数年で、既存の中央検閲局が職員の数を倍に増やしただけでなく、ほぼすべての県庁所在地に、支局を新しく置かなければならなくなった。

しかし、必要な人材を確保するのは、困難となるばかりだった。よく知られるとおり、検閲官の仕事というものは難しく、慎重さを求められる。他の分野で抜群の才能を誇る人材でさえ、じゅうぶんには対応できない特殊な知識が求められることもしばしばだ。それだけでなく、検閲の作業じたい危険をともなうものであることが、最近の統計から明らかとなった。

とはいえ、直接に報復される危険があるわけではない。ビテュニアの有能な警察のおかげで、報復行為はほとんどみられなくなっていた。問題は、別にある。当地でおこなわれた労働医学の綿密な調査により、きわめてやっかいで回復不可能な、特殊な職業病の存在が明らかとなったのだ。

発見者により、この病は《発作性識別症候群》または《ゴウェリウス病》と名付けられた。最初のうちは、どことなくだるいといった漠然とした症状がみられるだけだが、年月がたつにしたがって、感覚器官にさまざまな障害（二重視、嗅覚や聴覚の不調、特定の色や味に対する異常反応など）をきたすようになる。そして、たいてい小康状態と再発をしばらく繰り返したあげく、重度の精神疾患や倒錯を引き起こす。

そのため、高給が保証されていたにもかかわらず、国の採用試験に応募する人の数は激減し、それと反比例するように、経験を積んだ職員の負担が増え、前代未聞の臨界点に達していた。どの検閲局にも、未決事項（脚本、楽譜、手書きの文書、造形芸術作品、ポスターの下書き）がところ狭しと積みあげられ、あらかじめ設けられていた緊急時用の保管所だけでなく、ロビーや廊下、トイレや洗面所までもふさぐ始末。とある支局などでは、積みあげられた山が崩壊し、下敷きとなった課長が窒息死するという事件が起こった。救急隊の到着が間に合わなかったのだ。

　そこで最初に検討された対策が、機械化である。支局ごとに、最新の電子機器が導入された。わたしは、機械についてはまったくの門外漢なため、機能を正確に説明することはできない。なんでも、それぞれ三段階に区分された単語、暗喩（ヒント）、筋書き（プロット）、論題（トピック）の判断基準値のリストが、磁気メモリ内に収められており、第一ランクに符合するものが見つかった場合、照合中の作品からその部分が自動的に削除され、第二ランクであれば作品そのものが破棄され、第三ランクの場合には、著者および出版者が即座に逮捕、絞首刑となる仕組みらしい。

　その結果、こなせる仕事の量は飛躍的に増え、わずか数日でどこの検閲局もすっきりと片づいたが、検閲の質からすると、じつに劣悪なものとなってしまった。世間を震えあがらせる見落としが、頻発したのだ。クレール・エフレム著の『ズグロムシクイの日記』といった類（たぐい）のものまでが、〝検閲済み〟として刊行され、飛ぶように売れた。明らかに非倫理的で、文学的価値も疑わしい作品であるにもかかわらず、著者が、見えすいた初歩的な細工をほどこし、当時の一般道徳に反する描写を、暗喩や婉曲の表現でことごとくカムフラージュしていたのだ。

いっぽう、《タトル事件》のような痛ましいケースも起こった。著名な軍事評論家・歴史家であるタトル陸軍大佐は、コーカサス戦争にかんする著書で、〝決起〟という言葉を用いたのだが、ありふれた誤植により〝発起〟と印刷されていたため、イッサルヴァンの自動検閲センターで、卑猥（ひわい）な表現を暗示したものと見なされ、絞首台にのぼらされたのである。家畜の飼育について月並みなガイドブックをまとめた著者も、おなじような悲劇の犠牲となりかけたが、いったん海外に逃れ、刑が確定するまえに国務院に控訴できたため、奇跡的に難を逃れた。

民衆に広く知られることとなったこの三つのケースだけでなく、似かよったハプニングがほかにも無数に起こり、人びとの口から口へと噂がひろまった。ただし公式には、そのような過ちはないものとされていた。関連のニュースを伝えようものなら、それもまた検閲の対象とされたからだ。

こうして、状況は惨憺（さんたん）たるものとなり、同国の文化の担い手たちは、ほぼ完全に手を引いてしまった。以来、現状を打開しようという試みが、小規模ながらも幾度かなされたが、いまだ解決に至っていない。

ただし、数週間ほどまえ、いくらか期待の持てそうなニュースを耳にした。名前は伏せられているものの、ある自然科学者が、広範にわたる一連の実験結果として、家畜の心理にかんする新たな見解を報告書にまとめ、それが論議を呼んでいるらしい。家畜に特殊な訓練をほどこすと、運搬や整頓といった単純作業を任せることができるだけでなく、ほかでもない、選別作業をさせることも可能だというのだ。

これは、じつに多様な分野に応用できる魅力的な発見であり、ほとんど無限大の可能性を秘めている。

本稿執筆時までにビテュニアの新聞で報道された記事をまとめると、だいたい次のようになる——検閲の仕事を人間に任せると、脳が冒される危険があり、機械に任せると、あまりに杓子定規に振り分けられるという問題が生じる。そのため、然るべく調教した動物にやらせてみたところ、成果があがったというのだ。とまどいを禁じ得ないニュースだが、よく考えてみると、不合理なことは少しもない。煎じつめていうならば、検閲も、選別作業の一種にすぎないのだから。

不思議なことに、人間に近い哺乳類は、この手の作業にあまり適していないことが判明した。犬や猿や馬は、あまりに利口で繊細なため、たとえ訓練を受けたとしても、判定係としては不適格なのだ。前述の科学者によると、過度に感情的に対応してしまい、外部からの些細な刺激に、予想もつかない反応をすることがあるらしい。

だからといって、いかに労働環境を整えようと、外部からの刺激をゼロにすることは不可能だ。それだけでなく、おそらく生まれながらの性質と思われるが、特定の心理的な要素に対し、いまだ解明できない好みを示すだけでなく、彼ら自身の記憶があまりに鮮明で、抑制不可能なのだ。要するに哺乳類は、検閲という目的からするならば明らかな障壁といえる、〝繊細の精神（エスプリ・ド・フィネス）〟を露呈してしまうわけだ。

対照的に、おどろくほどの成果をあげたのが、一般種のニワトリである。その成績があまりに優秀だったため、実験的な試みとして、四か所の検閲局で、経験を積んだ職員の管理・監督のもと、メンドリのチームが検閲作業にあたっている。メンドリは入手が容易だし、初期投資にも維持にもさほど費用がかからないだけでなく、与えられた思考の図式に几帳面にしたがい、すばやく確実に選別をおこなうことができる。しかも、冷静沈着な性格と、すぐに消える記憶のおかげで、迷うということがまったくない。

あと数年もすれば、全国各地の検閲局に同様のシステムが普及するだろうというのが、当該関係者のあいだの共通の見解である。

当局による検閲済み

2

記憶喚起剤（ムネマゴギー）

ドクター・モランディは（ドクターと呼ばれることにまだ慣れていなかったが）、せめて最初の二日ぐらい、自分の正体を村人に知られずに過ごしたいものだと思いながら、長距離バスから降り立った。しかしすぐに、叶（かな）わぬ願いだとわかった。

カフェ・アルピーノの女主人は、特別な反応は示さなかった（他人にあまり関心がないか、さもなければ観察力に乏しい人なのだろう）。だが煙草屋のおかみさんが、慇懃（いんぎん）ではあるものの、まるで母親のような、それでいてどこか見下すような笑みを浮かべたのを見て、もはや自分は、隠れようのない〝新任のドクター〟であることを思い知らされたのだった。——僕の顔に学位が書いてあるにちがいない——と彼は思った。——「汝、永遠の医師なり（トゥ・エス・メディクス・イン・アエテルヌム）」と誓わされただけでもじゅうぶん重荷なのに、誰もが僕が医者であることに気づくんだ——。モランディは、やり直しのきかないことが好きではなかった。そのせいか、少なくともいまは、一連の出来事を、半永久的に続くであろう大きな厄介ごとぐらいにしか思っていなかった。——この世に生まれ落ちる瞬間に体験するトラウマのようなものさ――。たいした脈絡もないまま、彼はそう結論づけた。

……そうして、あたかも正体がばれたことから派生する最初の義務であるかのように、その足でモンテサントに会いにゆくことにした。カフェにもどり、旅行鞄から紹介状をとりだした。太陽が照りつける人気のほとんどない街を、表札を探して歩きだす。

誰かに道を尋ねることは憚られた。ごくたまにすれ違う村人の表情から、あまり好意的とはいえない好奇心が読みとれたのだ。何度も無駄に歩きまわったあげく、ようやく目当ての表札を見つけた。

古ぼけた表札を予想してはいたものの、実際のそれは想像をはるかに上まわるもので、緑青に覆われ、書かれている苗字さえ判読しかねるほどだった。家の鎧戸はすべて下ろされ、低めの正面玄関は色褪せ、壁もところどころ剝げ落ちている。モランディの足音に、数匹のトカゲが音も立てずにすばやく逃げていった。

扉を開けに下りてきたのは、モンテサントその人だった。上背のあるがっしりとした体格の老人で、疲労感の漂う物憂げな顔つきに、目だけが、近視ではあるものの鋭く光っていた。物静かでどっしりと構えた迷いのない身のこなしは、熊を思わせる。背広は羽織っておらず、襟を取り外したワイシャツは皺だらけで、とても清潔とはいえそうになかった。

途中の階段も、通された二階の書斎も、薄暗く、うら寂しかった。モンテサントは椅子に腰掛け、モランディにも座るように勧めた。ひどく座り心地の悪い椅子だった。モンテサントはゆっくりと紹介状に目を通していた。そのあいだモランディは、こんなところに二十二年も閉じこもっているのかと、心のうちで身震いした。目が少しずつ暗いところに慣れてきたので、周囲を見まわした。

机の上には、手紙、雑誌、処方箋だけでなく、もはやなんであるかもわからない黄ばんだ紙切れが、呆れるほど堆く積まれていた。天上から長く垂れさがった蜘蛛の糸が、付着した埃のおかげではっきりと見え、昼下がりのかすかな空気の流れに、気だるく動くのがわかった。ガラス張りの戸棚には、わずかばかりの古道具と数本の瓶。どの瓶も、あまりにも長いあいだ液体が保管されているせいで、ガラスの内側が変質し、液体の高さに跡がついている。壁には、思いがけず懐かしい《一九一一年度医学部卒業生》の写真が引き伸ばされ、額に飾られていた。彼もよく知っている写真だ。角張った額と、がっしりとした顎のモランディの父が写っていた。そのすぐ隣には、いま彼の眼前にいるイニャツィオ・モンテサントの、すらりと明晰そうな姿がある（それにしても、とても同一人物とは思えない！）。おどろくほど若く、当時の大学卒業生に特有の、悲壮なエリート意識が感じられる英雄気取りの面持ちだった。

　読み終わると、モンテサントは紹介状を書類の山のいちばん上に置いた。すると、手紙は見分けがつかないほど完全になじんでしまった。

「よろしい」と、彼は口をひらいた。「じつに嬉しいことだ。こうして定めにより……いや、運命により……」

　しかし、残りはもごもごつぶやくだけで聞きとることもできず、やがて長いこと黙りこくってしまった。老医師は、自分の座っている椅子を後ろの二本の脚だけで立たせるように傾け、ぐいと天井を見つめている。相手がふたたび口をひらくのを待つモランディ。沈黙が耐えきれないものとなりつつあったとき、不意にモンテサントが話しだした。

　最初のうちは多くの間を挿みながらだったが、しだいに能弁となり、長いあいだ喋りつづけた。表情にはだんだんと生気がもどり、顔はやつれているものの、瞳が生き生きと輝き、快活に動きはじめた。モランディは、目のまえにいる老人に対して紛れもない好感を覚え、しかもそれがしだいに増していることに気づき、驚いた。それは明らかなモノローグであり、モンテサントがようやく手にしたヴァカンスのようなものだった。彼にとって、他人と話す機会はごく稀にしかなく（それでも、話術を心得ているだけでなく、会話の重要性を認識していることは見てとれた）、もはや失われつつある思考が昔ながらの力強さを回復する、束の間の時間にちがいない。

　モンテサントは喋りつづけた。はじめて医師として仕事をしたのは、先の大戦の最中で、戦場や塹壕で苛酷な体験をしたこと。その後、大学にもどってキャリアを積もうと試み、はじめこそ熱意を持って取り組んだが、だんだんと無気力になり、しまいに同僚の無関心に流されるように途中で投げ出し、以来なにもやる気がしなくなってしまったこと。言葉では説明できない何かを求めて、志願して僻地の嘱託医を引き受けたものの、けっきょく何も見つからなかったこと。そして、自分とは救いようもなく隔たった偏狭な地域社会で、善人も悪人もこぞって愚直な村人にかこまれながら、余所者として暮らす今の生活のこと。現在よりも過去の記憶が圧倒的に優先され、やがてすべての情熱も破れ、最後には思想の尊厳と、精神的な事象こそが第一義だと考えるようになったこと……。

――風変わりな老人だ――と、モランディは思った。もう一時間近くも、こちらの顔を見もせずに一方的に話しつづけている。最初のうちこそ、より現実的な話題に誘導しようと、間合いをはかりながら何度か試みた。診療所の医療体制や、新しくすべき医療機器の有無や、薬品棚の状態を尋ねたり、自分がこれから住む場所についても訊いたりしたが、もともと引っ込み思案だったし、口を挿むのは控えておこうと思いなおしたせいもあり、うまくいかなかった。

　やがて、モンテサントはふたたび黙りこんだ。顔は天井をあおぎ、視線ははるか彼方に向けられている。心のうちで独り語りをつづけているのは明白だった。モランディは当惑した。なにか言うべきなのだろうか。もしそうだとしたら、なにを？　老医師は、自分が書斎にひとりでいるわけではないことを理解しているのだろうか、などと自問してみた。

　モランディの存在を忘れたわけではなかったらしい。老医師は、いきなり椅子の脚を四本とも床にもどし、つくったような奇妙な声で言った。

「モランディ君、きみは若い。じつに若い。きみが優れた医者だということは承知している。というより、優れた医者となるだろう。しかも、きみは心優しい人間でもある。たとえこれまでのわたしの話や、これから話すことを理解してくれるだけの優しさを持ち合わせていなくとも、せめて笑わずにいてくれるだけでかまわない。いや、笑ったとしてもたいした問題ではない。ご存じのとおり、おそらくわたしたちはもう二度と会うことはないのだから。それに、若い者が年寄りを笑うのは、ごく普通のことなんだ。ただし、ひとつだけ頼みがある。わたしがこんなふうに自分のことを話すのは、きみが初めてだということを忘れないでほしいのだ。きみがとくに信頼に足る人間に思えたなどと、お世辞を言うつもりは毛頭ない。率直なところ、ここ何年ものあいだこのような機会は訪れなかったし、おそらくこれが最後だと思う」

「どうぞ、お話しください」モランディは、たんにそう言っただけだった。

「モランディ君。特定のにおいが、特定の記憶を呼び覚ます強い力を持っていることに、これまで気づいたことがあるかね？」

それは、不意打ちだった。モランディは、やっとの思いで唾を飲みくだし、自分も気づいたことがあるだけでなく、理論的な解明を試みたこともあると応えた。モランディは、なぜいきなり話題が変わったのか、さっぱり見当がつかなかった。

ある年齢以上の医者ならば誰しも持っている〝こだわり〟なのだろうと思うことにした。アンドリアーニもそうだった。名声も高く、多くの患者に慕われ、経済的にも恵まれていたというのに、六十五歳にもなって、滑稽きわまる〝神経界〟とやらに現を抜かすようになった。

モンテサントは両手で机の隅をつかみ、額に皺を寄せて空をにらんでいたが、ふたたび口をひらいた。

「きみに、尋常でないものをお見せしよう。わたしが薬学部で助手を務めていたとき、アドレナリン類を鼻から吸ったさいの作用を、かなり徹底的に研究したことがあってね。といっても、人類に役立つようなことは何も発見できなかった。それでも、間接的ながら、成果がひとつあったんだ。

嗅覚にまつわる問題、とくに嗅覚と分子構造の関係の研究には、その後もずいぶん時間を費やした。この分野は多くの可能性を秘めているし、とりたてて機材や資金を持たない研究者でも扱うことができると、わたしは思っている。喜ばしいことに、最近ふたたびこの分野を研究対象とする者が出てきたようだし、きみたちの唱えている電子理論についても知っている。しかし、いまわたしがこの問題に関心を持っている理由は別にあるんだ。わたしがここに持っているものは、おそらく世界じゅうを探しても、ほかに持っている人はいないはずだ。

なかには、過去をまったく顧みず、死者の墓守りは死者に任せればいいという連中もいる。そうかと思えば、過去にこだわり、過去が次々と姿を消してゆくのを嘆く人もいる。はたまた、身の回りのすべてを忘却から守るために、毎日欠かさず日記をつける几帳面な人や、形のある物を思い出として家に保管したり、身につけて歩いたりする人もいる。本の献辞やドライフラワー、髪の毛の束や写真、昔の手紙……。

わたしは、自分の記憶のほんのかけらさえ、消えてなくなることが恐ろしくてたまらない性分でね。いま挙げた方法をひと通り試しただけでなく、新しい方法まで編み出した。

といっても、科学的な発見ではない。薬理学者としての経験を活かすことによって、わたしにとって特別の意味を持ついくつかの感覚を、厳密に、かつ保存可能な形で再現することに成功したんだ。

先ほども言ったように、このことは他人には話さないのだが、わたしは、それを記憶喚起剤（ムネマゴギー）と呼ぶことにした。ちょっと来てくれないか？」

モンテサントは立ちあがり、廊下を歩きはじめた。中ほどまで行ったところで振り返ると、こう言い足した。

「おわかりのとおり、少量ずつ使わないと、記憶を喚起する力が弱くなってしまう。それと、いうまでもなく、どれも必然的に個人の記憶でしかない。密接に個人と結びついているものなんだ。むしろ、わたしという人格そのものと言えるだろう。少なくともわたしの一部は、それらから成り立っているのだから」

彼は、戸棚を開けてみせた。磨(す)りガラスの栓のある小瓶が五十ほど並んでおり、番号が振ってある。

「さあ、どれを試してみるかね？」

モランディはとまどって彼の顔を見ていたが、ためらいがちに手を伸ばし、一本選んだ。

「栓をあけて、においを嗅いでみたまえ。どんな感じだね？」

モランディは、幾度か深く吸い込んだ。最初はモンテサントの顔を見つめながら。つづいて、記憶を手繰(たぐ)るように上を見ながら。

「兵舎のにおいのようにも思えますが……」

モンテサントは自分もにおいを嗅いでから、「近いが、正解とは言えないな」と応えた。「いや、わたしにとっては違う、と言うべきだろう。これは、小学校の教室のにおいなんだ。正確には、わたしの小学校の、わたしの教室のにおいと言ったほうがいいかもしれない。成分はあえて詳しく説明しないが、揮発性脂肪酸と不飽和ケトンが含まれている。きみにはさして意味のないものだろう。しかし、わたしにとっては幼年時代そのものなんだ。

小学一年のときのクラスメート三十七人の写真もあるが、この小瓶のにおいのほうが、はっきりと呼び起こしてくれる。書き方練習帳をまえに延々と続く退屈な時間や、最初の書き取り問題が読みあげられるのを待つ子ども――とりわけ子どもの時分のわたし――ならではの心持ちをね。これを嗅ぐと――いまは別だ。ある程度、精神を集中させなければならん――、そう、七歳のころ、授業中に指されるのを待っていたときのように、胃が締めつけられるんだ。次はどれにするかね？」

「このにおいは、どこかで嗅いだことが……えっと……田舎の祖父の家に、果物を熟成させる部屋があって……」

「おみごと」モンテサントは、心から満足そうに言った。「医学書に書かれているとおりの答えだ。我々の職業とかかわりのあるにおいを嗅いでもらうことができてよかった。これは、ケトアシドーシスを起こした糖尿病患者の呼気のにおいだ。きみも何年か現場での経験を積んでいれば、自力でわかっただろうがね。知ってのとおり、致命的な症状の徴候で、昏睡状態の前触れともいえる。

わたしの父は糖尿病で亡くなった。十五年前にね。長く患い、苦しんだあげくの死だったよ。わたしにとって、父は偉大な存在でね。わたしは幾晩も父に付き添い、父という人格がしだいに失われていくのを、なす術もなく見ているだけだった。それでも、けっして無駄な看病ではなかった。看病という経験によって、それまで抱いていた確信の多くが揺らぎ、わたしの人生観は大きく変化した。したがって、わたしにとってはリンゴのにおいでも糖尿病のにおいでもなく、生涯に一度だけ経験した宗教的危機の、清めにも似た厳かな苦悩の記憶なのだよ」

「……これは、まさしくフェノール酸のにおいですね！」三本目の瓶のにおいを嗅いだモランディは、そう叫んだ。

「そのとおり。これは、きみにとっても、意味のあるにおいではないかと思ってね。とはいえ、きみが病院での研修を終えてから一年も経っていないのだから、思い出は熟していないだろう。気づいたかもしれないが、このような仕組みで記憶を喚起するには、決まった刺激が、特定の場所や精神状態と結びつき、繰り返し作用したあとで、比較的長い期間の中断を経る必要があるんだ。記憶がなんらかの表象となるためには、古びた味わいを持たなければならないことは、一般にも知られているとおりだ。

　わたしも病院で研修をしていたときに、フェノール酸を肺にいっぱい吸い込んだものだよ。四半世紀（しはんせいき）も昔のことだがね。当時とは異なり、いまやフェノールは消毒薬の原料には用いられなくなったが、わたしたちの時代にはさかんに使われていた。だから、いまだにフェノール——といっても、化学的に純粋なものではなく、わたしにとって特別な意味を持つよう、ごく微量だがいくつかの物質を加えてある——のにおいを嗅ぐと、必ず複雑な情景がよみがえるんだ。あのころ流行していた歌や、哲学者パスカルに対する若者ならではの陶酔、春になると疼（うず）く腎臓や膝、そして、おなじ学科の女友だち……。噂によると、先（せん）だっておばあちゃんになったらしい」

　こんどはモンテサント自身が瓶を選び、モランディに差し出した。

「この調合剤は、正直なところ、いまだにちょっとした自慢なんだ。これまで結果を公（おおやけ）にしたことはないが、わたしは真の科学的大発見だと思っている。きみの意見を聞かせてくれないか」

　モランディは慎重ににおいを嗅いでいた。はじめてのにおいではないことは確かだ。焦げたような、乾いたような、熱いような……。

「……二個の火打ち石がぶつかり合ったときのにおいですか？」

「ああ、そうとも言えるだろう。きみはすばらしい嗅覚の持ち主だね。岩が山の頂で太陽に熱せられると、このにおいを発する。とくに落石が起こる直前にね。これをガラス瓶のなかで再現し、嗅覚に与える刺激の質が変化しないよう、構成している物質を安定させるのは、けっして容易ではなかったよ。

　わたしは、昔よく山登りをした。たいがい一人でね。頂上まで登りつめると、ひっそりとたたずむ大気のなか、陽光を浴びながら寝そべったものだ。いかにもひとつの目標を達成したという気がしてね。そんなとき精神を集中すると、かすかにこのにおいが感じられた。ほかの場所ではめったに嗅げない。〝達成された平和〟とでも名付けたくなるようなにおいだ」

　最初こそ当惑していたモランディだったが、だんだんとそのゲームに興味が湧いてきた。たまたま手にとった五本目の瓶の蓋を開けると、モンテサントに差し出した。

「これは？」

清潔な肌と、おしろいと、夏のにおいがふんわりと舞った。モンテサントはにおいを確かめ、瓶を元の位置にもどすと、言葉少なに言った。

「これは、場所でも時間でもない。ある人の思い出だ」

そして、戸棚を閉めてしまった。有無を言わせぬ口調だった。モランディは興味や感嘆を伝える文章を頭のなかで組み立ててみたが、心のうちに生じた奇妙なバリアを打ち破ることができず、けっきょく口にしなかった。そして、またの来訪をそれとなく約束すると、そそくさと暇(いとま)を告げ、階段を駆け下り、陽射しの照りつける外へと出た。頰が烈しく紅潮しているのを感じた。

五分後、モランディは松林にいた。山道から遠く外れた場所で柔らかな下草を踏みつけながら、急な坂道をしゃにむに登ってゆく。筋肉も肺も心臓も、なんの助けも必要とせず、ごく自然に機能している。それはじつに心地よい感覚だった。二十四というすばらしき年齢。

彼は、これ以上無理だという限界まで、登るスピードを加速した。血管の脈打つ音が耳の奥で響く。それから草むらに寝そべり、瞳を閉じて、まぶた越しに太陽の赤い光を感じた。そうしていると、全身が洗われ、新しく生まれ変わったような気分になる。

そうか、あれがモンテサントか……。いや、逃げる必要はない。自分は、あんなふうにはならないのだから。あんなふうに時の流れに身を任せたりはしない。今日の出来事は誰にも話すまい。たとえ相手がルチアだろうと、ジョヴァンニだろうと。口外したら、彼に失礼だ。

だが、待てよ……ジョヴァンニだけは……それも、理論的なことだけなら……。ジョヴァンニに話せないことなど、これまでひとつもなかったじゃないか。そうだ、ジョヴァンニに手紙を書こう。明日。いや（そこで時計を見やった）、いまがいい。まだ夕方の集配に間に合うだろう。いますぐ。

3

詩歌作成機

登場人物

詩人
秘書
シンプソン氏
詩歌作成機
ジョヴァンニ

プロローグ

ドアがひらき、詩人が登場。ドアが閉まる。

秘書　おはようございます、先生。

詩人　ああ、おはよう。いい天気になったね。ひと月も雨が続いたあとの、ようやくの晴れというのに、オフィスで仕事なんてうんざりだ。今日の予定は?

秘書　それほど多くはございません。祝宴歌の依頼が二件と、ディミトロプロス伯爵令嬢の婚礼祝歌が一件、折り込み広告が十四件、先週の日曜の試合で勝ったACミランの祝勝歌、以上です。

詩人　ちょろいものだな。午前中にはぜんぶ終わるだろう。《詩歌作成機》のスイッチは入れてくれたかね?

秘書　ええ、もう温まっています。（軽いモーター音）すぐにでも仕事にかかれますわ。

詩人　まったく、彼のいないオフィスなんて考えられないよ。それなのに、きみはこんなの要らないと言い張ったんだ。信じられない話だよ。憶えてるかい？　二年前までどんなにたいへんだったか。ほんとうに、死ぬかと思うほどたくさん仕事があって……。

モーター音。

詩歌作成機

タイプライターのカチャカチャという音が、全体に響いている。

詩人　（急いたうんざりとした口調で、ひとりごとをつぶやく）まいったな！　まったくきりがない。おまけに、くだらん仕事ばっかりだ！　自由な着想でものを書く時間が少しもとれやしない。やれ婚礼祝歌だ、折り込み広告だ、賛歌だと、朝から晩までそればかり。きみ、写し終わったかね？

秘書　（タイプライターのキーを打つ手をとめずに）少々お待ちを。

詩人　なにをしてる。急いでくれ。

秘書　（数秒間、猛烈な勢いでキーを打っていたが、ローラーから用紙を抜き取る）できました。ただいま読み直しますので、いましばらくお待ちください。

詩人 もういい。あとでわたしが目を通して、訂正しておく。それより、新しい紙をセットしてくれないか。タイプ用紙二枚、ダブルスペースで。わたしが口述するから、直接打ってくれれば時間が稼げる。葬儀は明後日。ぐずぐずしている暇はない。いや、やっぱり、レターヘッドの入った黒枠の便箋にしよう。サッソニア大公が逝去されたときに印刷してもらった便箋だ。そうすれば、あとで清書せずにすむ。ミスのないように頼むぞ。

秘書 （指示どおりに行動。何歩か歩いて引き出しから便箋を探しだし、タイプライターにセットする）準備できました。お話しください。

詩人 （抒情詩風に、あいかわらずの急いた口調で）「若くしてお隠れあそばされたジークムント・フォン・エレンボーゲン侯爵の死を心よりお悼み申しあげます」（秘書はタイプしている）。そうだ、うっかりしていた。八行詩節で、と依頼されていたんだ。

秘書 八行詩節ですか？

詩人 （いかにもくだらないと言いたげに）そうだ。きちんと韻を踏んだ八行詩節が、お望みだそうだ。マージン・タブを移動してくれ。（しばしの間。考えがひらめくのを待っている）うむ……。よし、打ってくれ。

空は曇り　陽は翳り　実らぬ田畑
我を残し　逝きぬ侯爵　シジスモンド

（秘書はタイプを打つ）本当の名前はジークムントだが、シジスモンドにしておかないと、韻を踏むこともできない。まったく、こんなわけのわからん名字は勘弁してもらいたいものだよ。これで納得してくれるといいのだが……。ここに侯爵家の系図がある。どれどれ……。「ジギスムンドゥス」……、よし、なんとかいけそうだぞ。（間）田畑、稲妻……。きみ、そこの押韻辞典をとってくれないか。（押韻辞典を参照しながら）「田畑、稲妻、野営、救済、痙攣、、、ランピ……」、この〝ランピ〟っていうのは、なんだね？

秘書　（的確に）動詞〝よじ登る〟の変化形と存じますが。

詩人　そうだな。よくこうも、いろいろ拾い集めたもんだ。「瓦落多」……いや、方言は使えないな。「燃えたぎる」。（抒情詩風に）「おお、フランスの民衆よ、燃えたぎれ（アッヴァンピ）、燃えたぎれ！」……そうじゃない。いったいわたしはなにを言ってるんだ！「再現する（スタンピ）」。（考えこんでいる）

……あなたのようなお方を再現（スタンピ）するまで……

（秘書が何文字か打つ）いや、違う。待ってくれ。ためしに言ってみただけだ。ためしなんてもんじゃない。戯言（ざれごと）だよ。侯爵を再現するなんて、無理にきまっているだろう。ほら、消した消した。いや、新しい紙に替えるんだ。（いきなり怒りだして）もういい！　ぜんぶ捨ててくれ。こんなさもしい仕事はうんざりだ！　わたしは、詩人だぞ。大学出の詩人なんだ。三文文士とは訳が違う。似非（えせ）詩人と一緒にしないでくれ。侯爵も、葬送歌も、凱旋賛歌も、追悼歌も、シジスモンドもクソくらえだ。わたしは詩歌を作成する機械じゃない！　いいかい、これから言うとおりに書いてくれ。

「フォン・エレンボーゲン後見人殿、住所に日付……。このたびは、お引き立ていただきましてまことにありがとうございます。某月某日にご依頼いただきました追悼歌の件ですが、残念ながら予想もしていなかった緊急の事情により、ご依頼をお断りさせていただかざるを得なくなり……」。

秘書 （口を挿(はさ)む）お言葉ですが、先生……依頼を断ることはできません。契約書類のなかに、受注確認書と前金の受領書がございますし……違約金も発生するんですよ。お忘れですか？

詩人 そうだった。違約金まであったな。八方ふさがりだ。なにが詩だ！ ふーっ！ こんなのは牢獄だよ。（しばらく沈黙。その後、藪から棒に）電話でシンプソン氏を呼び出してくれ。

秘書 （驚いている。同意しかねて）シンプソンさんですか？ NATCA社の営業の？ 事務機器を扱ってらっしゃる？

詩人 （ぶっきらぼうに）そうだ。彼だ。シンプソンはほかにおらんだろう。

秘書 （ダイヤルをまわす）シンプソンさんをお願いいたします。……ええ、少々お待ちください。

詩人 すぐに来るように伝えてくれ。《詩歌作成機》のパンフレットを持ってくるように。いや、代わってくれ。直接わたしが話そう。

秘書　（小声で。気乗りうすらしく）あの機械を買われるおつもりなのですか？

詩人　（小声で。少し落ち着きをとりもどして）そんな渋い顔をするもんじゃない。きみの考えは間違っているよ。（説得するように）遅れをとるわけにはいかないんだ。きみだって、よくわかっているはずじゃないか。このままでは時代に乗り遅れてしまう。いいかい、こんなことはわたしだって本望じゃないんだ。誓ってもいい。だが、いつかは覚悟を決めないとならん。なに、心配することはない。きみの仕事はなくなったりしないよ。三年前に《請求書作成機》を買ったときのことをおぼえてるかい？

秘書　（電話口に向かって）ええ、そうです。すみませんが、シンプソンさんに代わっていただけないでしょうか。（間合い）そうなんです。急用がございまして……。ありがとうございます。

詩人　（小声で話しつづける）それが、いまじゃどうだい？　あの機械なしで仕事が成り立つとでも？　無理だろう？　いまや電話や輪転機といった機器とおなじように、なくてはならない仕事道具のひとつなんだ。われわれの仕事には、人間の手で生み出す部分が不可欠だし、それは今後もずっと変わらない。しかし、ライバルというものが存在する以上、手間隙ばかりかかる煩雑な仕事は、機械に任せるべきだとわたしは考えるんだ。そう、まさに〝機械的な〟仕事はね。

秘書　（電話口で）シンプソンさんですか？　少々お待ちください。（詩人に）シンプソンさんが出られましたが……。

詩人　（電話口で）シンプソンさん？　忙しいところすみませんね。ちょっとお聞きしたいのですが、このあいだ見積もりを見せてくださったじゃないですか。たしか……えっと……去年の暮れごろでしたかね。（間合い）まさしくそうです。《詩歌作成機》。民間用のモデルです。このあいだ、ものすごく熱心にご紹介くださった……。なんとか一台確保してもらえませんかね。（間合い）ええ、おっしゃるとおりです。ですが、ようやく機が熟したといいますか……。（間合い）結構です。はい、大至急でお願いします。十分後ですって？　それはありがたい。わたしのオフィスでお待ちしています。では、のちほど。

（受話器を置く。秘書に向かって）シンプソンという男は、じつにすばらしい。一流の営業マンだね。あれほど有能な人間は稀だよ。昼だろうが夜だろうが、いつだって客の要望に応じてくれるんだ。残念ながら、この分野の経験はあまりないようだがね。さもなければ……。

秘書　（最初はためらいがちに。しだいに感情が高ぶって）先生……わたくし……わたくしは十五年前から先生のもとでお仕事をさせていただいております……こんなことを申しあげるのは失礼ですが……わたくしでしたら、そのようなことは絶対にいたしません。わたくしのために言っているのではないのです。ですが、詩人ともあろうお方が、先生のような芸術を扱うお方が……そのような機械に甘んずるなんて……。いくら最新機器とはいえ、しょせん機械にすぎません。先生のような卓越したセンスや感性を持ち合わせることなど、不可能に決まっています。わたくしたち、これまで二人でうまくやってきたじゃありませんか。先生が口述されたことを、わたくしがタイプする……それも、ただ打つのではありません。タイプだけなら誰にでもできます。そうではなく、まるで自分のもののように先生の作品を校正し、清書し、句読点を打ち、性や数の一致を見直しているのです。（親しげに）ときには、構文の誤りを訂正することだってあるのですよ。うっかり間違えることは、誰にだってありますから……。

詩人　わたしだって、きみの気持ちはわかっているつもりだ。わたしにしても、苦渋の決断であり、迷いがないわけではない。われわれの仕事には喜びがある。心の奥からこみあげる幸福感とでもいえばいいだろうか。それは、ほかの仕事とは異なるものだ。創造する喜び。無から、なにかを引きだす喜び。あたかも魔法のように、これまでは存在していなかった新しいものが、生命力のあるなにかが、少しずつ、あるいは一気に生まれ出るさまを目の当たりにする……。（とつぜん事務的な口調になる）きみ、メモをとってくれ。「あたかも魔法のように、これまでは存在していなかった新しいものが、生命力のあるなにかが、三点リーダー」。この文章は使えそうだ。

秘書　（感情的に）メモでしたらすでにとっています。わたくし、先生に言われなくても、大切なことはいつもメモをしておりますので。（泣き声で）秘書のすべきことは、心得ているつもりです。あの人に……あんなモノに、わたくしとおなじだけの仕事ができるだなんて、思いません。

呼び鈴（りん）が鳴る。

詩人　どうぞ。

シンプソン　（明るくてきぱきと。軽い英語なまりのアクセント）ただいま参りました。ギネス並みの速さだとは思いませんか？　見積もり書と、宣伝用のパンフレットをお持ちしました。こちらは、取り扱い説明書に、メンテナンスの方法。それだけじゃありません。というより、肝心（かんじん）かなめのものがまだなんです。（大げさに）しばしお待ちを！

（ドアに向かって）ジョヴァンニ、入っておいで。ここまで押してきてくれ。段差があるから気をつけて。（詩人のほうに向きなおり）いやあ、一階で助かりました。

（台車の音が近づいてくる）こちらです。わたしの個人仕様として配られたサンプルをお持ちしました。ですが、わたしはいまのところ使う当てもありませんので。これがわたしの仕事でもありますし。

ジョヴァンニ　コンセントの差し込み口はどちらですか？

詩人　ここです。机の後ろ。

シンプソン　（畳みかけるように）二百ワット、五十ヘルツだったね？　よし。延長コードはここにある。ジョヴァンニ、慎重に頼むぞ。……そうですねえ。あの絨毯（じゅうたん）のうえがいいんじゃないですか？　いずれにしても、壁ぎわならどこでも大丈夫です。振動もなければ、熱も発しない。洗濯機なんかより、よほど静かです。（金属のボードをポンとたたき）優れた機械で、おまけに頑丈ときている。材料費を惜しまずに造りましたからね。（ジョヴァンニに向かって）ありがとう、ジョヴァンニ。帰ってかまわない。キーを預けるから、先に車でオフィスに戻っててくれ。わたしは、午後はずっとここにいる。もし誰かから連絡があったら、ここに電話をするように伝えてくれ。（詩人に）かまいませんか？

詩人　（とまどいぎみに）それはもちろん。いや……まさか実物を持ってきていただけるなんて……。ご面倒をおかけするのではないかと思うと、なかなかこちらからはお願いできないことです。わたしのほうから、御社（おんしゃ）へうかがって見せていただくつもりでした。とはいえ、まだ購入すると決めたわけではありません。この機械の具体的な特徴や性能を知りたかっただけなのです。それと……お値段がいくらだったか、記憶が定かではありませんでしたので……。

シンプソン　（横から口を挿む）心配はご無用です。なんのお約束もいりません。ご安心を！　お好きなようにしてくださって結構です。たんに友人として、無償でお試しいただきたいだけなのです。長い付き合いじゃありませんか。それに、以前、すばらしいお仕事をしていただいたご恩もありますからね。憶えてらっしゃいますか？　当社初の電子計算機、《ライトニング》のキャッチコピーを。

詩人　（鼻高々に）もちろんですとも！

理論ではむろん無理でも
エレクトロンなら大正解

シンプソン　そうでした、そうでした。あれから何年になりますかね。あのときはずいぶんいい値段だと思いましたが、おっしゃったとおり、それだけのことはありました。おかげさまで、コストの十倍の利益となって戻ってきましたよ。アイデアにお金を惜しんではならない。正論は正論として認めなければなりません。（間合い。《詩歌作成機》が起動し、モーター音がじょじょに高くなる）……ほら、立ちあがってきました。二、三分もすればパイロットランプが点りますので、仕事にかかれます。そのあいだ、よろしければ機能のご説明をいたしましょう。

誤解のないよう、最初に申しあげておきますが、これは詩人ではありません。もしも本当の意味でのロボット詩人をお望みなら、あと数か月お待ちください。ただいま、オクラホマ州フォート・キディワニーにある本社で開発が進められ、最終段階に入っています。製品名は《吟遊詩人(トルバドゥール)》。これがすばらしい機械でして、高性能(ヘビー・デューティ)のロボット詩人なのです。ヨーロッパの言語であれば、現在使われているものであろうとなかろうと、どんな言語であっても自在に文章を書くことができますし、原稿千枚分の詩を、続けざまに創作することも可能です。マイナス百度からプラス二百度の気温に適応でき、どのような環境でもいっさい問題ない。水中だろうが、完全真空だろうが、ものともしないのです。（声をひそめて）じつは、アポロ計画への参加も決まっています。月面での孤独を詠(うた)う、最初の詩人となるでしょう。

詩人　いやいや、そのようなものはわたしには必要ない。いくらなんでもややこしすぎます。それに、わたしは出張先で仕事をするようなことはめったにありません。いつだってこのオフィスにおりますからね。

シンプソン　もちろん承知しております。ただ、最新のニュースとしてお知らせしたまでです。ごらんのとおり、こちらはたんなる《詩歌作成機》にすぎず、そのためあまり自由は利きませんし、空想力にもいくぶん劣ります。ただし、日々の雑多な仕事を片づけるには、こちらのほうが適しています。それだけでなく、操作する側が練習を積みさえすれば、驚くような才能を発揮することもあります。

いいですか？　こちらがテープです。通常、この機械は自分で創作した文章を声に出して読みながら、同時に記録していきます。

詩人　テレタイプのようなものですか？

シンプソン　そうですね。ですが、たとえば大至急で仕事を仕上げなければならないときなど、必要に応じて、声の機能をオフにすることもできます。すると詩作のスピードが非常に速くなる。こちらがキーボード。オルガンやライノタイプのキーボードと、たいした差はありません。この上の部分に（カシャッという音）テーマを入れてください。だいたい三語から五語くらいの、鍵となる単語を入れていただければ結構です。こちらの黒いキーは調整装置。文体や作風、かつてよく言われた言葉を用いるならば、〝文学上のジャンル〟を設定するためのものです。そして、こちらのキーで韻律上の形式を設定します。（秘書に向かって）もっと近くまでいらっしゃい。あなたもごらんになったほうがいいでしょう。この機械をじっさいに操作することになるのは、あなたではありませんか？

秘書　わたくしには無理ですわ。むずかしすぎます。

シンプソン　たしかに、新しい機械にはむずかしいという印象がつきものです。ですが、それは思い込みにすぎません。一か月もすれば、車を運転するのとおなじ感覚で使いこなせるようになりますよ。ほかのことを考えながら、あるいは歌でも口ずさみながらね。

秘書　わたくし、勤務中に歌なんて歌いませんの。（電話が鳴る）もしもし。ええ。（間合い）はい、こちらにいらっしゃいます。すぐに代わりますわ。（シンプソンに向かって）シンプソンさん、お電話です。

シンプソン　すみませんね。（電話口で）はい、わたしですが……。（間合い）ああ、技師さん、あなたでしたか。（間合い）なんですって？　故障？　熱を持ってるって？　それは、たいへん申し訳ありません。そんなケースはこれまでございませんでした。コントロールパネルは確認されました？　（間合い）わかりました。そのまま、どこも触らないでください。おっしゃるとおりです。あいにく修理工は出払ってましてね。いやあ、弱りました。明日まで待ってはいただけませんか？（間合い）ええ、はい。当然です。（間合い）もちろん、保証期間内です。たとえそうでなくとも……（間合い）じつは、すぐ近くに来てるんです。すぐにタクシーを拾ってお宅にうかがいます。（受話器を置く。落ち着きのない早口で、詩人に向かって）申し訳ありませんが、ちょっと失礼させていただきます。

詩人　なにか重大なトラブルでも？

シンプソン　いいや、なんでもありません。計算機です。たいした問題じゃない。それでも、お客さまのおっしゃることは絶対ですから。（ため息）たとえ悪魔のように口うるさく、些細（ささい）なことのために十回も呼びつける相手でもね。こうしましょう。機械を置いていきますから、お好きなように使ってみてください。取り扱い説明書を読んで、試してみるのです。なにをしてもかまいませんから。

詩人　もし壊れたりしたら？

シンプソン　ご心配なく。たいへん頑丈に造ってありますので。アメリカ版のオリジナルパンフレットには、〝バカでも使える（フールプルーフ）〟と書かれています……（失言に気づき、あわてる）……いや、誤解しないでください。どうか、気を悪くなさらないように……。誤った操作をした場合、緊急停止する機能もついております。とにかく、きわめて簡単。なに、お使いいただければわかりますよ。一、二時間でもどってきますから。では、また後ほど。（出てゆく）

間合い。《詩歌作成機》のモーター音が、はっきりと聞こえる。

詩人　（ぶつぶつと声に出して、説明書を読む）電圧と周波数……これはオーケー。テーマの設定……緊急停止機能……これもわかった。オイルの差し方……テープの交換……長いあいだ使用しない場合……あとで調べればいいことばかりだ。種類の登録……おお、これだ。これこそ、わたしの知りたかった、肝心かなめの項目だ。ほら、きみも見てくれ。四十種類もある。ここに省略記号が書いてある。ＥＰ［叙事詩（エピコ）］、ＥＬ……これは哀歌（エレジアコ）かな？　そうだ、哀歌だ……ＳＡＴ［諷刺詩（サティリコ）］、ＭＹＴ［神話詩（ミトロジコ）］、ＪＯＣ……なんだ、このＪＯＣというのは？　ああ、そうか、ジョキュラー、道化詩のことか……ＤＩＤ……

秘書　ＤＩＤというのは？

詩人　教訓詩（ディダスカリコ）だ。これは欠かせない。ＰＯＲＮ……（秘書が困惑する）〝実行〟。嘘のように簡単だ。これなら子どもだって使えるぞ。（どんどん引き込まれてゆく）見てごらん。ここに〝指示〟を入力するだけでいいんだ。たったの四行。一行目にはテーマ、二行目には種類、三行目には韻律形式、そして四行目は時代の設定。これは入れなくてもいいらしい。あとは、すべて彼がやってくれる。まさに夢のようだ！

秘書　（挑（いど）むような口調で）試されてみてはいかがです？

詩人　（先を急ぐように）もちろん、試してみるさ。そうだなあ、ＬＹＲ［抒情詩（リリコ）］、ＰＨＩＬ［哲学詩（フィロソフィコ）］（二度、カシャッという音）にしよう。三行詩節（カシャッという音）で、十七世紀（カシャッという音。音がするたびに、機械のモーター音が大きくなり、トーンも変化する）。スタート！

ブザー音。短いブザーが三回と、長いブザーが一回。起動音と雑音につづき、機械がリズミカルな音を立てて動きはじめる。電子計算機が割り算をするときの音に似ている。

詩歌作成機　（ものすごく歪んだ、メタリックな声）

ブル　ブル　ブル　ブル　ブル　ブル　ブル　ブル　ブル　　ンシ
ブル　ブル　ブル　ブル　ブル　ブル　ブル　ブル　ブル　　ユウ
ブル　ブル　ブル　ブル　ブル　ブル　ブル　ブル　ブル　　ンシ
ブラ　ブラ　ブラ　ブラ　ブラ　ブラ　ブラ　ブラ　ブラ　　ユウ
ブラ　ブラ　ブラ　ブラ　ブラ　ブラ　ブラ　ブラ　ブラ　　メン
ブラ　ブラ　ブラ　ブラ　ブラ　ブラ　ブラ　ブラ　ブラ　　ユウ

ガチャッという大きな音。続いて沈黙。背後でモーター音だけが響いている。

秘書　しょせん機械ですね！　韻を踏んだだけじゃないですか。残りは先生がご自分で考えなければならないなんて……。どうせ、こんなことじゃないかと思っていたんです。

詩人　まあまあ、なんといっても最初の試みだからね。きっと、どこかで設定を間違えたんだろう。ちょっと待ってくれ。（取り扱い説明書をパラパラとめくる）調べてみよう。あっ、わかった。まったく、おっちょこちょいもいいところだ！　いちばん肝心なことを忘れていたよ。ぜんぶ設定した気でいたが、テーマを設定し忘れた。よし、すぐに訂正しよう。〝テーマ〟ねえ……どんなテーマを与えようか？　〝人智の限界〟というのはどうだ？

カシャッという音、続いてブザー音。短いブザーが三回と、長いブザーが一回。

詩歌作成機　（先ほどよりも歪（ゆが）みの小さな、メタリックな声）

錯乱せし頭脳よ　何処（いずこ）を目途（もくと）に精進し
何処を目途に　時を閲（けみ）するや　朝夕
ひたすら思惟に耽り　因（よ）りて発展し
汝を神聖と云いし者　ことごとく虚言（きょゆ）う
欲望に駆られ　人智を追い求めん
これ妙味な蜜にあらず　即ち苦渋

ガチャッという大きな音。続いて沈黙。

詩人　こんどはいいだろう。記録紙を見せてくれ。（読みあげながら）……「ひたすら思惟に耽り　因りて発展し」……「欲望に駆られ　人智を追い求めん」……悪くないじゃないか。わたしの期待したとおりだ。逆立ちしても、これほどの詩は書けんだろうという奴が、詩人仲間にもうじゃうじゃいる。わかりにくいが、かといって難解すぎるわけでもない。構成も韻律も文句なしだ。少し凝りすぎた感はあるが、そこそこの十七世紀詩人といったところだろう。

秘書　まさか、こんな代物を、秀逸な詩だとおっしゃる気ではないでしょうね？

詩人　秀逸とまではいかないが、商品価値はじゅうぶんある。使用の目的がなんであろうと、合格点以上じゃないかね？

秘書　わたくしにも見せていただけます？　「汝を神聖と云いし者」……えっと……「ことごとく虚言う」。「虚ユウ」。キョユウだなんて、おかしくありませんか？　正しい言葉遣いとは思えません。ふつう、「虚言」です。

詩人　詩作における破格だろう。そういうことがあっても、かまわんじゃないか。いや、むしろ……ちょっと待ってくれよ。ここに、たしか断り書きがあったような気がする。最後のページだったかな。ああ、これだ。こう書いてある。「〝破格〟。《詩歌作成機》は、プログラムされた言語における正式な語彙をすべてマスターしています。それぞれの言葉は、たいてい通常の用法において使用されます。ただし、押韻をはじめとする、さまざまな形式上の拘束が求められた場合……」。

秘書　〝形式上の拘束〟というのは、どういう意味ですか？

詩人　そうだな、たとえば、半韻とか、頭韻だとか、いろいろあるだろう。「……形式上の拘束が求められた場合、同機は、辞書機能に登録された言葉のなかから自動的に検索をおこないます。最初に、意味上もっとも適切なものを選び、それを中心として、要求された詩歌を作成します。辞書のなかからふさわしい言葉が見つからなかった場合、同機は〝破格〟を駆使することがあります。すなわち、正式に認められている言葉を変形し、新しい言葉を考えだすのです。詩作における破格度は、操作者によって調節が可能です。設定の変更は、左手のカバー内にある赤いレバーを操作することによっておこないます」。どれどれ……。

秘書　ありました。ほら、こんな裏側に。見つけにくい場所ですよね。1から10まで目盛りがありますが……。

詩人　（説明書の続きを読む）「これは……」。これっていうのは、なんのことだったっけ？　話がわからなくなってしまったぞ。ああ、そうそう、破格度のことだった。あまり聞きなれない言葉だなあ。「これは、通常、目盛りの2から3の範囲で用いるようにしてください。目盛りを最高に設定すると、驚くような詩歌が作成されますが、特殊効果を求める場合にしか通用しない作品となる可能性がありま す」。じつに魅力的だと思わんか？

秘書　ですが……なにからなにまで破格で書かれた詩歌が、いったいどんな作品に仕上がるのか、想像してみてくださいよ。

詩人　〝なにからなにまで破格で書かれた詩歌〟か……。（子どものような好奇心に駆られ）よし。きみにどう思われようとかまわない。わたしは、どうしても試してみたいんだ。いまはそのための時間ではないのかね？　この機械の限界を把握し、課題をどのように解決するのか、しっかりと見きわめておく必要がある。簡単なテーマなんて、クリアできて当然だ。さてさて、どんなテーマを与えようか……。

〝ひらめき〟……きらめき、ときめき、ざわめき。ダメだ、これじゃあ簡単すぎる。〝孤独〟……解毒、朗読、功徳。〝災い〟……これもダメだ。賑わい、手強い、味わい、いくらでもある。あっ、そうだ……。（機械に向かって、いたずらっぽく微笑み）〝ヒキガエル〟（カシャッという音）、八行詩節（カシャッという音）、ジャンルは……DID、よし、DIDにしよう。

秘書　ですが、先生。あまりに……不毛なテーマのように思われますが。

詩人　見かけほど不毛ではないさ。ヴィクトル・ユゴーなんて、すばらしい作品を残している。赤いレバーを最高の目盛りにして……よし、できた。スタート！

ブザー音。短いブザーが三回と、長いブザーが一回。

詩歌作成機　（メタリックな声で話しはじめる。これまでよりも、ゆっくりと）

蛙の仲間さ　おいらヒキガエル

見た目は悪いが　役立つ両生類

（間合い。雑音。歪んだ声で、「両生類、催涙、明るい、女ぐるい、けだるい、まだるい、身震い、まるい、ゆるい、意地悪い、満塁……」しだいに、聞きとることのできない喘(あえ)ぎ声となってゆく。やがて、沈黙。それから、苦しげにふたたび話しだす）

土手の草陰　ほらね隠れてえる
容姿を見るなり　青ざめ身震い
背中もお腹も　イボがつきでてえる
だけど虫見りゃ　ぱっくり頬ばるい

（間合い。そして、明らかにホッとしたようすで）

傍目(はため)に見るなら卑しき嗜好(しこう)
隠れて気づかぬ哀しき善行

秘書　先生のお望みのものができあがりました。率直に言わせていただきますが、最低の作品ですね。気持ち悪くて胸がむかむかします。詩作に対する陵辱(りょうじょく)ですわ。これで、先生はご満足なのですか？

詩人　たしかに陵辱かもしれないが、なかなかふるっているじゃないか。非常におもしろい。最後の二行の詩節で、勢いをとりもどしたのを見たかい？　危機を脱してホッとしたんだろうね。いやあ、じつに人間的だ。しかし、もう少し古典を試してみよう。破格は制限しておく。神話というのはどうだね？　たんなる思いつきではない。パンフレットにうたわれている一般教養が本物かどうか、見てみたいんだ。それにしても、シンプソンは遅いねえ。……そうだなあ……これがいい。『テーバイに向かう七将』（カシャッという音）、ＭＹＴ（カシャッという音）、自由詩（カシャッという音）、十九世紀。スタート！

ブザー音。短いブザーが三回と、長いブザーが一回。

詩歌作成機　（くぐもった声で）

げに固き　彼(か)の石よ　決意の如し
睨(にら)み合う強大な軍勢
かつてなき　激しき対峙(たいじ)
と　　　　　　を先鋒(せんぽう)に

いざ切られん　戦いの火蓋(ひぶた)
兵(つわもの)の勇む足に　陸(おか)は震え
海原は荒れ　碧空(へきくう)は共鳴す

詩人　どう思うかね？

秘書　少し漠然としすぎていませんか？　しかも、途中が二語欠けています。

詩人　そうは言うが、きみはテーバイに向かう七将の名を、すべて言えるのかね？　知らないだろう？　大学の文学部を卒業し、十五年も仕事の経験を積んでいるきみでさえ、知らないんだ。かくいうわたしも知らない。彼がスペースだけ残したのも、当然といえるだろう。見てごらん。六音節の名前を二つか、さもなければ七音節と五音節の名前をひとつずつ入れるのに、ちょうどいいスペースだ。つまり、たいていのギリシア名がぴったり納まるというわけだ。すまんが、神話事典をとってくれ。

秘書　どうぞ。

詩人　（事典をめくりながら）ラダマンテュス、セメレ、ティスベ……あったぞ。『テーバイに向かう七将』。さっそく名前を入れてみよう。「ヒッポメドンとカパネウスを先鋒に」「ヒッポメドンとアンフィオンを先鋒に」「ポリュケイネスとアドラストスを先鋒に」……。組み合わせならいくらでもある。適当な名前を選べばいいのさ。

秘書　（まだ納得がいかないようすで）そうですね……。（間合い）ひとつお願いしてもいいですか？

詩人　どうぞ。どんな願いだね？

秘書　わたくしも、この機械にテーマを与えてみたいのです。

詩人　もちろん大歓迎だとも。やってみたまえ。むしろ、きみにも試しておいてもらいたい。こっちに来て、この椅子を使ってくれ。操作方法はわかっただろう？

椅子を動かす音。

秘書　テーマは〝自由〟。

カシャッという音。

詩人　テーマは〝自由〟だって？　それ以外に条件はないのかね？

秘書　ありません。どんな詩ができるのか、見てみたいのです。スタート！

ブザー音。短いブザーが三回と、長いブザーが一回。

詩歌作成機　（映画館の〝近日上映〟広告さながらの、よく通る声で）**若い娘と過ごす宵（よい）……**

秘書は、まるでネズミでも見たかのような鋭い悲鳴をあげ、スイッチを切る。ガチャッという大きな音がして、詩歌作成機が静かになる。

詩人　（憤慨（ふんがい）して）いったいなんの真似だね？　すぐにスイッチを入れなさい。壊れてしまうじゃないか！

秘書　わたくしを侮辱したのです。わたくしのことを詠んでいるんです！　この……ガラクタは！

詩人　なにを言いだすんだ。いったいなにを根拠に、そんなふうに解釈するのかね？

秘書　このオフィスには、ほかに〝娘〟なんていませんもの。だから、わたくしのことに決まっています。好色で失礼きわまる機械ですわ。

詩人　落ち着きなさい。それはヒステリーというものだ。最後まで詩を詠ませてやりなさい。相手は機械だということを、まさか忘れたわけではあるまい。機械である以上、怖がる必要はない。少なくとも、その手の心配は皆無だ。理性を失ってはいけないよ。さあ、スイッチの手をどかしなさい。すばらしい出だしだったじゃないか。よし、そうだ。

カシャッという音。ふたたびブザー音。短いブザーが三回と、長いブザーが一回。

詩歌作成機　（先ほどとおなじ声で）

若い娘と過ごす宵

これぞ最高に心地よい
誰もが夢見る甘美な体験
僕には一世一代の大事件
みじめなのは彼女の方　あまりの責め苦
こんなゴツゴツの体はイヤよと　うめく
ベークライト　真鍮(しんちゅう)　青銅　鋳鉄(ちゅうてつ)
抱きついたとたん　ビスの肘鉄(ひじてつ)
唇を寄せれば　待ち受けるブロッサ
胸に顔をうずめれば　ビビッと感電(スコッサ)

カシャッという音。沈黙。

秘書　（ため息）なんてかわいそうなんでしょう……。

詩人　ほらごらん。きみも感動したろう？　隠してもムダだよ。みずみずしい感性で、思いの丈が発露されている。よし、決めた。わたしはこの機械を買うぞ。このチャンスはぜったいに逃さない。

秘書 （詩を読みかえしている）

……真鍮　青銅　鋳鉄

抱きついたとたん　ビスの肘鉄

唇を寄せれば　待ち受けるブ、、ロッサ、、……

ええ、たしかに愉快な作品ですね。みごとな模倣……人間の行動をみごとに模倣していますわ。「……待ち受けるブロッサ」。ところで、この〝ブロッサ〟って、なんのことです？

詩人 〝ブロッサ〟だって？　わたしにも見せてくれ。ほんとうだ。「ブロッサ」ねえ。聞いたことがないな。辞書で調べてみよう。「ブロッシャ」……味がなくて薄いスープ。「ブロッツァ」……膿疱（のうほう）、こぶ。ないねえ。辞書にも見当たらないよ。いったいなにが言いたかったんだろう。

呼び鈴が鳴る。

秘書　（ドアを開けにゆく）お帰りなさい、シンプソンさん。

詩人　待ってましたよ。

シンプソン　ただいま戻りました。なかなか早かったでしょ？　試験運転のほうはいかがです？　ご満足いただけましたか？　お嬢さん、ご感想は？

詩人　正直なところ、悪くないですね。まずまずの感触です。そうだ、ちょっとこの文章を見てくれませんか。変な言葉があるんですよ。わたしたちには理解しかねましてね。

シンプソン　どれです？「僕には一世一代の……」。

詩人　いや、もっとあとです。この、最後のところ。「……待ち受けるブ、ロ、ッ、サ、」。ね、意味がわからないでしょ？　調べてみたのですが、辞書にも載っていませんでした。いや、なにも批判してるのではありません。純粋に意味が知りたいだけです。

シンプソン　（声に出して読む）「唇を寄せれば　待ち受けるブロッサ　胸に顔をうずめれば　ビビッと感電（スコッサ）」。（やさしく諭（さと）すように）ああ、これですか。なに、簡単なことです。工場で、仲間どうし使っている隠語なのです。ご存じのように、どこの工場でも、仲間うちで独自の言葉が生まれます。要するに、この機械が誕生した工場で使われていた言葉というわけです。じっさい、オルジャーテ・コマスコにあるNATCA・イタリア社の組み立て工場では、金属製のブラシのことを〝ブロッサ〟と呼んでいます。この機械は、オルジャーテで組み立てられ、製品検査を受けましたから、彼らの言葉を耳にしたのだと思います。いや、正確に言いますと、耳にしただけではなく教え込まれたのです。

詩人　教え込まれたですって？　どうしてまた？

シンプソン　これは新しく考案された試みです。当社の製品は――もちろんライバル会社の製品もおなじですが――、どれも故障する可能性がゼロとはいいきれない。そこで、全部品の名称を機械に教え込めば手っとり早いだろうと、技術者は考えたのです。そうすれば、万が一の故障のとき、欠陥のある部品の交換を機械がじかに依頼できますからね。《詩歌作成機》には、二本の金属製ブラシ、つまりブロッサが取り付けられています。テープを送る回転軸の両脇にはめ込まれているのです。

詩人　驚くほど精巧な機械ですね。（笑いながら）そのようなシステムを使わないですむことを祈りましょう。

シンプソン　いま、「使わないですむことを祈りましょう」とおっしゃったのですか？　その言葉から推測しますと……つまり……この機械に対して、よい印象を抱かれたということですね？

詩人　（ふいによそよそしい態度になり）なんともいえません。よくもあり、悪くもある。その点については……見積もり書を見せていただいてからお話しすることにしましょう。

シンプソン　もう少しお試しになりますか？　むずかしいテーマに挑戦するというのはいかがです？　卓越した軽やかな発想がないとできないような……。もっとも心を打たれる詩歌というものは、たいていそういうものです。

詩人　そうですねえ。ちょっと考えさせてください。（間合い）たとえば……そうだ、きみ、あの依頼を憶えているかね？　たしか十一月だったと思うが……。ほら、カプッロ氏からの依頼だよ。

秘書　カプッロ氏？　少々お待ちください。受注票を確認いたします。ございました。フランチェスコ・カプッロ。騎士勲章受勲者(カヴァリエーレ)。ジェノヴァ。十四行詩(ソネット)をお望みでした。テーマは、〝リグリアの秋〟です。

詩人　依頼には応じてないのか？

秘書　もちろん、まだです。納期の延長をお願いするようにと。

詩人　それで？

秘書　それで……ご承知のとおり、クリスマスも新年も、山のように仕事がありまして……。

詩人　こまるなあ。そうやって、顧客が離れていってしまうんだ。

シンプソン　そうなんです。《詩歌作成機》の利点は、まさにそこにあります。いいですか、たったの二十八秒で、十四行詩がひとつできあがるのです。読みあげる時間があればそれでじゅうぶん。詩作にかける時間なんて、数マイクロ秒という、感知できないくらいの短さですからね。

詩人　それで、なんでしたっけ……。ああ、そうそう、〝リグリアの秋〟でした。これをやらせてみるというのはどうでしょうか？

シンプソン　（軽い皮肉をこめて）そうすれば、趣味と実益を兼ねられるという魂胆ですな？

詩人　（機嫌を損ねて）そんなつもりはありません！　たんなる実践的な試みです。具体的なケースをとりあげ、わたしの代わりに仕事をさせてみる。年に三、四百件ある日常業務のひとつにすぎません。

シンプソン　わかっていますよ。冗談を言ったまでです。条件の設定は、お任せしてもよろしいですね？

詩人　ええ。たぶん憶えたと思います。〝リグリアの秋〟（カシャッという音）、十四行詩（カシャッという音）、ＥＬ（カシャッという音）、一九二〇年代ごろ。スタート。

ブザー音。短いブザーが三回と、長いブザーが一回。

詩歌作成機　（インスピレーションに満ちた興奮気味の声。しだいに熱中し、息づかいまで荒くなる）

涼しげな路地は古(いにしえ)の名残り
我が懐かしの崩れた敷石
秋に深まる無花果の香り
苔の匂いの染みる通い路

我は追う、密やかな猫の足取り
闇を這う盲(めしい)のミミズうら寂し
この痕跡は遥かなる悠久の歴史
今はなき偉業、桁外れの大志
行き交った修道士、闘士、墓掘り師
往時を偲ぶ静かなる廃址(はいし)
記憶に浮かぶ束の間の縁(えにし)
異端者や独学者と交わした秘事
コネクタ焦げた、さあ一大事
おかげでずっと、韻は「いし」
すっかり狂った電脳の意思
サムソンさん、救って僕の定型詩
頼みの綱だ、腕の立つ技師
配線もどし、いったん停止
故障ナンバー　はちろくぜろいいし

感謝感激　修理開始

ブーンとモーターがうなり、機械の壊れる音やシューッと空気の漏れる音が立て続けに響く。

詩人　（相手に聞こえるように、大声で）いったいなにが起こったんです？

秘書　（ものすごく驚いて、部屋じゅう逃げまわる）たいへん！　誰か来て！　煙が出てる！　火事になるわ。爆発するかも！　電気屋さんを呼んでちょうだい！　いいえ、消防車を。救急車を呼んで！　早く逃げなくちゃ！

シンプソン　（彼もあせっている）待ってください。お願いですから落ち着いて。お嬢さん、落ち着いてください。ソファーに座って、静かにしていてください。こっちまで頭がおかしくなる。いずれにしても、たいした問題ではないかもしれません。（カシャッという音）念のため、電源を切って、（物音が静かになる）点検してみましょう……。（金属製の道具を用いて、あちこちいじくりまわしている）このごろは修理道具も使い慣れたもんですよ。（道具をいじりながら）十中八九は、ごく些細な不具合で、付属品の工具でじゅうぶん対応できるものなのです。（勝ちほこったように）ほうら、思ったとおり。たいしたことはありませんでした。ヒューズが飛んだだけです。

詩人　ヒューズですって？　まだ三十分も使っていないのにですか？　なんだか頼りない話ですね。

シンプソン　（ムッとして）ヒューズというのは、ほかでもなく機械を守るためのものです。問題はヒューズではなく、定電圧装置がないということです。この機械を使用するうえでは不可欠なのですが……。けっして忘れていたわけではありません。あいにく手元になかったもので……。それでも、ぜひこの機械を使ってみていただきたかったのです。数日中に届くことになっています……。ごらんいただいたように、定電圧装置がなくとも使えることは使えますが、電圧の急激な変化に耐え切れないということが生じる。それほど急激な電圧の変化はないというのが電力会社の言い分ですが、現実問題として起こりうる。とくに、この時期のこの時間帯には変化が大きいことが、おかげさまでよくわかりました。

いずれにしても、このトラブルのおかげで、《詩歌作成機》がいかに優れた詩的能力を持っているか、おわかりになったでしょう。

詩人　すみません、おっしゃっていることの意味がよくわかりません。

シンプソン　（優しい口調で）聞き逃されたのかもしれませんが、わたしのことをなんと呼んだか気づきましたか？「サムソンさん、救って僕の定型詩」と言っていました。

詩人　それがどうかしたのですか？詩作における〝破格〟でしょう。取り扱い説明書にも書いてあったじゃないですか。破格がどういうメカニズムでおこなわれるかとか、どうやって破格度を調節するかとか、いろいろ……。

シンプソン　いや、そうじゃありません。それだけじゃないのです。わたしの名前を〝サムソン〟に変化させたのは、明らかな意図にもとづくものです。むしろ、訂正したといったほうが適切かもしれません。といいますのも（得意そうに）〝シンプソン〟という名前の由来をたどっていくと、ヘブライ語の〝シムショーン〟となり、これは聖書に登場するサムソンのことなのです。もちろん、《詩歌作成機》にそのような知識があったとは思えません。ですが、あのパニックのなか、体内のアンペアがどんどん高くなっていくのを感じた彼は、なにかしらの応急処置や救援が必要だと考え、実世界の救援者と古典の世界の救援者とを結びつけたのでしょう。

詩人　（深い感銘を受けて）じつに……詩的な結びつきですね！

シンプソン　ほんとうに。これほど詩的なことはありません。

詩人　おっしゃるとおり、すばらしい機械です。文句のつけようもありません。（間合い）そこで……（言い出しにくそうな素振りで）世俗的な、月並みな話題になって恐縮ですが……例の見積もり書をもういちど見せていただけますか？

シンプソン　（顔を輝かせて）もちろんですとも。とはいえ、残念ながら、あまり見直す余地はないのです。アメリカ人の気質はご存じでしょう。彼らには、交渉というものは通用しません。

詩人　たしか、二千ドルという話だったよね。きみ、憶えてるかい？

秘書　その……わたくし……、憶えていません。忘れてしまいました。

シンプソン　（慇懃な笑みを浮かべ）ご冗談はよしてください。二千六百ドルです。諸条件は、ＣＩＦ［運賃・保険料込み条件］ジェノヴァ、梱包料込み、プラス一二パーセントの関税、付属部品完備、不可抗力による事態をのぞき四か月以内に納品、支払いには取消不能信用状を発行、保証期間は十二か月。

詩人　長いつきあいの顧客に対するディスカウントはないのですか？

シンプソン　残念ながら、ございません。ほんとうに、わたしにはどうすることもできないのです。そんなことをしたら、クビにされかねません。わたしに支払われる仲介手数料の半額を断念し、二パーセントの割引ということで、いかがでしょうか。これ以上はムリです。

詩人　まったく強情な方ですね。仕方ない。今日はもう、議論を続ける気力もありません。注文書をかしてください。すぐにサインしてしまったほうがいい。でないと、いつ気が変わるかわかりませんからね。

場面転換の音楽。

詩人　（観客に向かって）こうしてわたしが《詩歌作成機》を手に入れてから、二年の歳月が過ぎました。すでにコストが償却できたとまではいえませんが、もはや、なくてはならない存在です。使っているうちに、驚くほど多才なことがわかりました。詩人としてのわたしの業務の大半を引き受けてくれただけでなく、給与の支払いや経理もこなし、納期を知らせてくれ、通信文もすべて書いてくれるのです。散文の書き方を教えたところ、みごとにマスターしてくれました。

なにを隠そう、いまみなさんがお聞きになった戯曲も、彼の作品なのです。

4　天使の蝶

男たちは身をこわばらせ、黙りこくったままジープに乗っていた。二か月まえから共同生活を送っているものの、お互いにまだ、それほど打ち解けてはいなかった。その日の運転は、フランス人の担当だった。でこぼこの舗道に車体を大きく揺らしながら、ベルリンの中心街クアフェルステンダムを通り抜け、すんでのところで瓦礫(がれき)の山を回避しつつ、グロッケン通り(シュトラーセ)へと入っていった。そうして、マグダレーネのあたりまで進んだが、爆撃の跡の窪地にたまった泥水に、行く手を阻(はば)まれた。水に沈んだ配管から、ガスが粘着質の泡となって、ごぼごぼと噴きだしている。

「もっと先だぞ。二十六番地だ」とイギリス人が言った。「この先は歩いていくしかなさそうだ」

二十六番地のアパートメントは被害を受けなかったようだが、まわりには建物がほとんど残っていない。瓦礫こそとりのぞかれているものの、四方の土地は荒れ放題で、はやくも雑草がはびこり、隙間を縫うようにして、貧相な畑がところどころにつくられていた。

呼び鈴は故障していた。長いことドアをノックしてみたものの、返事がない。そこで、ドアを押し破ることにした。ドアはいちど体当たりしただけで、あっけなく屈した。中は埃と蜘蛛の巣だらけで、カビの臭いが鼻をつく。「二階だぞ」と、イギリス人が言った。階段をあがると、表札に《レーブ》とある。ダブルロックのうえ、ドアも頑丈で、こじ開けるのにかなりの時間を費やした。

ようやく入った室内は、真っ暗だった。ロシア人が懐中電灯を点け、窓を開け放つ。鼠たちがあわてふためいて逃げてゆく気配がしたが、姿は見えなかった。部屋はがらんどうで、家具はひとつもない。むきだしの梁と、床から二メートルの高さのところに、太くて丈夫そうな横木が二本、いっぽうの壁からもういっぽうの壁へと、水平に据えつけられているだけだった。アメリカ人が、アングルを変えながら写真を三枚撮ったうえで、手早く部屋のようすをスケッチした。

床には、汚れたぼろ布や紙くず、骨、ペン、果物の皮などが一面に散らばり、赤褐色の大きな染みが数か所にある。アメリカ人は、それをカミソリで慎重にこそげ落とし、粉をガラスの試験管に集め取った。片隅には、なにかは特定できない、白や灰色の乾いた物質が小山のように積みあげられていた。アンモニアと腐った卵の臭いを放ち、ウジが涌いている。「支配者（ヘレンフォルク）め！」と、ロシア人が蔑（さげす）むように言い放った――彼らのあいだでは、ドイツ語が話されていたのだ――。アメリカ人は、その物体についてもサンプルを採取した。

イギリス人は、一本の骨をひろいあげると窓辺に寄り、矯（た）めつ眇（すが）めつ眺めた。「なんの動物の骨だね?」とフランス人が尋ねると、「わからん」とイギリス人が応じた。「こんな骨は見たこともない。先史時代の鳥類のようだ。それにしても、こんな突起があるものといったら……。まあ、綿密に分析する必要があるだろう」そういう彼の声には、嫌悪感と憎悪、それに好奇心がないまぜになっていた。

四人は骨をひとつ残らず拾いあつめ、ジープへと運んだ。ジープのまわりには、野次馬がちょっとした人だかりを作っている。一人の少年などは車内に入りこみ、座席の下になにか落ちていないか漁（あさ）っていた。四人の軍人が戻ってきたのを見ると、みんな急いで離れたが、三人だけは動じずに、その場にとどまった。年老いた男が二人と、若い娘が一人。軍人たちは彼らを尋問したが、なにも知らないようだった。レーブ教授？　会ったこともありません。シュペングラー夫人？　一階に住んでいた？　空爆で死にましたよ。

軍人たちはジープに乗りこみ、エンジンをかけた。ところが、いったん背を向けて立ち去りかけていた若い娘が、戻ってきてせがんだ。「煙草ありますか？」煙草ならばあった。娘は語りだした。「レーブ教授が飼ってたケダモノをみんなが殺したとき、あたしもその場にいました」そこで彼らは娘をジープに乗せ、連合軍の司令部へ連れていった。

「ということは、あの話は真実だったのか？」とフランス人。

「どうやらそうらしい」イギリス人が応えた。

「鑑識はさぞ苦労するだろうな」骨の入った袋の感触を手のひらで確かめながら、フランス人が言った。「まあ、苦労は俺たちもおなじことだがね。これから報告書をまとめなければならん。どうにも逃げられん。ひどい任務だよ！」

ヒルベルトは憤慨しまくっていた。「鳥の糞です。ほかに何が知りたいっていうんですか？　どんな鳥の糞かって？　そんなことは占い師にでも訊いてください。化学者のわたしには無茶な要求だ。もう四日も、あなたがたが持ちこんだ不気味な証拠品で頭を悩まされてるんです。首をかけてもいい。悪魔だって、これ以上のことは解明できませんよ。どうしてもというのなら、ほかのサンプルを持ってきてください。アホウドリの糞でも、ペンギンのでもカモメのでもいい。そうすれば比較もできるし、うまいことといけば、再調査の手がかりも見つかるかもしれません。鳥の糞の専門家じゃあないんですよ、わたしは。床についていた染みにかんしては、ヘモグロビンが検出されました。ですが、ヘモグロビンの出どころはどこかなんて、尋ねないでくださいね。わたしが要塞送りにされますから」

「なぜ要塞送りに？」と将校が尋ねた。

「だってそうでしょう。誰かにそんなことを訊かれでもしたら、たとえ相手が上官だろうと、バカ野郎って応えるしかないですからね。あのなかには、ありとあらゆるものが含まれてるんです。血液、セメント、猫の尿に鼠の尿、酢漬けキャベツ（ザワークラウト）にビール……要するに、ドイツのエッセンスがつまってるってわけですよ」

　大佐がおもむろに立ちあがって言った。「今日のところはもうよい。明日の晩、きみたちを食事に招待することにしよう。グリューネヴァルトになかなか結構な店を見つけたんだ。湖のほとりにね。そこで、もっと気持ちをリラックスさせて、続きを話すことにしようじゃないか」

　大佐に案内されたのは、軍が徴用したビアホールで、すべてがしつらえられた店だった。大佐の隣に、ヒルベルトと生物学者のスミルノフが並んで腰掛けた。ジープに乗っていた四人の軍人は、幅の広いテーブルの両サイドに。奥には記者が一人と、軍事裁判所のルデュック。

「このレーブという男は……」と、大佐が話を切り出した。「風変わりな人物だったらしい。かつての彼の考えは、理に適ったものだった。知ってのとおり、当時は、理論が周囲の空気に同調するものであれば、たいして書類が整わなくとも採用され、重宝される傾向にあった。かなり上層部でもだ。だがレーブは、彼なりに真面目な科学者だったんだろうね。成功よりも、事実を追い求めることを選んだ。

　いまここで、わたしがレーブの理論を事こまかに説明できるとは思わないでくれ。なんといっても、わたしは平均的な大佐でもわかる程度にしか、彼の理論を理解できていないのだから。おまけに、わたしは長老派教会の一員でもあるわけで……要するに、魂は不滅のものだと信じているし、己の魂の不滅を望んでいる」

「ですが、大佐」と、納得できない表情でヒルベルトが割って入った。「お願いです。

知っておられることをすべてお話しください。こだわるわけではありませんが、われわれがこの仕事に専従するようになってから、昨日ではや三か月になることです し……そろそろ、具体的にどんな問題に携わっているのか教えていただいてもいい頃合いではないでしょうか。そうすれば、より知恵をはたらかせて、任務に取り組めるというものです。ちがいますか?」

「きみの言うことはもっともだ。じつは、今晩こうして集まってもらったのは、ほかでもない、そのためなんだ。いささか遠まわしな説明かもしれないが、驚かないでほしい。スミルノフ君、きみはわたしの説明が本題から逸脱するようなことがあったら、指摘してくれ。

では始めるとしよう。メキシコのとある湖に、ありえないような名前の、一見サンショウウオにも似た生物が棲息している。何百万年もまえから誰にも邪魔されることなく、まるでごく当たりまえのように生存しつづけてきたが、それこそ、生物学的大事件の張本人ともいえる存在なんだ。なぜなら、この生物は、幼生の状態で繁殖できる。わたしが聞いた説明によると、なんでも、これはきわめて重大な問題であり、認めがたい逸脱とされているらしい。自然を研究し、そこから法則を見いだそうとする人間たちを嘲（あざけ）る、自然界の裏技（うらわざ）だというのだ。端的にいうならば、一匹のイモムシが……、いや、メスのイモムシが、もう一匹のオスのイモムシと蝶になるまえに交尾をし、受精し、卵を産むようなものだ。むろん、その卵からは新たなイモムシが誕生する。だとすれば、わざわざ蝶になることに、どんな意義があるというのか？　なぜ〝完全なる虫〟になる必要があるのか？　成虫になどならなくてもよい、ということになる。

　じっさい、アホロートル――言い忘れたが、この不思議な生物はそう呼ばれている――は、成体にならないそうだ。たいていの個体が、成体になることはない。百匹に一匹とも、千匹に一匹ともいわれる、おそらくことさら長生きした個体だけが、しばらく繁殖を繰り返したのちに、変態して別の姿になるそうだ。スミルノフ君、うすら笑いを浮かべるのはやめてくれ。文句があるなら、きみが代わりに話せばいいだろう。人は誰しも、各々の能力に見合った話し方しかできないものだ」

　大佐はそこで、一瞬口をつぐんだ。「……たしか、幼形成熟（ネオテニー）とかいったかな。まあ、ペテンにかかったようなものだ。幼生のまま繁殖してしまうのだからな」

　すでに食事はすんでおり、パイプを一服ふかす時間だ。九人の男たちは、テラスに移動した。そこで、フランス人が口をひらいた。「わかりました。たしかに面白い話ではありますが、それとこれといったいどんな関係が……」

「これから話すところだ。ただし、そのまえにもうひとつ説明しておかなければならないことがある。数十年まえから、彼らは……」そう言いながら、大佐は手でスミルノフのいるほうを示した。「この現象に手を加え、人為的に操作することを可能としたらしいんだ。あらかじめ抽出したホルモンをアホロートルに投与することで……」

「甲状腺ホルモンです」と、スミルノフがしぶしぶながら、より精確な情報を伝えた。

「ありがとう。甲状腺ホルモンだそうだ。それを投与すると、アホロートルの全個体が変態するようになる。個体が死ぬまえに、かならず変態するらしい。いいか、レーブがこだわったのはそこなんだ。彼はこう考えた。アホロートルのような生態は、それほど特異なものではないのかもしれない。ほかの動物、しかも多くの動物が、いや、人間もふくめたすべての動物に、とっておきの状態があり、さらなる変態をとげるだけの潜在能力があるのではないか。これまで考えもしなかったことだが、現在の人間の姿は、未完成な下書きの状態でしかなく、さらに別の〝成体〟になる可能性を秘めていながら、たんにそれよりも早く、死によって邪魔だてされて、変態できないだけなのではないか。要するに、われわれヒトも、幼形成熟（ネオテニー）だというわけだ」

「どのような実験が根拠となったのですか？」暗がりで誰かが尋ねた。

「いや、根拠となる実験は、皆無か、あったとしてもごくわずかだ。彼の記した手書きの論文が残されているが、鋭い考察と、こじつけとしか思えない一般化、奇抜であいまいな理論、文学的・神話的なエピソード、妬（ねた）みたっぷりの批判、当時の〝最高権力者〟に対する出世欲みえみえの追従（ついしょう）などが混在した、奇抜なものなんだ。まあ、出版されなかったのは当然といえるだろうな。

　人間は百歳を超えると三度目の歯生期が訪れるとか、いったんすっかり禿げあがったものの、ものすごく高齢に達してから再び髪が生えはじめた興味深いケースなどについて論じられた章まである。別の章では、シュメールの壁画からメロッツォ・ダ・フォルリ、チマブーエからルオーまで、種々の天使や悪魔を題材とした図像学が論じられている。

　わたしはそこに、彼の理論の根幹をなすものと思われる行（くだり）を見いだした。レーブは、明快ではありながらも入り組んだ彼特有の論法で、マニアックなほど執拗に、ひとつの仮説を打ち立てている。いわく、天使というものは、たんなる空想の産物でも、超自然的存在でも、詩的な夢でもなく、わたしたち人間の未来の姿だ、というものだ。つまり、わたしたち人間がこれからなるであろう姿、ある程度以上の長生きができたなら、あるいは、なんらかの人為的操作が加えられたなら、なれるはずの姿だというのだ。

事実、次の章は論文のなかでももっとも長く、わたしにはあまり理解できなかったのだが、『輪廻転生の生理学的根拠』というタイトルがつけられていた。さらに次の章では、人間の栄養摂取をめぐる実験プログラムが提示されていた。百回生まれ変わったとしても実行できないほど、長期にわたる計画だ。いくつかの村の全住民に対し、何世代にもわたって、常識では考えられないような食事療法を続ける実験が提案されている。食べ物のベースとなるのは、発酵乳や魚卵、あるいは発芽した麦、海草だんごといったもの。そのうえで、村外の人間との婚姻を固く禁止し、六十歳になった者は全員、生贄にされ——まさにOpferungと記されていた——、検死に出されるのだ。おお、神よ。できますことならお赦しください。

論文のエピグラフには、ダンテの『神曲』からの引用がイタリア語で記されており、これは、蛆虫、つまり完全なる姿とは縁のない虫、〝天使の蝶〟をめぐる実験だと記されている。そうそう、言い忘れるところだったが、冒頭に掲げられている書簡詩が、誰あてのものだと思うかね？　アルフレート・ローゼンベルク[1]だ。『二十世紀の神話』の著者のね。さらにレーブは巻末の補足で、〝控え目な規模〟ではあるものの、一九四三年より、じっさいに実験に着手したとも書いている。どうやら、準備段階としての実験を、他に先がけて実施したようなのだ。一般市民の住居でおこなえる程度のものらしい。むろん、外部に秘密が漏れないよう然るべき配慮がなされたうえでの話だが。その目的を遂行するために選ばれた一般の住宅というのが、グロッケン通りの二十六番地だったわけだ」

「あたしの名前はゲルトルート・エンク」と、若い娘は言った。「十九歳です。レーブ教授がグロッケン通りのアパートメントを実験室にしたとき、あたしは十六歳でした。うちはちょうど向かいだったので、窓から、中のようすが見えたことが何度かありました。一九四三年の九月、一台の軍用トラックが建物のまえにとまり、軍服姿の

1　ナチス・ドイツの政治家（一八九三～一九四六年）

男が四人と、私服の人たちが四人おりてきました。私服の人たちは、四人とも痩せこけていてうつむいたままでした。男と女、二人ずつです。

その後、〝軍需品〟と書かれた箱がいくつか届きました。あたしたちは用心して、誰にも気づかれないように見てたんです。中で、なんだか秘密めいたことがおこなわれているというのは、わかっていましたから。それから何か月ものあいだ、なんの動きもありませんでした。月に一度か二度、教授が訪れるだけ。一人のときもありましたし、軍や党の人を引き連れてくることもありました。あたしは、何をしているのか知りたくてたまらなかったのですが、いつも『やめておけ。あの中で起きていることには首を突っこむな。わしらドイツ人は、あまり多くを知らないほうが身のためなんだよ』と父に言い聞かされていたんです。やがて、街は何度も空襲に遭いました。二十六番地のアパートメントは、倒壊しませんでしたが、爆風によって二度ほど窓が吹き飛んだんです。

最初のときは、二階の寝室の床に、藁袋のうえに横たわっている四人の姿が見えました。ものすごく暑い時期だったのに、まるで冬のようにしっかり毛布にくるまっていたのです。死んでいるか、そうでなければ熟睡しているみたいでした。それでも、看護師がすぐわきで、平然とパイプをくゆらせながら新聞を読んでましたから、死んでいたとは考えられません。だけど、寝ていたのだとしたら、空襲警報解除のサイレンで目が覚めるはずだと思いませんか？

ところが、次に窓が割れたときには、藁袋も人の姿もなかったんです。部屋の半分くらいの高さのところに、四本の長い棒が横に渡されていて、その上に四匹のケダモノがとまってました」

「四匹のケダモノとは、いったいどんな？」

「四羽の鳥です。ハゲタカみたいな……。といっても、ハゲタカなんて、映画くらいでしか見たことないですけど。四羽とも恐怖に怯えているらしく、おぞましい声をあげてました。棒から飛びおりようとしてるみたいでしたが、鎖で結ばれてるのか、留まり木から足が離れることはありませんでした。いくら飛びあがろうともがいたところで、あの羽では……」

「どのような羽だったのかね？」

「羽ともいえないような……。羽毛も、まだらにしか生えてないんです。まるで……そう、まるでローストチキンの手羽の部分みたいな感じでした。あたしのうちの窓のほうが高い位置にあったので、頭はあまりよく見えませんでした。でも、けっして見た目にいいものではなく、ぎょっとさせられるところがありました。ちょうど博物館に飾られているミイラの頭みたいな……。ですが、すぐに看護師が来て、中が見えないように窓を毛布で覆ってしまったんです。翌日にはもう、窓は完全に修理されてました」

「その後は？」

「その後は、とくに何も起こりませんでした。空襲は激しくなるいっぽうで、日に二回も三回も繰り返されました。うちも爆撃で崩れ、なんとか生き残ったのは、あたしと父だけ。それでも二十六番地の建物は、爆撃に遭うことなく無事でした。未亡人のシュペングラーさんだけ亡くなりましたが、彼女は通りを歩いていて、低空からの機銃掃射にやられたのです。

やがて、ソビエト軍がやってきて、終戦を迎えたのですが、誰もが飢えを抱えていました。あたしたちは、あのあたりにバラックをこしらえて、どうにかしのいでいたんです。ある晩、二十六番地の前の通りで、大勢の人たちがなにやら議論してました。まもなく誰かが扉を開けると、みんないっせいに押し合いながら、中へなだれこんだんです。それを見たあたしは、父に『行って、なにをしてるのか見てくる』と言いました。父にはいつものお説教をされましたが、あたしはお腹が減っていたので、かまわず行くことにしました。でも、あたしが着いたときには、すべて終わったあとだったんです」

「終わったって、何が？」

「大勢で寄ってたかって、例のケダモノを殺したんです。棍棒やナイフを使ってね。またたくまに細切れにされました。群衆の先頭に立っていたのは、見張り役をしていた看護師のはずです。顔に見憶えがありましたから。それに、鍵を持ってたのは彼だけです。しかも、ことがすむと、すべてのドアにわざわざ鍵をかけていました。なぜなんでしょうね。中はもう空っぽだったはずなのに……」

「教授の消息は？」ヒルベルトが尋ねた。

「詳しいことはわからん」と、大佐が応えた。「当局の情報によると、死んだということになっている。なんでも、ソビエト軍が到着したときに、首を吊ったそうだ。だが、わたしはそれが偽りの情報ではないかという、秘かな確信を抱いてるんだ。彼のような男が屈するのは、失敗をまえにしたときだけだ。しかし彼は、実験を成功させたことには変わりない。この、モラルに反する一件に対して人がどんな評価を下そうともね。おそらく、入念に捜しさえすれば見つかるはずだ。それも、あまり遠くないところでね。レーブ教授の動向がふたたび話題にのぼる日が、必ずや来るだろうよ」

5

《猛成苔（クラドニア・ラピダ）》

自動車には特有の寄生生物が存在する。これは最近発見された新事実だが、よく考えれば、さほど驚くに値しない。われわれの地球上の生命が発揮する、驚異の適応能力に目をみはる者であれば、誰もが思うにちがいない。自動車の内部および外部構造物のみに生える、きわめて特殊化した地衣植物が存在しても、それはごく自然な現象であると。当然ながら、人間の住居や洋服、船などに生育する、ひろく知られている寄生生物との比較・対照のうえで理解することが欠かせない。

その発見は――以前から存在していながら、誰にも気づかれなかったとは考えられない以上、〝出現〟といったほうが適切かもしれない――、かなりの正確さでもって、一九四七年から四八年のあいだと特定できる。それは、カーボディの上塗りに用いられるニトロセルロース塗料が、フタル酸グリセリン塗料に代替されたという出来事と、おそらく無関係ではないだろう。後者は〝合成ラッカー〟と呼ばれているが、これは必ずしも正確な表現ではない。そこにはグリセリンの残滓や油分が存在しているからである。

自動車に生える地衣植物《猛成苔(クラドニア・ラピダ)》が、他の地衣植物ともっとも異なる点は、その生長と繁殖のスピードが極端に速いということである。よく知られているのは、岩などに生える痂状(かじょう)地衣植物で、その生長速度が年にミリ単位を超えることはめったにない。だが、《クラドニア・ラピダ》は、ほんの数か月で、直径数センチにもなる斑点を形成する。とくに、長いあいだ雨ざらしになっていた車や、薄暗く湿った場所に置かれていた車に生える場合が多い。

《クラドニア・ラピダ》の斑点は灰褐色で、表面はざらざらとしており、厚さ一～三ミリ。斑点の中央には必ず、肉眼でも見える子嚢(しのう)がある。斑点が単独であらわれることはめったにない。徹底的な対策を施さないかぎり、わずか数週間で車体を覆いつくしてしまう。どのような方法で胞子を飛散するのかは、いまだに解明されていない。ただし、ほぼ水平の面(屋根、ボンネット、フェンダーなど)での繁殖がとくに著しいことがわかっており、不思議なことに、規則的な模様を描くように丸い斑点があらわれる。そのため、基質が水平に保たれていると、飛散した胞子が付着するのになんらかの理由で有利になると考えられる。

繁殖は、ラッカーを塗った部分に限られているわけではない。場合によっては、たとえば、シャーシやトランクの内部、フロア、シートなど、あまり露出していない部分にも斑点があらわれることがある（ただし形状が異なる）。

特定の内部装置にまではびこると、自動車の動きや機能全般に影響を及ぼすさまざまな不具合が、頻繁に起こるようになる。ショック・アブソーバーが異常な早さで消耗する（所有者、R・J・コニー氏による報告、ボルチモア）、ブレーキオイルのチューブがつまる（フランスやオーストリアの複数の修理工場）、四つのシリンダーが同時に激しくヒートする（自動車整備工場の主人、ヴォリーノ氏による報告、トリノ）といった症状だけでなく、エンジンがかかりにくい、ブレーキの利きが一定でない、加速が悪い、ハンドルがゆるいなど、ほかにもさまざまな不具合が観察されている。また、あまり注意力のない修理工が本来の原因を見落として修理したため、悲惨な結果を招いた例も多々ある。なかには、車の所有者まで感染し、手の甲や腹部の広い範囲に《クラドニア・ラピダ》がしつこく繁殖し、通院を余儀なくされたケースもある。いまのところは一例だけだが、憂慮すべき事態であることに変わりない。

戸外のいくつかの自動車整備工場や、駐車場での観察によると、車から車へと直接感染するケースが大半だ。とくに密度の高い駐車場では感染の危険性が高まるらしい。直接の接触がなく、風や人間が〝媒介〟となった感染にかんしては、信頼に足る報告例はなく、あったとしても、ごく稀なケースだと思われる。

先日タンジェで開かれたモーターショーでは、免疫の問題について議論され（報告者アル・マクリージー）、予想もしていなかった興味ぶかい手がかりが数多く得られた。報告者によると、《クラドニア・ラピダ》に免疫を持つ車は一台もないが、感染車の罹患（りかん）状況を分析したところ、二つの異なるタイプがあり、まったく別の症状を呈することがわかったらしい。丸く、濃い灰色の、頑固でなかなか消えない斑点があらわれるのは、《男車（オート・メン）》の場合。いっぽう、縦方向に細長い楕円形で、焦げ茶から明るいナッツブラウンのような色の、さほどしつこくない斑点があらわれ、明らかに麝香（じゃこう）の匂いを放つのは、《女車（オート・ウィメン）》の場合。

自動車には、未発達ながらも性の分化が見られることは、十年ほど前から知られているが、公の学問の場ではいまだに見落とされている。たとえば、ゼネラルモーターズ社内では、通常「ヒー・カー」および「シー・カー」と呼び分けているし、トリノのフィアット社では、一見したところまったく理由もないのに、《ミレチェント》は男性名詞、《セイチェント》は女性名詞として扱われている。実際、マクリージー自らが個々の車を調査したところによると、《フィアット・ミレチェント》の組立ラインでは、《オート・メン》が圧倒的多数を占めているのに対し、《フィアット・セイチェント》の組立ラインでは、《オート・ウィメン》の数のほうが多いということだ。

これは、非常に珍しいケースといえる。通常、組立ラインにおける《オート・メン》と《オート・ウィメン》の出現には、なんら規則性はない。そのため、出現の確率は五〇パーセント前後ということになる。同一モデルの場合、《オート・メン》のほうが加速がよく、サスペンションが硬く、ボディがデリケートで、比較的エンジンやトランスミッションの故障が多い。それに対して《オート・ウィメン》のほうは、燃料やエンジンオイルの消費量が少なく、横滑りすることもないが、電気系統に弱く、温度や圧力の変化にとても敏感である。とはいえ、その差はごくわずかであり、専門家にしか見分けることはできない。

ところが、《クラドニア・ラピダ》の発見により、車の〝性別〟を迅速かつ正確、しかも簡単に識別できる技術が開発され、専門知識がなくても見分けられるようになった。こうして、わずか数年のあいだに、理論面でも実用面でも、きわめて興味深い研究材料が豊富に集められた。

さまざまなメーカーの車を《クラドニア・ラピダ》に数多く感染させての、長期にわたる本格的な実験が、パリでおこなわれた。それにより、次のようなことが明らかになった。自家用車の選択にあたっては、車の性別が重要な役割を担っている。女性が車を購入する場合、《オート・メン》を選ぶ割合は六二パーセントなのに対し、同性愛者である男性が《オート・メン》を選ぶ割合は、七〇パーセントにのぼった。いっぽう、それ以外の男性の場合、選ぶ車にさほど明らかな傾向がみられるわけではなく、《オート・ウィメン》を買った人の割合は五二・五パーセントにとどまった。車の性別に対する好みや感覚は概して無意識のものだが、なかにはそうでない場合もある。タルノウスキーのアンケート調査によると、少なくとも五人に一人は、車の〝男〟と〝女〟のほうが、猫のオスとメスよりも自信を持って見分けられると答えている。

もう一点、やはり《クラドニア・ラピダ》の技術を利用してイギリスでおこなわれた、衝突事故をめぐる興味深い調査についても記しておこう。単純な確率論からすれば、衝突は、同性間でも異性間でも同じ頻度で起こるはずだが、じっさいには異性間での衝突が五六パーセントを占める（世界平均）という結果が出ている。しかも、この値は国ごとに若干の差があるらしい。アメリカ合衆国では五五パーセント、イタリアならびにフランスでは五七パーセント、イギリスならびにオランダでは五二パーセント。ところが、ドイツでは四九パーセントにまで下がる。

つまり、少なくとも十件の事故に一件は、車の側の未成熟な意志（もしくはイニシアチブ）が、人間の意志（もしくはイニシアチブ）よりも強くあらわれた結果といえるだろう。都会のラッシュを縫って運転しているようなとき、人間の意志はなんらかの形で抑圧され、低下しているものと思われる。この件について研究者らは、いみじくもエピクロス派の原子論〝クリナメン〟[2]を引用している。

もちろん、こうした概念じたいは新しいものではない。サミュエル・バトラー[3]が若いころに書いた傑作『エレホン』でも展開されているし、性別という枠組みを別としても、一見したところごく当たり前な日常のエピソードのなかにも、かなりの頻度であらわれている。ここでは、筆者自身の目で直接観察した、じっさいの症例を挙げておきたい。

一九五二年製造の車、ナンバー〈ＴＯ２６＊＊＊＊〉は、ヴァルドッコ通りとジュリオ通りとの交差点での衝突事故で、大きな損害を受けた。その後、修理され、何度か持ち主が替わり、一九六三年、T・M氏が購入。商店を経営している彼は、店に通うため、ヴァルドッコ通りをその車で毎日二往復していた。

T・M氏は、この車両の過去の症状についてなにも知らなかったが、上述の交差点に差しかかるたびに、車のスピードがいちじるしく落ち、右側に引き寄せられることに気がついた。その交差点以外では、どこの通りを走っていても、異常な行動はみられないのだ。観察力のある運転手であれば、誰しもこの類(たぐい)のエピソードを、いくつもあげることができるだろう。

各人お気づきのとおり、いずれも興味を引かれる話題であり、文明社会においてはどこでも、生物界と無生物界が収斂(しゅうれん)しつつあるのではないかという、おどろきに満ちた問題が強い関心を呼んだ。

2　偏倚(へんい)。落下を続ける原子が、自発運動により、本来のコースからそれること
3　イギリスの小説家（一八三五〜一九〇二年）。ユートピア物語である『エレホン』は、彼の代表作

つい数日前には、バイルシュタインの観察により、オペル・カピタンのステアリングギアの連接部には、神経線維が存在しているという明らかな証拠が示され、写真にも収められた。ただし、この点については、次の記事で詳しく述べることにしたい。

6 低コストの秩序

シンプソン氏に会うのは、いつだって大歓迎だ。営業マンというと国選弁護人のようなタイプが定番だが、彼は違う。NATCA社製の機器に心底惚れぬき、ひたむきに信頼し、なにか欠陥や故障があろうものなら心を痛め、製品が成功を収めれば狂喜乱舞する。もしかすると本当のところは違うのかもしれないが、傍目にはそのように見えた。どちらにしろ、実質的な効果においては大差ない。

ビジネスを抜きにしても、わたしと彼は、友だちといえる間柄だ。それにもかかわらず、一九六〇年を最後に会っていなかった。あのとき、わたしは彼から《詩歌作成機》を購入した。大好評を博した商品で、客の需要に応えるため、毎晩十二時まで残業していたという話だ。その後、聖母被昇天祭のころに電話を寄越し、《ターボ聴罪機》はいらないかと尋ねてきた。なんでもポータブルタイプで、即効性があり、アメリカではなかなかの評判らしい。スペルマン枢機卿のお墨付きも得ているそうだ。だが、わたしには興味のない代物だったので、正直にそう伝えた。

それが、数か月まえのこと、シンプソン氏がなんの前触れもなく、わたしの家の呼び鈴を鳴らしたのだ。嬉々とした表情で、赤ん坊を抱く乳母さながら、両手で段ボール箱を抱えている。そして、挨拶もそこそこに切りだした。

「見てくださいよ」いかにも勝ちほこったような口調である。「《ミメーシン》。誰もが夢見た複写機です」

「複写機？」わたしは、落胆を隠しきれなかった。「失礼ですが、シンプソンさん。わたしは複写機だなんていちども夢見たことはありませんよ。すでに出回っているものでじゅうぶんじゃないですか。ほら、このとおり。一枚につき二十リラのコストと数秒の時間で、完璧な複写ができるのですから。試薬も溶剤も必要ない。もう二年使ってますが、故障したこともありません」

それでも、シンプソン氏はひるまない。

「お言葉を返すようですが、表面を再生するだけなら誰でも簡単にできます。ですが、この機械はたんに表面を再生するのではなく、奥行きまで複製できるのです」そして、心持ち立腹したようすでこうつけくわえた。「《ミメーシン》は、ホンモノの複製機なのです」

彼は、鞄のなかから慎重に二枚の紙をとりだし、テーブルのうえに置いた。輪転機で印刷されたもので、レターヘッドはカラーだった。

「どちらがオリジナルかおわかりですか?」

わたしは、二枚の紙を注意深く見比べた。たしかに、まったくおなじに見えた。おなじ新聞を二部用意したか、あるいは同一のネガで印刷した二枚のプリントに決まっている……。

「違います。いいですか、当社は見本用の素材として、あえて多くの不純物が混じっているざら紙を選んだのです。それだけでなく、複製するまえに、角のところをわざと破っておきました。虫眼鏡を使ってじっくり見比べてください。時間ならたっぷりあります。あなたのために、今日は午後じゅう空けておきました」

片方の紙の隅に、藁くずを見つけた。そのすぐ横には、黄色い異物がある。二枚目の紙を見てみると、まったくおなじ位置に藁くずがあり、黄色い異物があった。破れた部分は二枚ともまったくおなじ形で、レンズを使ってようやく見えるような、細かな繊維まで一緒である。最初に抱(いだ)いた懐疑の念が、しだいに好奇心へと変わっていった。

そのあいだにも、シンプソン氏は鞄から厚ぼったい書類の束をとりだした。

「これはサンプル用の書類です」彼は笑みを浮かべながら、耳に心地よい外国訛りのアクセントで言った。「そしてこちらは、まったくおなじ複製」

書類のなかには、色とりどりの下線が随所に引かれた手書きの手紙や、切手の貼られた封筒、入り組んだ製図、色あざやかな子どもの落書きなどがあった。それぞれのサンプルに対し、シンプソン氏は表も裏も完璧におなじ複製を見せてくれた。

わたしは、サンプル用の素材を穴のあくほど眺めてみた。たしかに、異なるところはひとつもない。紙の粒子も、あらゆる文字や記号も、色の濃淡も、すべて完璧なままで忠実に再現されていた。凹凸や、クレヨンの線のべとべと、テンペラ絵の具で塗りつぶした背景のざらざらした感触、切手の浮きあがったような感じなど、手触りまでオリジナルとまったくおなじだ。シンプソン氏は、横で口説き文句を並べている。

「既存の複写機をたんに改良しただけではありません。《ミメーシン》の根本となっている原理そのものが、一大革新であり、実用面だけでなく、概念としてもきわめて興味深い機械なのです。模写するのでも形を真似るのでもなく、モデルとなるものを、いうなれば無の状態から再生し、まったくおなじものを作りだすのですから」

わたしは、思わず身震いした。わたしの化学者としての血が、とてつもない話に過敏に反応したのだ。

「なんですって？　無からですか？」

「いや、失礼。少し誇張がすぎたかもしれません。もちろん、まったくの無からというわけではありません。正確には、混沌、すなわち完全なる無秩序からというべきでしょう。《ミメーシン》は、まさに無秩序から秩序を生みだすのです」

シンプソン氏は表に出て、車のトランクから金属製の小さな円筒を持ってきた。見たところ、液体ガスのボンベのようだ。自在に曲がる管を用いて、《ミメーシン》の複製用ケージに取りつける手順を、彼はじっさいにやって見せた。

「いわば、栄養貯蔵庫みたいなものです。なかには、〝パブラム〟と呼ばれる、さまざまな物質が複雑に混じりあったものが入っています。現時点では、詳しい成分は明らかにされておりません。フォート・キディワニーでおこなわれた研修のさい、NATCAの技術者の話を聞いていてわたしが思ったのは、パブラムが、炭素と、そのほかいくつもの生命のもととなる元素の、不安定な混合物でできているのではないかということです。

《ミメーシン》の使用法はきわめて簡単。ここだけの話、世界各国に散らばるわれわれ営業社員を、どうしてわざわざアメリカに呼びもどす必要があったのか、さっぱりわかりません。よろしいですか？　複製しようとするオリジナルをこちらのケージに入れ、容積も形もおなじ反対側のケージには、決められた速度でパブラムを注入していきます。複製のプロセスでは、オリジナルを構成している個々の原子とまったくおなじ位置に、原料となる混合物から抽出された同一の原子が固定される。炭素があるところには炭素、窒素があるところには窒素といった具合です。とはいえ、われわれ営業畑の人間は、遠隔での再生を可能とするメカニズムについて、ほとんどなにも知らされていませんし、片方のケージからもう一方のケージに、どのような方法で必要となる膨大な情報が伝えられるのかも説明されていません。われわれはただ、《ミメーシン》の内部で、最近開発された遺伝子工学の手法が繰り返されているということを聞いているだけなのです。要するに、『木から種ができるのと同様に、オリジナルからコピーが生まれる』というわけです。ごく断片的な説明ですが、あなたでしたらおわかりいただけるでしょう。当社の秘密主義を、どうかお許しください。いまのところ、《ミメーシン》の仕組みすべてが特許によって保護されているわけではないことを、ご了解いただけたらと存じます」

取引のイロハに反することはわかってはいたものの、わたしは《ミメーシン》に対する驚嘆を隠せなかった。たしかにそれは、本当の意味で革新的な技術といえた。低温と低圧における有機合成。短時間で低コスト、しかも、静寂のなかで無秩序から秩序が誕生する。これこそ、化学者が四世代にわたって夢見た技術といえるだろう。

「ここに至るまでは、けっして平坦な道のりではなかったようです。なんでも、《ミメーシン》のプロジェクトに携わった技術者は、総勢四十名。原子の定位置合成という基本メカニズムの開発には、早い段階からみごとに成功したのですが、その後二年間、鏡に映った状態、つまり左右逆転した複製しかできず、実用には至りませんでした。それでも、ＮＡＴＣＡ社の経営陣は、《ミメーシン》の生産に入ろうとしていました。ですが、複製をひとつ作るために、二度《ミメーシン》にかけなくてはならず、コストも時間も二倍かかってしまう。そんなおり、左右が逆転しない複製がとつぜんできあがったのです。最初は偶然でした。機械を組み立てるときに何気なく犯したミスが、のちの幸運につながった」

「偶然というのは、どうも信じられませんね」と、わたしは言った。「発明には必ずといっていいほど、偶然が介入したというエピソードがつきものです。おそらく、たいした能力のないライバル会社が、くやしまぎれにそう言うのでしょう」

「そうかもしれません」と、シンプソン。「いずれにしても、改良の余地はまだまだあります。あらかじめお断りしておきますが、《ミメーシン》での複製には時間がかかる。百グラム程度のオリジナルを複製するのに、最低でも一時間はかかります。それと、限界がもうひとつ。いうまでもなく、本体に付属されているパブラムにない元素を含んでいる物体は、複製できないか、あるいはできたとしても、不完全になるということです。別売りの特性パブラムもございます。こちらには、さまざまな元素がほぼ完璧に近い形でそろっています。特別ご要望をいただいた場合にのみ販売していますが、重金属を中心とした、いくつかの元素にかんしては、未解決の問題があるようです。たとえば、――そう言いながらシンプソンは、飾り文字のほどこされた写本の一ページをわたしに見せてくれた――、いまのところ金の再生は不可能ですので、複製には金箔がありません。当然、貨幣の複製もできないのです」

　そこまで聞いたとき、わたしはふたたび身震いした。ただし、このとき反応したのは、化学者の血ではなく、体内に共存し、しっかりと混じりあっている即物的な人間の血だった。貨幣は無理だとしても、紙幣だったら複製できるのでは？　あるいは珍しい切手とか……。より穏当に、かつ優雅に、ダイアモンドというのはどうだろう？　おそらく、〝偽ダイアモンドの製造・販売〟は法律で罰せられる。だが、偽ダイアモンドではなく、《ミメーシン》に何グラムかの炭素原子を入れ、本来あるべき四面体の共有結合に並べなおし、できあがったものを売ることを、いったい誰が禁じるというのだろう。法律の咎（とが）めも、良心の咎めも、受けることはあるまい。

　こんなとき、なによりも肝心なのはいちばん最初に行動を起こすことだ。金儲けに飢えた人間の発想ほど、勤勉なものはない。わたしはためらう気持ちを断ち切り、《ミメーシン》の値段の交渉をはじめた。といっても、無理難題を押しつけたわけではない――いずれにしても、さほど法外な値段ではなかった――。けっきょく五パーセントの割引をしてもらい、月末四回払いの月賦で支払うということに話がまとまり、機械を注文した。

　それから二か月後、《ミメーシン》と五十リップラ[4]のパブラムがわたしのもとに届けられた。ちょうどクリスマスも間近で、家族は山の別荘に行っており、わたしひとり町に残っていたときだったので、新しい機械の研究と実験に専念できた。はじめに、わたしは取り扱い説明書をなんども丹念に読みかえし、ほとんど暗記してしまった。それから、目についた最初の物体——ごく普通のゲーム用ダイスだった——を複製することにした。

ダイスを片方のケージに入れ、指定された温度に装置をセットし、パブラムの調節弁をひらくと、じっと待った。小さなモーター音が響き、複製ケージの排気管から、気体がかすかに漏れだした。一種独特のにおいがある。なんというか、少し汚れた新生児のにおいに似ていた。一時間後、ケージの扉をひらいてみると、中にはオリジナルと少しも変わらないダイスがあった。形も、色も、重さも、まったくおなじ。最初のうちは少し生温かかったが、ほどなく周囲とおなじ温度になった。できあがったダイスを使って三個目のダイスを複製し、三個目を使って四個目を、なんのトラブルもなく、いとも簡単に作ることができた。

使っているうちに、《ミメーシン》の内部構造にますます興味が湧いた。シンプソ

4　重量の単位。一リップラは約三〇〇グラム

ンには具体的な説明はできないようだし――いや、したくないだけなのかもしれない――、取り扱い説明書にもなにも書かれていない。わたしは、ケージBの密閉された蓋を外し、糸鋸（いとのこ）で小さなのぞき穴を開けた。そして、穴にガラス板をはめこみ、隙間のないようにしっかり固定すると、蓋を元にもどした。そのうえで、もういちどケージAにダイスを置き、複製がおこなわれているあいだケージBではどのような現象が起こっているのか、ガラス越しに注意深く観察した。それは、じつに興味深いプロセスだった。まるでケージの底からダイスが成長するかのように、ごく薄い層が下から順に積み重なりながら、じょじょに形成されていく。複製に必要な時間の半分の時点で、ダイスの半分が完璧にできあがり、木の断面が木目までくっきりと見えていた。なんらかの分析システムが、ケージA内のダイスを直線や平面に沿って〝探索〟し、個々の粒子、あるいは原子そのものの配列にかんする指令としてケージBに伝達し、それがパブラムより抽出されると推論できた。

　予備実験は、満足のいく結果だった。翌日は小さなダイアモンドを購入し、その複製を作ってみた。完璧な出来だ。最初の二個を元に、さらに二個の複製を作り、出来た四個を元に、さらに四個の複製を作り……といった具合に、ねずみ算式に複製を増やしてゆき、《ミメーシン》のケージがいっぱいになるまで続けた。

すべての作業を終えたところで、ダイアモンドの山からオリジナルを見つけだすことは不可能だった。十二時間の作業で、2の12乗マイナス1、計四〇九五個のダイアモンドを手に入れたのだ。この作業により、《ミメーシン》の購入にかかった費用はじゅうぶん元がとれたので、この次からは、利害を別にしたおもしろい実験が心置きなくできそうだった。

次の日、わたしは角砂糖やハンカチ、鉄道の時刻表やトランプの束を、難なく複製した。三日目はゆで卵に挑戦。殻が薄く、やわらかかったが――おそらくカルシウム不足だろう――、白身も黄身も、ごく普通の卵だった。それから、《ナツィオナーレ》煙草をひと箱複製した。申し分のない出来だ。マッチ箱を試したら、見た目には完璧な複製ができあがったが、火は点かなかった。また、白黒写真は、ものすごく色の褪せた複製しかできなかった。パブラムに、銀が含まれていないのが原因だろう。腕時計を試してみたら、ベルトの部分しか複製できなかったばかりか、その日から、元の時計が使いものにならなくなった。なぜそんなことになったのか、わたしには見当もつかない。

四日目、採れたてのインゲン豆とエンドウ豆を数個と、チューリップの球根を一個複製した。発芽するかどうか、実験してみるつもりでいる。続いて、百グラムのチーズにソーセージ、丸パン、洋ナシをそれぞれ複製し、まとめて朝御飯にいただいたが、どれもオリジナルと風味の違いは感じられなかった。液体の複製も可能だ。オリジナルの液体を入れた容器とおなじか、いくらか大きめの容器を、ケージBに用意しておけばいい。

五日目、屋根裏にあがり、生きた蜘蛛を一匹見つけた。動いている物体を正確に複製することは不可能だろうから、寒いベランダにしばらく置き、動けなくなるのを待った。そして《ミメーシン》にかけたのだ。一時間後、非の打ちどころのない複製ができあがった。もとの蜘蛛にインクで印をつけ、うりふたつの蜘蛛をガラス瓶に入れ、瓶をパネルヒーターのうえに置いた。待つこと三十分。二匹は同時に動きだし、いきなり争いはじめた。ところが、力も身のこなしもまったく同等で、一時間以上闘っても優劣がつかない。そこで二匹を別々の箱に入れてみた。翌日のぞいてみると、どちらも十四本の放射線がある円形の巣を張っていた。

六日目、庭の石垣の石の陰をひとつひとつのぞき、冬眠中のトカゲを見つけた。できあがった複製は、見たところ正常だったが、室温をあげてもうまく動けないことがわかった。そして、数時間後には死んでしまった。調べてみると、骨が異常に脆かった。とくに足を支えるべき長い骨が、まるでゴムのようにぐにゃぐにゃだった。

七日目、わたしは休息した。シンプソン氏に電話をし、すぐに来てくれないかと頼んだ。これまでの実験について話したうえで――とはいえ、ダイアモンドを複製したことは内緒にしておいた――、できるだけ何気ない口調と表情をとりつくろい、質問や提案をいくつかした。《ミメーシン》の特許は、正確にはどのような状況にあるのか。より万能なパブラムを、NATCA社から入手することは可能なのか。少量でもかまわないから、生命のために必要な元素がすべてそろっているパブラムはないのか。もう少し大きな、たとえば猫の複製もできるような五リットルほどの《ミメーシン》は存在しないのか。いや、二百リットルもあれば、もっといろいろ複製できる。たとえば……。

シンプソンの顔が青ざめるのがわかった。

「失礼ですが、そのような……そのような領域のフォローは、致しかねます。わたしは、詩歌作成機や計算機、聴罪機、翻訳機、複製機など、さまざまな機械を販売しておりますが、霊魂の不滅を信じております。わたし自身、魂を持つ身ですから、それを失うような真似はしたくありません。それだけでなく、あなたが頭のなかで考えておられるような方法で魂をつくりだすことに、荷担するつもりはいっさいありません。《ミメーシン》は、ご覧のとおりのものです。書類を複写するための画期的な機械であり、あなたがなさろうとしていることは……失礼ながら、穢らわしい行為なのです」

穏やかなシンプソン氏から、このような烈しいリアクションがあろうとは、予想だにしていなかった。それでも、なんとか正常な判断をひきだそうとした。《ミメーシン》は、たんなるオフィス用の複写機よりも、はるかに大きな可能性を秘めた機械であることを説明し、発明に携わった彼の会社の技術者たちが、その可能性にまだ気づいていないのなら、わたしにとっても彼にとっても、またとないチャンスではないかと言ってみた。《ミメーシン》には二つの利点があることを強調した。秩序、すなわち富をうみだすという経済的な利点と、生命の仕組みをめぐる人類の知識の前進をもたらす、精巧な最新機器という革新的な利点があると説明したのだ。あげくには、例のダイアモンドの実験についてもそれとなく言及してみた。

だが、なにを言っても無駄だった。シンプソン氏はあいかわらず取り乱したようすで、わたしの言葉の意味を理解することもできないようだった。営業マンとしての、あるいは管理職としての彼の利益とは明らかに矛盾するのもおかまいなしで、「すべて作り話です」とまで言いだす始末……。彼は、製品紹介のパンフレットに書かれていること以外は信じないし、思想的冒険にも、濡れ手で粟の金儲けにも興味がないと言った。とにかく、そのような考えにはいっさいかかわりたくないそうだ。そして、まだなにか言いたげだったが、そそくさと挨拶をすませると、帰ってしまった。

友情がとだえるのは、どんなときでも苦痛である。わたしは、なにがなんでもシンプソン氏ともういちど連絡をとらなければと考えていた。それだけでなく、基本的な部分においては、共通の見解や協力関係が見出せるはずだという確信もあった。むろん、そのためには、わたしのほうから彼に電話をするか、手紙を書くかしなければならない。しかし、多忙な時期の常として、わたしは日々それを先延ばしにし、ふと気づいたら二月の初めになっていた。

その日、わたし宛の郵便物のなかに、ＮＡＴＣＡ社からの通知があった。シンプソン氏自身の署名で、ミラノ支店からのよそよそしいメッセージが添えられている。

「当社をお引き立ていただいております皆様に、NATCA社からのお知らせがございます。同封の文書およびその翻訳をご覧ください」

NATCA社がこのような通知を配布するに至ったきっかけは、ほかでもないシンプソン氏だったのではあるまいか。彼の心に巣くっていたくだらない倫理的な後ろめたさのせいで、このような方針をとるに至ったのだろう。送られてきた長たらしい文書をそっくり書き写すことはしない。重要な項目のみ記しておこう。

「《ミメーシン》、およびNATCA社がこれまで製造し、今後製造するであろうすべての複製機は、オフィスで用いられる書類を複製するという目的のためにのみ、製造・販売するものである。したがって各取次店は、合法的に設立された商事会社および工業会社にのみ販売が可能であり、個人に売ることはできない。いずれにしても、購入にあたっては、左記の目的のために使用しないという誓約書への署名を義務づけるものとする。すなわち、
・紙幣や小切手、手形、切手など、一定価格に相当する有価証券を複製すること。
・絵画やデッサン、版画や彫刻、そのほかの造形芸術作品を複製すること。

・生死にかかわらず、植物や動物や人間、あるいはそれらの一部を複製すること。
いかなる理由であろうと、顧客やユーザーが、署名された誓約書に違反して同装置を使用した場合、ＮＡＴＣＡ社は、その結果に対していっさいの責任を負わないものとする」

このような制限条項は、《ミメーシン》の商業的成功を妨げることになりかねないというのが、わたしの意見である。今後、シンプソン氏に会う機会があるならば――会えることを願っているが――、必ずそう伝えるつもりでいる。信じがたいことに、思慮深いと評判の人物でも、ときにこのような己の利益に反する行動をとることがあるものだ。

7 人間の友

サナダムシの表皮を構成する細胞の配列がはじめて観察されたのは、一九〇五年のことである（発見者はセルリエ）。だが、その意味と重要性に最初に気づいたのは、フローリーであり、一九二七年に長い論文をまとめている。

添付された鮮明な写真のおかげで、門外漢であっても、〝フローリーのモザイク〟と呼ばれている模様が、たしかに確認できる。周知のとおり、不規則な多角形の扁平（へんぺい）な細胞が、平行な長い列を成して並んでいるのだが、不均一な間隔をはさみながら、似かよった要素が何百個と繰り返されるという特徴がみられる。配列の意味が解明されたのは、きわめて特殊な状況においてであり、しかもその功績は、組織学者でも動物学者でもなく、一人の東洋学者によるものだった。

アッシリア学を専門とするミシガン州立大学の教官、バーナード・W・ロスアードは、ほかでもないこの煩わしい寄生虫の存在のせいで休養を余儀なくされたとき、ふとした好奇心から、フローリーの写真を偶然目にした。彼が仕事をとおして培った経験のおかげで、それまで誰も気づくことのなかったいくつかの特徴を見逃すことはなかった。モザイクの列が細胞のまとまりによって構成され、しかもその数は、それほど広くない範囲内（約二十個から六十個）で変化すること。まるで決められた組み合わせであるかのように、頻繁に繰り返される細胞のまとまりが存在すること。それと――これこそ、謎を解く鍵となったのだが――、それぞれの列の末端の細胞が、ときにリズミカルともいえる規則性をもって並んでいること。

ロスアードが最初に目にした写真がとりわけシンプルな配列だったのは、幸運なめぐり合わせとしかいいようがない。最初の列の最後の四つの細胞は、三列目の最後の四つの細胞とまったく同じだった。さらに、二列目の最後の三つは、四列目と六列目の最後の三つと同じ。このような調子で、広く知られた三行詩節の形式にのっとった配列が続いていたのだ。とはいえ、次の段階にまで踏み込むには、大いなる知的勇気が必要だったろう。すなわち、モザイク模様が、たんに〝韻を踏んでいるように見える〟だけでなく、まさに詩そのものを形成し、メッセージを発しているのではないかという仮説を打ち立てることだ。

ロスアードは、このような勇気を持ち合わせていた。彼は、膨大な時間と忍耐力でもって解読作業にあたり、そのユニークな直感を証明してみせた。研究者ロスアードが導いた結論を簡潔にまとめると、以下のようになる。

サナダムシ〈Tenia Solium〉の成虫の一五パーセントに相当する個体で、フローリーのモザイクが観察された。モザイクを有する個体には、すべての成熟した片節(へんせつ)において、同じ模様が繰り返しあらわれており、これは生まれついたものと考えられる。すなわち、個体ごとに特有の紋様であり、人間にたとえるならば、指紋や手相にあたる(ロスアード自身の考察より)。

モザイクは、数十から、多いときには二百を超える数の〝詩句〟を構成している。一韻を踏んでいる場合もあるし、リズミカルな散文と呼んだほうがいい場合もある。一見したところアルファベットの一種にも見えるが、そうではない。むしろ——ここでは、ロスアード自身の表現を引用する以外、ほかに適切な描写が思い浮かばない——「高度に複雑であると同時に原始的な表現形態であり、単一のモザイクのなかに、あるいは単一の詩句のなかに、音声表記を持ったアルファベットと、音節表記を持った表意文字とが混じりあっている。そこには表面的な規則性はまったくないし、あたかも、寄生生物であるサナダムシの太古からの経験が、宿主(しゅくしゅ)の多様な文化とざっくばらんに入り乱れ、共鳴しているかのようだ。いってみれば、サナダムシが、ヒトの組織液と一緒に、知識の一部も吸収したといえるだろう」と考えるべきなのかもしれない。

これまで、ロスアードとその協力者によって判読されたモザイクの数は、さほど多くはない。ロスアードが〝間投詞〟と名づけている、初歩的で、断片的な、あまり他との結びつきのないものがいくつかあるのみだ。この類のものはもっとも解読が難しいが、たいがい、栄養分の質や量に対する満足感や、糜粥（びじゅく）に含まれる、あまり好ましくない成分に対する不快感を表現するものである。なかには、断定のような短い文章もある。

たとえば、以下に引用するものは、比較的複雑な部類に入るものだが、なにを教訓としているのかは曖昧だ。いずれにせよ、自分はまもなく駆除される運命にあることを予見し、苦悩する個体が発した嘆きではないかと考えられる。

「さらば、甘美な安らぎよ、甘美な棲み処（すみか）よ。去るべき時が到来し、もはや僕には甘美な場所ではなくなった。僕は〈……〉に疲れ果ててしまったのだ。ああ、僕をこのまま、この心地よいぬくもりに包まれた片隅に忘れ去っておくれ。だが、いまさっきまで栄養だったものが毒素となり、平穏だった場所は怒りと化す。もはやためらってはいられまい。僕は虐げられた身なのだから。〈……〉を引きはがし、敵意にあふれた世界へと下ってゆく」

なかには、サナダムシの神秘に満ちた雌雄同体の愛や、繁殖のプロセスについて語っていると思われるモザイクもある。

「僕と君。ひとつの肉体であるいま、なにものもこれを引き離すことはできない。僕と君。僕は君に自己を投影し、己の姿を見いだす。ひとつが多くの体であり、僕の節ひとつひとつが秩序であり悦びなのだ。ひとつが多くの体であり、光こそが死、闇は不死を意味する。こっちにおいで、傍らの花婿よ。時の鐘が鳴るとき、僕を強く抱きしめてくれ。僕もゆく。僕の全〈……〉が、天を仰いで歌いだす」

「僕の〈膜？〉を破り、太陽と月を夢見る。僕は自分自身に体を巻きつけ、大空に抱かれた。過去は無となり、一瞬にして力がみなぎる。はかりしれない数の子孫たち」

しかし、なんといっても興味深いのは、明らかにレベルの高いモザイクの数々だ。そこには寄生虫と宿主との情愛あふれる関係という、心かき乱される未知の領域が表現されている。以下に、とくに象徴的なものを数篇引用しておく。

「ああ、力強きあなたよ。僕にとって善き存在でいておくれ。眠りのなかで僕を思い出してほしい。あなたの糧は僕の糧であり、あなたの飢えは僕の飢え。お願いだから、刺激のあるニンニクと忌まわしい〈シナモン？〉は拒否しておくれ。いっさいが、あなたから生じる。僕の命を育む甘美な体液も、僕がこうして横たわり、世界を謳歌しているぬくもりも。寛容なる僕の宿主よ。僕の全宇宙よ。あなたをけっして失わずにいられますように。あなたが空気を吸い、光を浴びるのと同じように、僕はあなたを吸い、あなたを浴びる。どうか末永く、健やかに生きておくれ」

「あなたが話せば、僕は耳を傾ける。あなたが行けば、僕はしたがう。あなたが考えれば、僕はそれを理解する。僕ほど忠実な存在がほかにあるだろうか。僕ほどあなたのことを知るものはいない。こうして僕は身をまかせ、あなたの暗い腸で横たわり、昼の光を欺く。聴いてくれ。満たされた腹のほかは、すべて虚しく、〈……〉のほかは、すべて謎に満ちている」

「あなたの力は僕のなかに浸透し、あなたの歓びが僕のなかにおりてくる。あなたの怒りは僕を〈縮ませ？〉、あなたの疲労が僕を弱らせる。そして、あなたのワインは、僕を興奮させる。神聖なる人間よ。僕はあなたを愛してやまない。僕の罪を許してほしい。そして、あなたの慈愛を永遠に僕に注いでおくれ」

ここでは、「罪」というテーマにかんして軽く触れられている程度だが、興味深いことに、より進化したモザイクのなかでは、何度も執拗に繰り返されている。この種のモザイクの出現が、ほぼ例外なく、大きさも年齢もかなりのものに達する個体に限られているという事実は、注目に値するとロスアードは指摘する。いずれも、一回、あるいは複数回におよぶ駆除をものともせず、しぶとく生き延びた個体ばかりだろう。もっともよく知られている例を、ひとつあげておく。この作品は、サイエンス文学の領域を越え、近年の海外文学選集に加えられた。そして、じつに広い層の読者から関心や感想が寄せられている。

「……つまり、あなたを恩知らずと呼べというのか？　そうではない。僕は、自然に課された限界を破ろうと、死にものぐるいで己を駆りたて、一線を越えたのだから。隠された、前例のない道をたどり、僕はあなたのもとに到達した。何年ものあいだ、僕はあなたを清く崇拝し、あなたという泉から己の命も知識も汲みあげてきた。僕は己の存在を明かすべきではなかったのだ。これこそ、僕らの哀しき運命。姿を見せたとたん、有害とみなされる。したがって、あなたの怒りも当然だろう。ああ、神よ。哀しいかな。僕は思いとどまるべきだった。なぜ、祖先の賢明な不動を否定してしまったのだろう？」

「それでも、わかってほしい。あなたの怒りは正当なものだが、僕の大胆さも、不徳ではあるものの、おなじく正当なのだ。それを知らぬものなどいようか。僕らの無言の言葉は、あなたたちの耳には届かない。人間という不遜な半神よ。僕らのような、眼も耳も持たぬ民は、あなたがたの世界では恩恵を受けることもできないのか」

「いま、僕は去りゆく。ほかでもなくあなたがそれを望んでいるのだから。僕らの慣習にしたがって無言で立ち去り、死か、あるいは不浄な変貌か、いずれかの運命に遭うだろう。願いはただひとつ。僕のこのメッセージが、あなたのもとに届くこと。あなたには、ぜひ考えてほしい。わかってほしい。僕の隣人であり、兄弟でもある、偽善者の人間よ」

どのような基準にもとづいて評価しようと、この文章が注目に値するものであることに間違いはない。

純粋な野次馬根性から付け加えるならば、著者の最期の願いが聞き届けられることはなかった。というのも、不本意ながら宿主となっていた、ダンピアー（イリノイ州）のとある銀行員は、それを見ることをきっぱりと拒絶したのだから。

8 《ミメーシン》の使用例

世界でもっとも〝三次元複製機〟を手にすべきでない人物をあげるとすると、ジルベルトだろう。ところが、《ミメーシン》は発売から一か月で、たちまち彼の手にするところとなった。それは、周知の通達により、同製品の使用および製造が禁止される三か月まえのことだった。つまり、ジルベルトが厄介ごとを引き起こすのにじゅうぶんな時間があったわけだ。

わたしには、なにも手立てを講じることができなかった。というのも、ちょうどわたしがサン・ヴィットーレで服役していたあいだの出来事だったからだ。わたしはあそこで、《ミメーシン》の開拓者としての罪をつぐなっていたのだが、まさかジルベルトがあのような形で、わたしの実験の続きを進めていようなどとは、夢にも思わなかった。

ジルベルトは、ある意味、時代の寵児（ちょうじ）といえる。三十四歳の優秀なサラリーマンで、古くからのわたしの友人だ。酒も煙草もやらないが、ひとつだけ趣味がある。

非生物の物体をいじくりまわすのが好きなのだ。自ら〝工房〟と呼ぶ物置で、やすりをかけたり、ノコギリで切ったり、溶接したり、接着したり、金剛砂（こんごうしゃ）で磨いたりしている。

時計や冷蔵庫や電気カミソリを修理するかと思えば、朝になるとヒーターのスイッチが自動的に入る装置や、光センサー式自動施錠装置、空飛ぶプラモデル、海のレジャー用水中聴音器といったガラクタを創作する。自家用車に至っては、数か月以上持ったためしがない。解体しては組み立てて、磨きをかけ、油を注（さ）し、改造する。無用なアクセサリーを搭載したかと思うと、すぐに飽きて売ってしまう。細君のエンマ——これが、じつに魅力的な女性だった——は、彼のマニアックな趣味にも、驚異的な忍耐力で接していた。

ようやく刑務所から我が家に帰ってきた。そう思ったとたん、電話が鳴った。電話の主はジルベルトで、例のごとく有頂天だった。二十日まえに《ミメーシン》を手に入れ、以来二十日と二十夜をこの新しい機械に捧げたらしい。彼は、それまで試みたすばらしい実験だけでなく、これからやろうとしているアイデアについても、弾丸のごとく喋りまくる。ペルティエの学術書『模造概論』（Théorie générale de l'Imitation）や、ツェヒマイスター、アイゼンロールの共著による論文『《ミメーシン》およびそのほかの複製装置』（The Mimes and other Duplicating Devices）を購入しただけでなく、人工頭脳工学と電子工学の集中講座まで受講したそうだ。情けないことに、彼がおこなった実験は、わたしの体験と酷似していた。そのためにわたしは高い代償を支払わなければならなかったことを、彼に話してきかせようとしたが、無駄だった。受話器の向こうで一方的にまくしたてる相手の話を中断するのは、容易ではない。相手がジルベルトであれば、なおさらだ。けっきょく、わたしは断りもなく電話を切ったうえで、受話器をはずしたままにしておき、自分の用事に専念することにした。

二日後、ふたたび電話が鳴った。興奮気味のジルベルトの声には、まぎれもなく得意げな響きが感じられた。

「いますぐ会えないかい？」

「どうした？　なにかあったのか？」

「女房を複製した」

それが彼の答えだった。

二時間後にジルベルトがあらわれ、非常識きわまる実験について語ってくれた。

《ミメーシン》を手に入れたジルベルトは、まず、初心者であれば誰もが試すだろう実験――卵や煙草の箱、本など――に挑戦した。だが、ほどなく飽きてしまい、《ミメーシン》を工房に運びこみ、なんとボルト一本に至るまで、きれいに分解したのだ。それから、ひと晩じゅう試行錯誤し、手元の論文なども参照したあげく、現在の容量一リットルの《ミメーシン》を、大容量のモデルに改造することは不可能ではないし、さほど難しくないはずだという結論に達した。

彼は、ただちに行動に移った。どのような口実を設けたのかはわからないが、NATCA社から特注パブラムを二百リッブラ取り寄せ、鉄板やら形鋼(かたこう)やらパッキンやらを購入し、七日後には作業を終えていた。人工肺のようなものを製作し、《ミメーシン》のタイマーを改造し、四十倍ほどにスピードを速めた。そうして左右のケージを接続し、パブラムの容器もつなぎ合わせたのだ。

ジルベルトは、まさにそういう男だった。危険で有害な、小プロメテウスとでもいうべき人物。才能はあるが無責任で、そのうえ愚かで傲慢だった。はじめに言ったように、時代の寵児であり、今世紀の象徴的な存在といえた。つねづね思っていたのだが、必要に迫られれば、原子爆弾を自分で造ってミラノの街に落とし、「どんな影響があるのか見てみたかった」などと、平然と言ってのけるような男なのだ。

彼の話によると、複製機をもっと大きなものに改造しようと決めた時点では、とくに明確な考えがあったわけではないそうだ。いかにもジルベルトらしい話だが、唯一頭にあったのは、自分の手で、あまり費用もかけずに、もっと大きな複製機を〝造ろう〟という構想だけだった。

もともと彼には、まるで手品のように、個人的にやりくりして〝支出〟を帳消しにしてしまう傾向がある。妻を複製しようという忌まわしきアイデアは、その後、ぐっすり眠るエンマを見て、ふと思いついただけだと彼は言った。それほど難しいことでもなかったらしい。ジルベルトは身体つきも頑強だし、辛抱づよい。エンマが眠っているベッドのマットレスをそっと引きずって、複製機の大きなケースのなかに入れたそうだ。一時間以上かかったが、エンマは目を覚まさなかった。

ジルベルトがなぜ、いくつもの神の掟や人倫に背いてまで、二人目の細君を造ろうと思いたったのか、わたしにはまったく理解できなかった。彼は、まるでこの世でもっとも自然な発想であるかのように、自分はエンマをものすごく愛しており、エンマがいなくては生きていけないのだから、もう一人いてくれれば素敵だろうと思った、と話していた。おそらく、それは偽りのないところだろうし――彼はいつだって正直だった――、彼がエンマを愛していることは間違いない。たとえその愛情表現に、彼女をあがめているような、彼特有の子どもじみたところがあったとしてもだ。

しかしながら、細君を複製しようと決めたのはまったく別の理由によるものだと、わたしは確信している。すなわち、誤った解釈にもとづいた冒険心であり、ほかでもない、アルテミス神殿に火を放ったヘロストラトスに通ずる、〝どんな影響があるのか見てみたかった〟という、不健全な趣味によるものに違いないのだ。

このような非凡な体験をさせるまえに、当のエンマに相談し、本人の承諾を得ようとは考えなかったのかと尋ねてみた。すると、ジルベルトは髪まで赤くして打ち明けた。もっとひどいことをしたらしい。じつは、エンマはぐっすり眠っていたのではなく、意図的に眠らされていたのだ。ジルベルトに睡眠薬を飲まされて……。

「それで、いまは二人の奥さんと、どんなふうにやってるんだい？」

「わからない。まだ決めてないんだ。二人ともまだ眠ってるんでね。明日になったら考えるさ」

　翌日は、なにごとも起こらなかった。少なくとも、わたしはなにも知らなかった。この一か月でたまった仕事を片付けるために、遠くまで出張に出なければならず、二週間ほどミラノを離れていたのだ。帰ったら、どんな使命がわたしを待ち受けているかは、おおかた見当がついた。ジルベルトを苦境から救いだしてやること。いつだったか、彼が蒸気を利用した掃除機を発明し、部長夫人にプレゼントしたときも、窮地を救ってやったのはわたしだった。

　案の定、家に帰るやいなや、有無も言わさずジルベルトの家の家族会議に呼びつけられた。出席者は、ジルベルトにわたし、そして二人のエンマだ。なかなか気の利くことに、二人は、ひと目で見分けられるように目印をつけていた。髪にシンプルな白いリボンを結んでいるほうが二人目のエンマ、つまり非合法の妻だ。そのせいで、どことなく修道女のような雰囲気をかもしだしている。リボン以外は、エンマIの服を自然に着こなしていた。

　いうまでもなく、どこをとってみてもエンマ本人とまったく変わらない。顔つき、歯並び、髪の毛、声、話し方、額にあるかすかな傷、パーマ、歩き方、このあいだの休暇で日焼けした肌……なにからなにまでそっくりだ。ただし、複製のエンマだけが、ひどい風邪をひいているらしかった。

予想に反して、三人とも上機嫌だった。愚かしいことにジルベルトは、実験が成功したからというよりも、二人の女性が互いに意気投合していること――それじたいは彼の手柄でもなんでもないのだが――が得意で仕方ないようだった。いっぽう、わたしは二人の姿に深い感動を覚えた。エンマⅠは、新しくできた〝妹〟に対し、あたかも母親のような気配りを見せていた。それに対しエンマⅡは、品格と愛情のにじみでる、親を敬うような態度で応えていたのだ。

ジルベルトの実験には、忌むべき点が数多くあるものの、『模造概論』の裏づけとしての価値があった。二人目のエンマは二十八歳で誕生し、オリジナルのエンマの、滅びる運命にある肉体をそのまま受け継いだだけでなく、知的財産もそっくり受け継いだ。エンマⅡがつつみ隠さず語ってくれたところによると、誕生してから二日か三日たった時点でようやく、自分が人類史上初の、いわゆる〝人造〟女性であることに納得がいったそうだ。いや、若干の共通点があるイヴのケースを数に入れるならば、史上二番目になる。

エンマⅡは、熟睡状態で生まれた。《ミメーシン》が、エンマⅠの血管に流れていた睡眠薬の成分まで複製したからだ。目覚めたときには、自分がエンマ・ペローザ＝ガッティであることを〝知って〟いたし、会計士ジルベルト・ガッティのただ一人の妻で、一九三六年三月七日にマントヴァで生まれたことも〝知って〟いた。エンマⅠがはっきりと憶えていることは、すべてはっきりと憶えていたし、エンマⅠがあまり憶えていないことは、どれもあまり憶えていなかった。たとえば、新婚旅行のことは事細かに憶えていたし、〝自分の〟学生時代の友だちの名前も憶えていた。エンマⅠが十三歳のころ、宗教に対して子どもにありがちな反発を感じたときの細かな心の動きまで、はっきりと記憶に残っていた。それは、これまで誰にも打ち明けずにきた思いである。同時に、《ミメーシン》が家に届いたときの状況や、ジルベルトの熱狂、彼の話や実験のようすなどもしっかり憶えていたので、自分自身の存在が、彼の自己本位な創作行為によってもたらされたものだと聞かされても、それほど驚きはしなかった。

ただし、エンマⅡだけが風邪をひいていることから、もとは完璧に同一なはずの二人でも、それが永遠に続くわけではないだろうと想像できた。ジルベルトがもっとも公平な重婚者たり得たとしても、たとえ、すべてを厳密に交代でおこなうと決めたとしても、二人の女性のどちらかを贔屓するようなことはけっしてしないと誓ったとしても――しかも、彼がじつにいいかげんな男で、ごたごたばかり引き起こしていることを考えると、現実にはありえない仮定だ――、なんらかの相違が生じるだろうことは避けられなかった。

二人のエンマが、物理的におなじスペースを占めることは不可能だという事実を考えるだけで、それは明白だ。狭いドアを同時に通り抜けることはできないし、ひとつの窓口を同時に利用することもできないし、食卓でおなじ席に着くこともできない。ということはすなわち、それぞれが異なった不慮の出来事にさらされ――たとえば風邪――、異なった体験をする可能性もあるということなのだ。要するに、運命としてなんらかの違いが生じ、それがやがて、精神的にも肉体的にも差異をもたらす。ひとたび違いの生じた二人に、ジルベルトはまったく同等に接することができるのだろうか。とうてい無理な話である。たとえごく些細なことであっても、どちらかを贔屓したならば、三人のあいだのあやうい均衡はたちまち崩れ去るだろう。

わたしは、以上のような考えをジルベルトに伝え、これは根拠のない悲観論ではなく、一般常識に根ざした予想であり、定理といっても過言ではないと説明した。さらに、彼の立場は法的にも曖昧で、わたしなどは、もっと些細なことで刑務所に入れられたと強調しておいた。法的に見るならば、ジルベルトはエンマ・ペローザと結婚している。エンマⅡもやはりエンマ・ペローザだが、だからといって、エンマ・ペローザが二人いるという事実は打ち消せない。

ところが、ジルベルトはわたしの話に耳を貸そうとしなかった。あきれたことに、まるで新婚のように浮かれ気分で、わたしが喋っているあいだも、内心では別のことを考えているのが一目瞭然だった。わたしのほうは見向きもせず、二人を観察することに没頭していたのだ。折しも、二人はくだらない口喧嘩をしていた。二人のお気に入りのソファーにどちらが座るべきかというのが原因だ。ジルベルトは、わたしの意見を軽く受け流し、すばらしいアイデアを思いついたと言いだした。三人一緒にスペイン旅行に行こうと提案したのだ。

「すべて計画済みさ。エンマⅠが、パスポートを紛失したと届け出て再発行してもらい、それでエンマⅡが入管を通過するという算段だ。いや、そんな必要もないぞ。まったく、我ながらなんて間抜けなんだ。パスポートを複製すればいいんじゃないか。《ミメーシン》でね。よし、さっそく今晩試してみよう」

ジルベルトは、この着想にすっかり満足していた。旅行先としてスペインを選んだのも、入国時の書類審査が厳しいことを承知で、あえて挑みたかったのではあるまいかと疑いたくなってくる。

それから二か月が過ぎ、三人が旅行を終えて帰ってくるころ、ほころびが露呈しはじめた。それは傍目(はため)にも明らかだった。三人のあいだでの表面的な礼儀や気配りは保たれていたが、気まずい雰囲気が漂っていることは間違いない。ジルベルトは、わたしを自宅に呼びはせず、彼のほうからわたしのところにやってきた。もはや浮かれたようすはいっさいない。

彼は、三人のあいだで起こったことを訥々(とつとつ)と話しだした。ジルベルトは、微分の問題ならば、たとえ煙草の箱にだろうと手早く方程式を書いて説明するだけの才能を持っていたが、自分の感情を言葉で言いあらわすのは、あきれるほど苦手だった。

スペイン旅行は楽しかったが、苦労も山ほどあったらしい。セビリアに着き、もりだくさんのスケジュールをこなした日の晩、疲れていらいらしていたせいか、口論になった。二人のエンマのあいだで意見が割れるテーマといったら、ひとつしかない。すなわち、ジルベルトの複製実験は適切なものだったか否か。あるいは、合法か違法か。エンマⅡは、適切だし合法に決まっていると主張し、エンマⅠはなにも言わなかった。あやうい均衡が崩れるには、この沈黙ひとつでじゅうぶんだった。その瞬間、ジルベルトは選別していたのだ。しだいに、エンマⅠに対して気詰まりを覚え、罪悪感が日々つよくなるのを感じていた。新しい妻に対する愛情が深まってゆき、それと反比例して、正規の妻への愛情が薄れていった。現時点ではまだ、決定的な亀裂には至っていないが、遅かれ早かれそういう事態になるだろうと、ジルベルトは感じていた。

二人の女性の気性や性格にも、違いが生じはじめた。エンマⅡは日増しに若々しく、気配りがゆきとどき、積極的で、社交的になってゆくのに対し、エンマⅠは万事をネガティブに捉え、拒絶し、なげやりで、閉じこもりがちになっていった。さて、どうしたものか。わたしはジルベルトに、くれぐれも軽率な行動はとらないよう忠告し、いつものように、一緒に解決策を見つけてやろうと言った。しかし内心では、そのような気の滅入るごたごたにはかかわるまいと決めていた。いっぽう、わたしの予想が現実となったことに、歪んだ、むなしい満足感を抱(いだ)かずにはいられなかった。

それから一か月後、満面に笑みをたたえたジルベルトがオフィスに訪ねて来ようなどと、誰が想像しただろうか。すこぶる体調もよいらしく、やかましいほど饒舌で、少し太ったようである。彼ならではの自己中心的な態度で、いきなり用件を切り出した。ジルベルトという男は、自分さえよければ、世界中がそれでいいと思っているらしい。周囲の人間に対する気遣いができない性分のくせに、まわりが彼に対する配慮を怠ると、おどろいて腹を立てるのだった。

「ジルベルトは天才だ」と、彼は言った。「またたく間に、すべてカタをつけてくれたよ」

「それはなによりだ。いいかげん、目を覚まして然るべきだったからね。それにしても、君の自画自賛ぶりにはあきれて物も言えないよ」

「いや違う。誤解しないでくれ。俺のことを言ってるんじゃない。ジルベルトⅠの話だよ。天才というのは、彼のことなんだ。俺は正直なところ、ものすごく奴に似てるが、この件にはまったく貢献してない。なんてったって、先週の日曜に生まれたばかりだからね。おかげで、すべてまるく納まったよ。あとは役場の戸籍係に行って、俺とエンマⅡの住民登録をしてもらうだけさ。おそらく、なにか小細工をする必要があるだろうが……。たとえば、とりあえず俺とエンマⅡが夫婦だということにしておくとか。届けさえ出せば、あとはどちらでも好きなほうと一緒になっていいわけだからね。それと、当然、俺も仕事を探さないといけない。といっても、ＮＡＴＣＡ社に行けば、《ミメーシン》をはじめとする事務機器の広告塔として、採用してもらえるだろうがね」

9

転換剤(ヴェルサミン)

世の職業には、自己を破壊するものと、維持するものとがある。とりわけ、労働の見返りとして自然に自己を維持できるのは、書類や本、芸術作品、施設、制度や機能、伝統などなど、ものの維持・管理に携わる職業だ。司書や学芸員、聖具保管係、用務員、古文書館員といった職種の人間は、おしなべて長命なだけでなく、何十年ものあいだ、自分自身を変わらず保ちつづけるものである。

ヤコブ・デッサウアーは、心持ち足をひきずりながら、幅の広い階段を八段ばかりのぼり、十二年ぶりに研究所のロビーへ入っていった。そして、ハールハウスか、クレーバーか、ヴィンケはいないかと尋ねた。研究所に残っている者は一人もいない。死んだか、あるいは転勤になったかだ。知った顔は、初老のディボウスキーひとり。彼は少しも変わっていなかった。昔ながらの禿げた頭に、昔とおなじ、深く刻まれた皺（しわ）。無精ひげに、多色の染みがある節くれだった手。継ぎの当たった寸詰まりのグレーのワイシャツまでが、当時のものだった。

「まったくですよ」と彼は言った。「吹き荒れる嵐になぎ倒されるのは、背の高い木と相場が決まっています。わたしは、ごらんのとおり残りました。おそらく誰の目ざわりにもならなかったからでしょう。ロシア人にも、アメリカ人にも、それ以前の連中にとってもね」

デッサウアーは、あたりを見渡した。ガラスが割れたままの窓も多く、本が並んでいるべき棚にも空洞が目立つ。暖房も不十分だったが、研究所には活気があった。洗いざらしの上っぱりを着た男女の学生が廊下を往き来し、空気中には、嗅ぎなれた独特の刺激臭が漂っていた。いなくなった者たちの消息を、ディボウスキーに尋ねてみた。大半が戦時中、前線に送られるか、空爆で命を落としたらしい。友人のクレーバーも、死んだそうだ。だが、戦争でではない。〝ヴンダークレーバー〟……〝奇跡のクレーバー〟と呼ばれていた、あのクレーバーが……。

「そうなんですよ。彼の噂を耳になさらなかったのですか？　じつに奇怪な出来事でした」

「もう何年も研究所に顔を出していませんでしたから」デッサウアーは応じた。

「そうでしたね。忘れていました」ディボウスキーは、理由を尋ねようとはしなかった。「三十分ほどお時間がありますか？　ついてきてください。わたしがお話しいたしましょう」

　彼は、デッサウアーを自分のロッカー室に案内した。窓からは、霧雨の昼下がりに特有のどんよりとした光が洩れている。かつてあれほど手入れのゆきとどいていた花壇には、見る影もなく雑草が生い茂り、風にあおられた雨が葉を濡らしていた。

　二人は、錆(さ)びてぼろぼろになった実験用計量器のまえに置かれた二脚のスツールに腰をかけた。フェノールと臭素のきつい臭いが、部屋に充ちている。老いたディボウスキーがパイプに火をともし、机の下から褐色のビンを引っぱり出す。

「アルコールだけは、いつだって欠かしたことはありませんがね」彼はそう言いながら、注ぎ口のついた二つのビーカーに注いだ。それを二人で飲んでいたが、やがてディボウスキーが訥々(とつとつ)と語りはじめた。

「とはいえ、誰彼かまわず話せるようなことではないのです。あなたが彼と親しかったことを思い出したので、お話しすることにしたのですがね。きっとわかっていただけると思います。あなたが研究所を去ってからも、クレーバーは変わりませんでした。

頑固で真面目で仕事ひとすじ。おまけに物知りで、非常に優秀……。われわれのような職業の者にとってはけっしてマイナスでない、どこか気のふれたような性癖も、そのままでした。極端に内向的な性格でしたから、あなたが去ってからは、ほかに親しい仲間をつくるでもなく、独り者につきものの妙なこだわりばかりを増やしていったのです。

なに、ひとつひとつは大したことではないのですがね。彼が何年もまえから、ベンゾイル誘導体にかんする研究に取り組んでいたのを憶えていらっしゃいます？　ご存じのとおり、彼は目の故障で除隊となり、その後はずっと軍務に召集されませんでした。猫も杓子も召集されていた時代なのにですよ。その理由はわかりません。もしかすると、軍の上層部に知り合いでもいたのではないでしょうか。それで、ベンゾイル誘導体の研究を続けることができた。あるいは、連中が彼の研究に興味を抱いていたのかもしれません。戦争に利用するためにね。そんなとき彼は、たまたま《転換剤（ヴェルサミン）》を発見したのです」

「《ヴェルサミン》というのは、なんなのですか？」

「まあ、そうあせらないでください。順にお話しいたします。彼は、自分でつくった調合剤を、ウサギに投与して実験していました。四十種類ほどの調合剤を試したところで、一匹のウサギの変わった行動に気づいたのです。餌を拒絶し、口のなかが血だらけになるまで木をかじったり、檻の鉄柵に嚙みついたりしていたのですが、数日後、傷が化膿して死んでしまった。ほかの研究者だったら、さほど気にもとめなかったでしょうが、クレーバーは違います。古い気質の研究者ですから、統計よりも事実を重んずる。そこで、新たに三匹に、B41（四十一番目のベンゾイル誘導体ということです）を投与してみたところ、結果は三匹ともおなじものでした。じつは、危うくわたしも犠牲になりかけましてね」

ディボウスキーは話を中断した。質問を待っていたのだ。期待にそむくことなく、デッサウアーが尋ねた。

「あなたが？　いったいどういうことです？」

ディボウスキーは、声を抑え気味に話しはじめた。

「ご承知のように、肉が手に入りにくい時代でしたから、実験で死んだ動物をすべて焼き場に投げ入れるのはもったいないと家内が言いだしたのです。そこで、ときおり持ち帰っては食べていました。かなりの数のモルモットに、ウサギも数匹。さすがに犬と猿はいちども食べませんでしたがね。なるたけ危険のなさそうなものを選ぶようにしていたのですが、先ほどお話しした三匹のウサギのうちの一匹に、奇しくもあたってしまったのです。ただし、そのことに思い至ったのは、ずいぶんあとのことでした。ご覧のとおり、わたしは酒が好きでしてね。飲みすぎることもないかわりに、飲まずにいることもできない。どこか変だと気づいたのは、まさに酒のおかげでした。

昨日のことのように憶えています。わたしは、この部屋でハーゲンという名の友人と一緒でした。どこで手に入れたかは忘れましたが、ウォッカが一本ありましてね。飲んでいたんですよ。ウサギを食べた翌晩のことです。高級銘柄のウォッカだったにもかかわらず、どうしても舌になじまない。いっぽう、ハーゲンはものすごくおいしいと言いはり、議論になりました。互いに自分の意見を曲げようとせず、一杯、もう一杯と飲むうちに、すっかり熱くなってしまったのです。わたしは、飲めば飲むほど不味く感じるし、ハーゲンはハーゲンで引き下がろうとしない。しまいには喧嘩ですよ。〝浅はかな頑固者〟というわたしの売り言葉に、彼がカッとなり、わたしの頭にビンを叩きつけたんです。ほら、見てください。いまだに痕が残っている。

それはともかくとして、問題は、殴られたときにまったく痛みを感じなかったんです。あれは不思議な感覚でした。それまで経験したこともない、凄まじい快感といったらいいでしょうか。あのときの感覚を説明するのに的確な描写はないものか、何度か考えてみましたが、思い当たりませんでした。強いていうなら、朝、目を覚まし、ベッドにもぐったままで伸びをするときの心地よさが、何倍も強烈になり、ひとつの点に凝集され、刺すように押し寄せてくる感覚でしょうかね。

　その晩、けっきょくどういうことになったかは記憶にありませんが、翌日には頭の傷からの出血も止まったので、絆創膏を貼りました。ところが、絆創膏の上から傷に触れると、ふたたびあの感覚がよみがえってくるのです。心持ちくすぐったいような……。信じてはいただけないでしょうが、どうしても誘惑に抗えなくて、ついつい絆創膏に触ってしまう。その日はずっと、誰も見ていない隙を見つけては触っていました。それでも、少しずつふだんの生活にもどっていったのです。ふたたび酒がおいしく感じられるようになり、傷も治り、ハーゲンとも仲直りし、そんな出来事もすっかり忘れていました。それから数か月のあいだはね」

「その、Ｂ41というのは、なんだったんですか？」デッサウアーが口を挿んだ。

「先ほどご説明したとおり、ベンゾイル誘導体です。ただし、スピラン核を含んだ化合物でした」

「スピラン核ですって？　なぜあなたがそのようなことを知っているのです？」

ディボウスキーは引きつった笑みを浮かべた。

「四十年ですよ……」感情を押し殺して話している。「わたしは四十年も、この研究所の中で働いているのです。それなのに、なにも知らないとお思いですか？　働くだけ働いてなにも学ばないのでは、やりがいがありません。それに、例の事件のあと、大きくとりあげられていましたからね。新聞にも載ったじゃないですか。お読みにならなかったのですか？」

「あいにく、当時の新聞は読んでいません」と、デッサウアー。

「とはいっても、的確な説明がなされていたわけではないのですがね。まあ、ジャーナリストなんてそんなものでしょう。それでも、ひとしきり町はスピランの話題で持ちきりでした。あたかも、毒を扱った犯罪が起こったときのようにね。電車のなかでも防空壕でも、その話ばかり。小学生までが、非共有核ベンゾイン縮合や、非対称スピラン炭素、パラベンゾイルや転換作用のことを知っていました。もうおわかりでしょうが、《ヴェルサミン》と名づけたのはクレーバー自身だったのです。文字どおり、痛みを快感に転換する薬。ただし、ベンゾイルは効果とは無関係でした。関係があったとしても、ごくわずかです。重要なのは、航空機の尾部を思わせる、あの独特なコイルの形をした核だったのです。三階にある、亡きクレーバーの研究室には、いまでも彼が自分の手で作った立体モデルがありますよ」

「その効果は永続的なものだったのですか？」

「いいえ、数日しか持続しませんでした」

「それは残念……」デッサウアーの口から、思わずそんな言葉がもれた。ディボウスキーの話に熱心に耳を傾けていたものの、窓の外の霧雨から目を逸らすことができず、頭のなかでは別の思考の糸をたぐりつづけていた。

ひさしぶりに見る故郷の街は、立ちならぶ建物こそ昔とほとんど変わらないものの、内側から崩壊していた。さながらアイスバーグのように、下から侵食が進んでいたのだ。蔓延する生の悦びは偽りに満ち、ひたすら官能的で情熱に欠けており、喧騒のなかに華やぎは微塵もない。懐疑的で怠慢で、虚ろな街……。神経を患った都なのだ。それ以外に新しいことなど何もなく、あとは頽廃していた。死都ゴモラのように石と化し、時間さえ止まっている。初老のディボウスキーが明かそうとしている複雑怪奇な物語に、これほどふさわしい舞台はないだろう。

「残念ですって？　結末まで聞いてから言ってください。とてつもない話だということがわからないのですか。B41は初期段階の試作品にすぎず、微弱で不安定な効果しかありませんでした。ですが、ほどなくクレーバーは、特定の置換基――それも、とりたてて入手が困難なものではなく――を用いることにより、はるかに大きな効果が得られることを発見しました。ちょうど、ヒロシマの原爆と、そのあとに開発された爆弾みたいなものです。いいですか。これは、けっして偶然の類似ではありません。クレーバーは、人類を痛みから解放するつもりでいたのに対し、連中は、無償のエネルギーを提供するつもりでした。両者とも、無償のものなどけっして存在しないことに、気づかなかったのです。無償なんてぜったいにあり得ない。代償は、あらゆるものについてまわります。

ともかく、彼は鉱脈を発見したわけです。当時、彼の助手をしていたわたしは、動物実験を全面的に任されていました。そうして、彼自身は薬品の合成に専念していたのです。三、四種類の合成実験を、並行して進めることもありました。とうとう四月に、これまでのものよりはるかに効力のある調合剤、１６０番の開発に成功するのです。これこそ、のちに《DNヴェルサミン》と呼ばれるものです。わたしは、それを実験用に渡されました。投与量はごくわずかで、つねに〇・五グラム以下でした。投与した動物たちには、いずれも影響がみられましたが、その程度は個体ごとに異なっていました。先ほどお話ししたウサギのような異常を示したと思ったら、数日で元にもどるものもいれば、行動が……なんといったらいいでしょうか、完全に逆転してしまい、そのまま治らないものもいました。まるで、苦痛と快感が完全に入れ替わってしまったかのように……。そのような反応を示した動物たちは、例外なく死んでゆきました。

　動物たちのようすを観察するのは、不気味ではありましたが、いっぽうで、抗しがたい魅力もありました。忘れられないのが一頭のシェパード。この犬は、自分の体を痛めつけることにしか興味がなくなってしまったようでしたが、わたしたちは、やつの意志に反して、なんとしてでも生きながらえさせようと懸命でした。自分の脚や尻尾(しっぽ)に凄まじく噛みついたので、口輪をはめると、こんどは舌を噛みだす始末。しまいには口のなかにゴム製の詰め物を入れ、注射で栄養を摂らせるしかありませんでした。すると、檻のなかで走りまわり、渾身の力で柵に体を打ちつけることを覚えてしまった。はじめのうちは、頭だろうが肩だろうが、どこでもいいからとにかく打ちつけていました。それがしだいに、鼻面がもっとも効果的だということを体得し、繰り返し鼻をぶつけては、悲鳴をあげて悦んでいました。最終的には脚を縛らなくてはなりませんでしたが、やつは不満を訴えるでもなく、昼も夜もずっと嬉しそうに尾をふっていました。そのころには、夜も眠らなくなっていたのです。

〇・一グラムのヴェルサミンを一度投与しただけだったのに、回復することはありませんでした。クレーバーが、解毒作用があると考えた薬剤を――彼なりの理屈があったようですが、わたしには理解できません。なんらかの保護作用に効果があると言っていました――十二種類ほど投与したのですが、ひとつとして効果がなく、十三回目の試みで、死んでしまったのです。

次に、雑種の犬の世話を任されました。おそらく一歳ぐらいの犬だったでしょうか。すぐに、その犬に情が移ってしまいましてね。おとなしい犬でしたから、昼間は長い時間、庭で放し飼いにしていました。そいつにも、《ヴェルサミン》を〇・一グラム投与したのです。ただし、このときにはごく微量ずつを、一か月かけて投与しました。するど、先ほどのシェパードに比べれば長生きしたものの、かわいそうに、とても犬とは呼べない状態でした。犬らしいところなど、ひとつもなくなってしまったんです。肉が嫌いになり、爪で地面を掘り返しては、泥や小石をのみこむ。青菜や麦わら、干し草、新聞紙などを好んで食べるようになりました。メス犬を見ると怯え、メンドリやメス猫に求愛する。あるメス猫が怒って、そいつの目に飛びかかり、繰り返しひっかいたことがありました。ところが、そいつは抵抗するどころか、仰向けに寝そべって尻尾をふる始末。止めに入るのが少し遅れていたら、あの猫に目玉をほじくり返されるところでした。

暑くなればなるほど、なかなか水を飲んでくれなくなりましてね。わたしが見ていると飲むふりをしてみせるのですが、ほんとうは水を毛嫌いしていることがわかりました。わたしたちの目を盗んで研究室にもぐりこみ、等浸透圧溶液が入った桶を見つけて、飲み干してしまったこともありました。ところが、ひとたび水を十分摂取すると——手術用のゾンデを使って、無理やり流し込んでいました——、こんどは胃が破裂するんじゃないかというくらい、水を飲み続けるのです。

太陽に向かって遠吠えし、月を見ると悲鳴をあげる。滅菌器やハンマー式粉砕機のまえで何時間でも尾をふりつづけ、散歩に連れていくと、木や塀の縁に向かってうなりつづける。いわば、逆犬でした。その犬の行動のあまりの異様さは、脳の四分の一でも正常に機能していれば、誰しも警戒心を抱くほどでした。ただし、最初に話したシェパードのように狂暴になることはありませんでした。おそらく人間とおなじように、頭では理解していたのでしょうね。喉が渇いているときには水を飲まなくてはならない。犬は、干草ではなく肉を食べなければいけないと。ですが、薬によって引き起こされた倒錯は、そいつの意志よりはるかに強いものだったわけです。わたしが見ているまえでは、一生懸命とりつくろい、正常な行動をとる努力をしていた。たんにわたしを喜ばすためでも、わたしを怒らせないためでもなかったはずです。そうではなく、正常なことは何か、きちんと理解していたのではないでしょうか。それでも、けっきょく死んでしまった。

　路面電車の音に吸い寄せられるように、わたしが握っていた鎖をいきなり引きちぎり、頭を低くして路面電車に突っ込んで……死んだのです。死の数日まえには、ストーブを舐めているところを見てしまいました。もちろん、火の入ったストーブで、真っ赤に燃えさかっていました。わたしの姿に気がつくと、あたかも罰を待つように耳を垂れ、両足のあいだに尻尾をはさんで、体を小さくしていました」

「モルモットやマウスでも、おなじような行動が観察されました。先だって、アメリカでおこなわれたマウスの実験が新聞で報じられていましたが、お読みになりましたか？　脳の快感をつかさどる中枢に、電気的な刺激を与える装置をつなぐのです。すると、マウスは自分たちで快感を得る方法を覚え、死ぬまで執拗に刺激を与えつづけるそうです。《ヴェルサミン》も、まったくおなじ原理でした。じつに手軽に効果が得られ、さほど費用もかからない。言い忘れたかもしれませんが、調合に必要な成分は、いずれも高価なものではありません。一グラム数シリングもかからないのです。しかも、一グラムあれば、一人の人間を破滅に追い込むことができてしまう。

ここまで明らかになった以上は、じゅうぶん慎重にことを進める必要があると、わたしは思いました。当然、クレーバーにも苦言を呈しました。所内ではわたしがいちばん年長ですから、それくらいの意見を言うことはできます。たとえ、彼ほど学があるわけではなく、一連の研究も、実験台となる犬の立場から眺めていただけだとしてもね。彼は、わかったと応えましたが、誘惑には勝てず、実験の成果を他人に話してしまったのです。いや、もっとひどいことに、ＯＰＧ製薬会社と契約を結んだだけでなく、自分でも薬の常用をはじめたのです。

ご想像のとおり、そのことに最初に気づいたのは、このわたしでした。彼は隠そうと必死の努力をしていましたが、わたしはすぐに真実を見抜きました。なぜかわかります？　彼が煙草をやめたこと、それと、身体じゅうを掻きむしっていたからです。人様のまえでお話しするようなことではありませんが、事実をはっきりさせておかなければなりません。とはいえ、わたしのまえではあいかわらず煙草を吸っていたのですが、煙を深く吸いこんでいないことは一目瞭然でした。煙を吐くときにも、以前のように愛おしそうに煙を見つめることはなくなっていましたしね。研究室の灰皿に捨てられた吸殻も、しだいに長くなっていった。いつもの癖で煙草に火をつけ、いったんは吸ってみるものの、すぐにもみ消しているのが見てとれました。

身体じゅうを掻きむしるという行為は、誰にも見られていないときを見計らってやっているようでしたが、ときに注意力がとぎれ、無意識に手がいってしまうこともあるようでした。掻くとなると、さながら犬のように容赦のない掻き方で、身体に穴をあける気かと思うほど。炎症を起こしている場所を集中的に掻く癖があり、両手や顔はたちまち、かさぶただらけでした。

研究所の外で彼がどのような生活を送っていたのか、わたしには知る由もありません。たしか一人暮らしでしたし、所内では誰とも口を利きませんでしたからね。当時、彼にときどき電話をかけてくる女性がいて、研究所のまえで待っていることもあったようですが、あのころを境に、ぱったりと電話がかかってこなくなった。あれも、一連の出来事と無関係ではないと思いますよ。

ＯＰＧ社との取引にかんしては、うまくいくはずのないことが目に見えていました。たぶん、彼はたいした報酬も受け取っていないのではないでしょうか。詳細は明かさず、とうぜん薬の副作用についても伏せたまま、《ＤＮヴェルサミン》を新しい鎮痛剤としてひそかに売り出すという、小賢しいやり方をとったのです。ですが、なんらかの形で、しかもこの研究所から情報が漏れたらしい。わたしはいっさい喋っていませんから、誰が漏らしたかは明らかでしょう。

とにかく、新しく発売された鎮痛剤は、あっというまにすべて買い占められました。それからしばらくして、学生が集う街のクラブが警察に摘発されました。なんでも、前代未聞の乱痴気騒ぎがおこなわれていたそうです。そのニュースは、『クーリエ』紙でも報じられましたが、詳細には触れられていませんでした。わたしは詳細を存じておりますが、お話しするまでもないでしょう。中世さながらの蛮行ですよ。何百本という数の針が入った袋や、鏝、それを熱するための火鉢が押収されたことだけ話せば、じゅうぶんです。終戦直後の出来事で、占領軍の支配下にありましたから、いっさい秘密裏に処理されました。T大臣の娘が騒ぎに巻き込まれていたらしく、それも事件が内密にされた理由のひとつだったようです」

「それで、クレーバーはどうなったのです？」デッサウアーは質問した。

「そう先を急がせないでください。順にお話ししますから。そのまえにもうひとつ。これは、ハーゲンから聞いた話ですがね。ほら、例の、ウォッカを一緒に飲んだ男ですよ。当時、彼は外務省の課長を務めていました。ＯＰＧ社は、《ヴェルサミン》の製造許可をアメリカ海軍に売り渡し、何百万という儲けをあげたそうです――まあ、世の中の仕組みなんてそんなものですよ――。なんでも海軍は、それを実戦で用いたらしいです。朝鮮半島に上陸した二部隊のうち、一部隊は兵士全員が《ヴェルサミン》を飲んでいた。全員が危険を顧みず、きわめて勇敢に戦えるだろうと考えたんでしょうね。ところが、じっさいは惨憺たる状況だったらしい。危険を顧みないという意味では予想をはるかに上回る効果が得られたのですが、敵軍をまえにしたとき、常識では考えられないような弱腰の態度をとり、しかも一人残らず、進んで殺されていったということです。

クレーバーのその後を知りたいとおっしゃいましたね。いままでお話ししたことから、その後の歳月が彼にとって楽なものでなかったことは、容易にお察しいただけるでしょう。彼のようすを毎日近くで見ていたわたしは、なんとか救ってあげたかったのですが、腹を割って話すことはできずじまいでした。彼は、わたしを避けていたのです。己を恥じていたのでしょうね。日増しに痩せほそり、まるで癌患者のようにやつれていきました。必死で抵抗し、《ヴェルサミン》の長所だけを利用しようとしているのが見ていてわかりました。《ヴェルサミン》によって、手軽に、しかも無償で手に入れることのできる、うっとりするほど心地よい感覚の波……。

ですが、それは見せかけだけの無償にすぎないのです。それでも、そのような幻想には抗（あらが）いがたいものがあるのでしょう。彼は、食べることに対する興味を完全に失っていたにもかかわらず、無理をして食べていました。もはや眠ることはできないようでしたが、昔ながらの几帳面な習慣を保ちつづけ、毎朝、時刻通り八時きっかりに出勤し、仕事をはじめる。それでも、五感すべてから送られてくる倒錯したメッセージの嵐に屈しないよう、死にものぐるいで戦っているあとが、彼の表情にあらわれていました。

《ヴェルサミン》を飲み続けていたのは、意志が弱かったからか、研究者としての意地だったのか、あるいは、とっくにやめていたにもかかわらず、薬の効果が慢性化していたのか、わたしには見当がつきません。いずれにしても、五二年の冬のことでした。この部屋に一人でいたクレーバーの姿を、わたしは見てしまったのです。非常に寒さの厳しい年だったにもかかわらず、暑くてたまらないというように新聞であおぎながら、わたしが部屋に入ったときは、なんと肌着を脱ごうとしていたのです。言葉を言い違えることもありました。『甘い』と言うべきところを『苦い』と言ったり、『暑い』を『寒い』と言ったりね。たいてい、すぐに自分で気づいて訂正するのですが、言葉を選ぶときに彼が一瞬ためらうのを、わたしは見逃しませんでした。すると、わたしが気づいていることに気づいた彼の目に、苛立ちと恥じらいの色が浮かぶのです。そんな彼の目を見ると、たまらなく心が痛みました。以前に犠牲になった雑種犬のことを思い出しましてね。倒錯した行動をとっているところをわたしに見られると、耳を垂れてしゃがみこんでいた犬の目に、そっくりだったのです。

どのような最期だったかですか？　新聞は、この町で交通事故に遭って死んだと報じていました。自動車事故です。ある夏の夜にね。赤信号にもかかわらず停止しなかった。警察の調書にはそう書かれています。わたしは、真実を解明する手助けをすることもできたでしょう。彼のような状態にある人間にとって、赤と青を瞬時に見分けることは困難だったはずだ。そう説明できたかもしれません。ですが、沈黙を守ることこそ、死んだ者に対する情けだと考えなおしました。いまこうしてすべてを明かしたのは、あなたが彼の友人だったからです。最後に、これだけは付け加えておきましょう。クレーバーは、多くの過ちを犯しましたが、ひとつ正しいこともしました。死ぬ少しまえに、《ヴェルサミン》にかんする資料と、回収できたすべての調剤を、残らず破棄したのです」

ここまで話したところで、初老のディボウスキーは口をつぐんだ。デッサウアーも、なにも言おうとはしない。あまりに多くのことを同時に考えていたため、頭のなかが混乱していたのだ。夜にでも、ゆっくりと整理しなければと思っていた。人と会う約束があったが、日を延ばせばいい。ここのところ長いあいだ思い出すことのなかった思考が、まざまざとよみがえった。それは、あまりにつらい記憶だった。

　そう、痛みをとりのぞくことなどできない。絶対にとりのぞいてはいけない代物なのだ。痛みこそ、われらが番人なのだから。ときに愚かな番人ではある。頑として譲ることなく、自分の義務に病的なほど忠実で、けっして疲れを知らない。ほかのあらゆる感覚——とりわけ心地よい感覚——は、やがて疲れ、消滅してゆくというのに、痛みだけは抑えつけることも、黙らせることもできない。なぜならば、痛みは生と一体であり、生の番人でもあるからだ。

　いっぽうで、矛盾しているものの、その薬が手に入ったら、自分もきっと試してみるだろうと考えていた。痛みが生の番人だとしたら、快感は生の目的であり、褒美でもある。4,4-ジアミノスピランの調合じたいは、さほど難しくないはずだ。《ヴェルサミン》が長く激しい痛みを悦びに変えられるのなら、たとえば不在や、己をとりまく無、取り返しのつかない失敗といった苦痛や、自分が敗残者であると感じるときの苦痛……そんなものもすべて、悦びに変えてくれるだろう。だったら、いちど試してみる価値はあるだろう。

　だが、思い出につきものの連想から、ふとスコットランドの荒野を思い浮かべていた。いちども見たことがないはずなのに、じっさいに見るよりも鮮明な映像が脳裏に浮かぶ。雨がざんざん降り、稲妻が光り、風が吹き荒れる荒野に、陽気で邪悪な歌が響く。歌っているのは、鬚を生やした三人の魔女。痛みも快楽も知りつくし、人間の意志を堕落させることに長けた魔女たちである。

「良いは悪いで、悪いは良い。
さあ、靄のなか、淀んだ空を飛んでいこう」

10　眠れる冷蔵庫の美女

——冬の物語——

登場人物

ロッテ・テルル
ペーター・テルル
マリア・ルッツァー
ロベルト・ルッツァー
イルゼ
バルダー
パトリシア
マルガレータ

ベルリン、二〇一五年

ロッテ・テルル、独白。

ロッテ　……今年もあと少しで終わり。また十二月の十九日がめぐってきたわ。わたしたちは、こうして毎年恒例のパーティーをひらくために、お客さまが見えるのを待っている。（食器や家具を運ぶ音）。でも、お客さまってあまり好きになれないのよね。夫は、むかしわたしのことを「大ぐまちゃん」なんて呼んでくれたものよ。いまはもう、そんなふうに呼んでくれなくなったけれど……。あのひと、この何年かですっかり変わったわ。堅物（かたぶつ）で退屈なひとになってしまったの。「小ぐまちゃん」といったら、娘のマルガレータのこと。かわいそうに！　まだたった四歳なのよ。（足音。さっきと同じ物音）。わたしは、引っ込み思案でもないし社交嫌いというわけでもない。ただ、お客さまをお迎えするにしても、せいぜい五、六人が限度だと思うの。それ以上はうんざり。好き勝手にとりとめのないお喋りをされて、ひたすら騒がしいだけ。わたしの存在になんて誰も気づいてないんじゃないかしらって思うと、悲しくなるのよね。わたしが注目してもらえるのは、お料理を載せたトレーを持ってまわるときだけ。

そうはいっても、わがテルル家では、お客さまをお迎えすることはあまりないの。年に一度か二度ってところかしら。ご招待されても、めったに受けない。当然よね。わたしたちがいつもみんなに披露するほどすばらしいものは、ほかのどんなお宅に行ってもお目にかかれないもの。ルノワールとかピカソとかカラヴァッジョとか、由緒ある絵画を持ってる人もいれば、調教されたオランウータンや、生きた犬や猫を飼ってる人も、最新の麻薬をとりそろえたミニバーが自慢の人もいる。でも、うちにはなんていったってパトリシアがいるのよ……。(ため息) パトリシア!

(呼び鈴)。あら、最初のお客さまがご到着だわ。(部屋のドアをノックしながら) ペーター、来てちょうだい。お客さまがお見えよ。

ロッテとペーター・テルル夫妻、マリアとロベルト・ルッツァー夫妻。

一同、挨拶と抱擁をかわす。

ロベルト　こんばんは、ロッテ。こんばんは、ペーター。まったくひどい天気が続くなあ。もう何か月も太陽をおがんでないよ。

ペーター　みんなに会うのも、何か月ぶりだろうね。

ロッテ　まあ、マリア！　いちだんと若々しくなったわね。それに、なんてステキな毛皮だこと！　旦那さまからのプレゼント？

ロベルト　最近では、それほどめずらしくなくなったが、銀毛の火星人の毛皮さ。なんでも、ロシア人が大量に輸入してるらしい。東側に行けば、そこそこの値段で売ってるよ。むろん闇取引だがね。なにせ数が限られているんだ。

ペーター　ロベルト、きみには感服するね。羨ましいかぎりだ。ベルリンの人間は、誰もが現状を嘆いてばかり。きみのようにうまく立ちまわっているやつは、ほかにいないよ。きみを見ていると、カネに対する真の愛情や情熱は、長じて身につける美徳ではなく、代々受け継がれる血筋なんだとつくづく思いしらされるよ。

マリア　まあ、なんてたくさんのお花だこと！　バースデーのすばらしい香りが充満してるわ。ロッテ、お誕生日おめでとう！

ロッテ　（夫たち二人にむかって）あいかわらずマリアったら、救いようがないのね。でもロベルト、安心してちょうだい。あなたとの結婚生活のせいで、こんなふうに愛くるしくとぼけてしまったわけじゃないのよ。学生のころからこうだったんだもの。〝ケルンのぼんやり者〟ってあだ名がついたくらい。口頭試問の日には、珍解答を期待して、ほかのクラスからも男子生徒や女子生徒が集まってきたものよ。（芝居がかった厳しい口調で）ルッツァー夫人、真面目に質問に答えなさい。しっかり歴史の勉強をしてきたのですか？　今日はわたしの誕生日ではありません。本日十二月十九日は、パトリシアの誕生日です。

マリア　あら、ごめんなさい、ロッテ。わたしったら、ほんとうにメンドリなみの記憶力しかないのよね。ということは、今宵これから解凍がはじまるってこと？　まあ、なんてロマンチックなのかしら！

ペーター　もちろんだよ。毎年恒例の行事じゃないか。あとはイルゼとバルダーが到着するのを待つだけさ。（呼び鈴）。ほらほら、来たぞ。いつもどおり遅れてご到着だ。

ロッテ　少しぐらいいいじゃないの、ペーター。時間に正確な若いカップルなんて、いやしないわ。

イルゼとバルダー、登場。先ほどと同じ挨拶と抱擁。

ロッテとペーター、マリアとロベルト、イルゼとバルダー。

ペーター　ようこそ、イルゼさん。いらっしゃい、バルダーくん。きみたち二人に会えるなんて、幸運ですよ。二人ともお互いに夢中で、むかしの知り合いなんて存在しないも同然になってしまったらしいですからね。

バルダー　いやあ、すみません。役所まわりに追われてましてね。僕の学士号に、役所に提出する書類、イルゼの通行許可証、それに党の承諾書……。ベルリン市長

のビザは下りたんですが、ワシントンとモスクワがまだなんです。それに北京も
ね。なかでも北京は、なかなかビザがおりない。頭がおかしくなりそうですよ。
もうずいぶん長いこと誰にも会ってません。おかげで、僕たち二人ともすっかり
がさつになってしまい、いまさら顔を見せるのが恥ずかしいくらいですよ。

イルゼ　大遅刻ですよね？　わたしたち、ほんとうに礼儀知らずですみません。先に
始めててくだされればよかったのに……。

ペーター　そんなことはできません。目覚める瞬間がいちばんわくわくするんですか
らね。目をひらくときの彼女のかわいらしさといったら！

ロベルト　さあ、ペーター、さっそく始めようじゃないか。でないと、夜更けまでか
かってしまう。マニュアルを持ってきてくれ。あのときのようなことに――たし
か初めてのときだったと思うが――ならないようにね。あれから何年になるのか
な？　手順をまちがえて、すんでのことで大惨事になるところだったよ。

ペーター　（むくれて）マニュアルならポケットに入ってるが、もう完璧に暗記して
るさ。では、場所を移動するとしよう。（椅子を移動する音と足音。一同待ちきれず
に、思い思いにコメントしたり、つぶやいたりしている）。……その一、窒素と不活

性ガスの循環をとめる。（手順どおりに操作する。キーッという音に続いて、二度ほど気体の漏れる音）。その二、ポンプ、ヴルブレフスキ式滅菌器、マイクロフィルターの各スイッチを入れる。（ポンプが、遠くでバイクの走っているような音を立てはじめる。数秒おいてから）。その三、酸素の循環スイッチを入れ（シューッという気体の音がしだいに激しくなる）、バルブをゆっくりひらきながら、濃度計の目盛りが二一パーセントになるのを……。

ロベルト　（横から割り込む）違うよ、ペーター。二一パーセントじゃなくて、二四パーセントだろ？　マニュアルには二四パーセントと書いてあるはずだ。僕だったら、眼鏡をかけるね。まあ、気を悪くしないでくれ。どのみち僕らは同年代なんだ。いずれにしても、そろそろ眼鏡を使うべきじゃないのか。少なくとも、かけたほうが便利な場合があるはずだ。

ペーター　（不満そうに）きみの言うとおり二四パーセントだ。だが、二四パーセントでも二一パーセントでもたいして変わらないさ。もう何度も実験済みだ。その四、サーモスタットの目盛りを少しずつ動かす。このとき、一分間に約二度のスピードで温度が上昇するように調節する。（メトロノームのカチカチという音）。みんな、ここからは静かにしててくれ。大声を出さないように。

イルゼ　（小声で）解凍されるときって、苦しいのかしら？

ペーター　（同右）いいや、基本的には苦しくないはずです。ただし、書かれている手順どおり正確に操作しなければいけない。彼女が冷蔵庫で眠っているあいだも、内部の温度はごくわずかな誤差内で一定に保たれる必要があります。

ロベルト　そりゃあ、当然です。二、三度低くなっただけで、お仕舞いだそうですからね。神経中枢内のなにかが凝結するって、どこかに書いてありました。そうなると、二度と目を覚まさないか、目を覚ましたとしても頭をやられて、記憶も失ってしまうんですって。逆に二、三度高くすると、意識を取りもどし、とてつもなく苦しい思いをする。想像してみてくださいよ、イルゼさん。恐ろしいことだと思いませんか？　自分の身体じゅうが……手、足、血液、心臓、脳みそまでもがぜんぶ凍ってることを自覚するなんて。そのうえ、指一本動かすことも、瞬（まばた）きをすることも、助けを呼ぶために声を出すこともできないんですよ！

イルゼ　まあ、なんて恐ろしい話なんでしょう。すごく勇気が要るでしょうし、心から信頼してないとできないことですよね。つまりその……サーモスタットが信頼できないことには……。わたし、ウインタースポーツは大好きですけど、世界じゅうの黄金を全部あげると言われても、パトリシアの代わりに冷蔵庫に入りたいだなんて、正直なところ思いませんわ。彼女だって、実験をはじめるまえに注射を打ってなかったら、いまごろ死んでたかもしれないって聞きました。あの注射、なんといったかしら、えっと……トーケツボーシザイでしたっけ？　そうそう、冬に自動車のラジエーターに入れるのとおなじものですよね。まあ、考えてみれば当たりまえの話ですよね。でないと、血が凍ってしまいますもの。そうでしょ、テルルさん？

ペーター　（あいまいに）まあ、いろいろな説が……。

イルゼ　（考えこむように）実験台として名乗り出た人がごくわずかだったというのもうなずける話ですよね。当然ですわ。とっても美しい女性だって聞きましたけど、本当ですの？

ロベルト　輝かんばかりの美しさです。去年、間近から見たのですが、近ごろではめっきり見られなくなってしまったような美しい肌なんですよ。いろいろ意見が分かれるところでしょうが、やはり二十世紀の食事は、大部分がまだ自然の食材でしたから、われわれにはいまだに解明できない、生命力を維持するのに必要な成分が含まれていたのかもしれませんね。僕はべつに化学者を信用しないと言ってるわけではありません。むしろ、彼らを尊敬し、高く評価もしている。ですが、そうですねえ、化学者というものは多少……なんといいますか……自信過剰だと思うんですよ。ほんと、自信過剰です。この世の中には解明すべきことがまだまだあるはずだと、僕は思うんです。もちろん、二義的なことかもしれませんがね。

ロッテ（気乗り薄で）ええ、たしかに、とてもきれいよ。でも、若さゆえの美しさじゃないのかしら。まるで赤ちゃんのような肌なの。きっと凍結された状態におかれているからだと思うわ。自然な色合いじゃないのよね。やたらとピンクというか、やたらと白いというか……。まるで、アイスクリームみたい。月並みなたとえで申し訳ないけれど。髪の毛だって、異様に金色なのよ。正直いわせてもらうと、ちょっとひ弱すぎないかしら。どこかしら退廃的な感じがするのよね……。いずれにしても、たしかにきれいな女性よ。それは誰にも否定できない。それに、とても教養があるし、お行儀も抜群だし、頭もすごくいいし、大胆だし、つねに活動的だし、なんだか怖いくらい。彼女を見ていると、コンプレックスを感じて、きまりが悪くなるわ。（ふと言いすぎたことに気づき、あわてて黙りこむ。その後、力をこめて）……でもね、彼女のことはとっても好きよ。とくに、凍っているときの彼女がね。

一同沈黙。メトロノームの音が鳴りつづける。

イルゼ　（小さな声で）冷蔵庫ののぞき穴から、中を見せていただいてかまいませんこと？

ペーター　（同右）もちろんです。ただし、物音を立てないように頼みますよ。もうマイナス十度まで温度があがってますから、いま驚かせてしまうと、ダメージを与えかねません。

イルゼ　（同右）まあ、きれい！　うっとりするわ！　まるで造りものみたい……それにしても……正真正銘の年代ものなんですか？

バルダー　（同右、耳元で）バカな質問をするんじゃない！

イルゼ　（同右、耳元で）バカな質問じゃないわよ。年齢を知りたいの。あんなに若々しく見えるけど、噂によると、ものすごく……アンティークだって。

ペーター　（二人の話を聞きつけて）お嬢さん、ご説明いたします。パトリシアは百六十三歳。うち二十三年間はごくふつうに生活し、残りの百四十年は冬眠状態で過ごしてきました。すみませんね、イルゼさんにバルダーくん。てっきりきみたちはもう、この話を知ってるものとばかり思ってましたよ。マリアにロベルト、おなじ話を何度もくりかえし聞かせて申し訳ないが、若い友人にざっと事情を説明させてくれ。

いわゆる人工冬眠の技術が開発されたのは、二十世紀半ばのことです。当初は基本的に医療現場で、おもに外科的な処置をほどこすために用いられていた技術でした。それが、一九七〇年になると、副作用も痛みもまったくない凍結方法が編み出されたのです。つまり、優越な人体を保存するために適した技術だといえます。こうして、かつての夢が現実となった。未来の世界に過去の人間を〝送りこむ〟ことの可能性が見えてきたわけです。ですが、はたしてどれほど先の未来までたどりつけるのか。そこには限界というものが存在するのか。そして、その代償は？

ほかでもなく、後世の人間——すなわち、われわれのことです——がこの技術を利用するさいの基準を定めるために、一九七五年、このベルリンの地でボランティアの選抜がおこなわれたのです。

バルダー　パトリシアはそのうちの一人だったんですね？

ペーター　まさしくそのとおり。冷蔵庫には彼女の身分手帳も一緒に保管されていますが、それによると、選抜試験ではなんと、一位の成績だったそうです。あらゆる適性を兼ねそなえていた。心臓、肺、腎臓など、すべての機能において非の打ちどころがなく、宇宙飛行士なみに発達した神経系統。そのうえ、沈着冷静で果断な性格に、抑制のきいた感情、そして豊かな教養と知性。人工冬眠に耐えぬくためには、教養や知性が必ずしも必要なわけではありませんが、ほかの条件が同等の場合、高い知性を持つ個体のほうが当然好まれるわけです。いうまでもなく、われわれや、われわれのさらに子孫に対する名誉を保つためにね。

バルダー　つまり、パトリシアは一九七五年からいままで、ずっと眠りつづけていたのですか？

ペーター　ええ、あいだに短い中断をはさみながらね。この研究プログラムに対する彼女との合意をとりまとめた委員会の会長を務めていたのが、偉大なフーゴ・テルル……つまり僕の祖先なんです。

イルゼ　歴史の教科書に出てくる、かの有名な人物ですね？

ペーター　そのとおりです、お嬢さん。熱力学第四法則を発見した、フーゴ・テルルです。プログラムでは、毎年、彼女のバースデーにあたる十二月の十九日に、何時間か目覚めさせることと……。

イルゼ　なんて優しい心遣いなのかしら！

ペーター　……そのほか、なにか特別興味深い出来事が起きた場合、そのつど目覚めさせることが定められています。具体的にあげるならば、大がかりな惑星探査が実施されるとき、大規模な犯罪が起こったとき、もしくはその判決が下されるとき、国王級の要人や銀幕の大スターが結婚するとき、野球の世界大会、天変地異など、彼女自身の目でじかに見とどけて、遠い未来の世代に語りつぐに値するすべての出来事というわけです。それと、当然ながら停電のときはいつも目覚めることになりますし……さらに一年に二回、医者の検診を受けるためにも起きなければなりません。身分手帳の記録によると、一九七五年から現在までのあいだに、目覚めていた期間は計三百日。

バルダー　……すみません、ちょっと訊いてもいいですか？　なぜ、あなたがたの家でパトリシアを預かることになったのです？　この家で暮らしはじめて長いのですか？

ペーター　（当惑ぎみに）パトリシアは……パトリシアは言ってみれば、わが一族に代々受け継がれている財産の一部なのです。話すと長くなりますし、不明な点も多々ありますがね。なにせ、ずいぶんと昔の出来事ですから。一世紀半も前のことですよ。まあ、奇跡といっても過言ではないでしょう。ベルリンで起こった数々の暴動や封鎖、占拠、弾圧、掠奪にもかかわらず、パトリシアは誰にも妨害されることなく、わが家から出されることもなく、父親から息子へと代々受け継がれてきたのですから。ある意味、僕たち一族が途絶えることなく続いてきたことの証しであり、まさに象徴なのです。

バルダー　……それにしても、いったいどのような経緯で……。

ペーター　……どのような経緯でパトリシアが僕たち家族の一員になったのかと訊きたいのですね？　不思議に思われるかもしれませんが、じつのところ、その点にかんする記録はいっさい見つかっていないのです。唯一あるのは、代々口頭で伝えられている説明だけなのですが、問題はパトリシアがそれを事実だと認めようともしなければ、否定しようともしないことなのです。なんでも、実験がはじまったばかりのころ、パトリシアは大学で眠っていたらしいのです。厳密にいうと、解剖学研究所の冷蔵室でね。ところが、二〇〇〇年前後に大学の教授陣と激しい口論になった。彼女は、そのような環境が好きになれない、プライバシーもゼロだし、解剖される予定の死体と肘と肘をつきあわせて詰めこまれている現状には我慢できない、と主張したそうです。そして、プライベートの冷蔵庫に入れてくれなければ裁判に訴えると、目覚めている時間を利用して正式に抗議したのです。ちょうどその当時、先ほども話に出てきた僕の祖先が学部長をしていた縁で、事態の打開をはかるため、寛大にも彼女を自宅で受け入れると提案したらしいのです。

イルゼ　それにしても、変わった女性ですね！　だってそうじゃありませんか？　そんな生活、イヤにならないのかしら。誰に強いられたわけでもあるまいし……。一年じゅう冬眠していて、目覚めるのは一日か二日だけだなんて、楽しいはずがないと思います。しかも、自分が好きなときに起きられるわけでもなく、他人が勝手に決めたときに起こされるだなんて……。わたしだったら、死ぬほど退屈するわ。

ピーター　イルゼさん、それは間違っています。むしろ、パトリシアほど充実した人生を送っている人間は、ほかにいません。彼女の人生は凝縮されている。みごとにエッセンスだけを生きているのです。無駄な経験なんてひとつもないのですから。彼女が冷蔵庫で過ごしているあいだも、僕らにとっては刻々と時間が経過していきますが、彼女だけは別です。彼女にはなんら痕跡が残らない。記憶にもなにも残らないし、体内の組織が変化することもない。年をとらないのです。年をとるのは、起きているときだけなんです。冷蔵庫で暮らすようになってから迎えた初めての誕生日は、彼女にとって二十四回目の誕生日でした。そして、百四十回目の誕生日を迎える今日まで、彼女は一歳にも満たない年しかとっていないのです。去年から今年にかけての一年のうち、彼女にとってじっさいに経過した時間は、たった三十時間なのですから。

バルダー　誕生日を祝うために二、三時間起きているとして、残りの時間は？

ピーター　残りは、えっと……（暗算をしながら）歯医者に行き、新しい服を試着し、ロッテと一緒に靴を買いに行ったときに、六、七時間……。

イルゼ　そうですよね。彼女だって、ファッションの流行に敏感でいるべきですわ。

ペーター　……これで十時間。それと、オペラ『トリスタン』の柿落(こけらお)としを見にいったときに六時間起きていたから、十六時間。さらに二度の検診のために六時間が費やされて……。

イルゼ　あら、病気だったのですか？　でも、しかたのないことかもしれませんね。温度が急激に上がったり下がったりしたら、身体にいいわけないですもの。慣れるって聞いたけれど、無理じゃないかしら。

ペーター　いいえ、病気ではありません。彼女は健康そのものです。定期的に研究センターの生理学者たちが訪れるんです。まるで税金の徴収員のように期日きっかりに、年に二回、検診用の機材を一式かついで押しかけ、彼女を解凍し、あちこちいじくりまわして、やれレントゲンだの、心理テストだの、心電図だの、血液検査だのと大騒ぎをして、帰っていく。そして、それっきりなにも言って寄こさない。職業上の秘密だそうです。検査の結果は絶対に教えてくれない。

バルダー　ということは、お二人は科学的な好奇心から彼女を自宅に置いているわけではないのですね？

ペーター　（とまどいながら）ええ……それだけの理由ではありません。僕は、まったくべつの分野の仕事をしてますしね。アカデミックな世界とは無縁の生活をしてるんです。ただ、僕らにとってパトリシアは大切な存在だし、彼女にとっても、僕らは大切な存在なんです。まるで実の娘みたいにね。たとえどんなものと引き換えにしても、彼女を手放すことはありません。

バルダー　それにしても、なぜ目覚める回数がこれほど少なくて、しかも短時間なのですか？

ペーター　答えは単純明快です。パトリシアは若々しい姿のまま、何世紀も先の未来まで、できるだけ長く生きたいと考えています。ですから、時間を無駄に費やすことはできない。とにかく、彼女が目覚めたら、この質問も含めていろいろ直接訊いてみたらどうです？　そうこう言っているあいだにも、ほら、温度が三十五度まであがってきた。もうすぐ目をひらくはずです。さあ、ロッテ、早く扉をあけて、包みを切ってあげないと。呼吸をはじめたぞ。

冷蔵庫の扉がギイーッとひらく音。鋏やカッターナイフの音。

バルダー 包みって？

ペーター ポリエチレンの包みなんです。密封したうえで身体に密着させてあるので、蒸発によって水分が失われるのを防ぐことができる。

すべての間(ま)において効果音として聞こえていたメトロノームの音が、しだいに大きくなり、ふいにピタリとやむ。ブザーの音が三度、鮮明に響きわたる。数秒のあいだ、完全なる静寂。

マルガレータ （別の部屋から）ママ！　パトリシアおばちゃん、もう目を覚ましたの？　今年は、あたしにどんなプレゼントを持ってきてくれた？

ロッテ まあ、いったいなにを期待してるの？　いつもどおり、氷の塊を持ってくるだけよ。それに、今日はパトリシアの誕生日なのよ。あなたの誕生日じゃないでしょ。さあ、もうお喋りはやめて寝なさい。もう遅いのよ。

ふたたび静寂。ため息につづいて、ずいぶんと無遠慮なあくび、そしてくしゃみが聞こえてくる。その後、パトリシアが次から次へとかぶせるように質問する。

パトリシア　（語尾をひきずるような、気取った鼻声で）こんばんは。おはようございます。いま何時なのかしら？　まあ、なんて大勢のひとたち！　今日は何日なの？　いったい何年？

ペーター　二一一五年の十二月十九日だよ。憶えてないのかい？　きみのバースデーだろ？　お誕生日おめでとう、パトリシア！

全員　おめでとう、パトリシア！

祝福の声が飛び交うなか、さまざまなコメントが断片的に聞こえてくる。

——なんという美しさ！

——お嬢さん、失礼ですが、いくつか質問してもいいですか？

——あとにしたら？　きっと疲れてると思うわ。

——冷蔵庫にいるあいだ、夢を見るんですか？　どんな夢を？

——ぜひ、あなたの意見を聞かせてください……。

イルゼ　ナポレオンやヒトラーとも会ったことがあるのかしら？

バルダー　あるわけないだろう。なにとぼけたことを言ってるんだ。二世紀も前の人物じゃないか！

ロッテ　（強い口調で割って入り）失礼。すみません、ちょっと通してちょうだい。まったく、誰も身のまわりのことを考えてあげようとしないんだから……。パトリシアだって、なにか必要としてるはずでしょ？　（パトリシアに）温かい紅茶がいい？　それともなにかもっと栄養のあるもののほうがいいかしら？　小さめのビーフステーキとか？　着替える？　シャワーを浴びてさっぱりしたい？

パトリシア　紅茶がいいわ。ありがとう。ロッテ、あなたってとっても優しいのね。いまのところ、ほかには何もいらないわ。わかるでしょ？　解凍されたばかりのときには、いつも胃が少しむかむかするの。ビーフステーキは、もう少ししてからなら、いただけるかもしれない。でも、小さいのをお願いね。……あら、ペーター！　元気だった？　坐骨神経痛の具合はいかが？　なにか変わったことはあって？　首脳会談は終了したの？　外はもう寒い？　ああ、あたし、冬って大嫌い。ものすごく風邪をひきやすい体質なの……。ところでロッテ、あなたのほうはいかが？　とっても元気そうに見えるけれど。もしかして、ちょっと太ったとか……？

マリア　しかたないわよ。誰もが年をとっていくんだし……。

バルダー　なかには例外もいるようですがね。失礼ですがペーターさん、僕、これまで何度もパトリシアの噂を聞かされてきたもので、こうして会える日が来るのをずいぶんと待ちわびてきたんです。だから、なんとしてでも……。（パトリシアに）お嬢さん。厚かましいお願いをお許しください。あなたが目覚めていらっしゃる時間は限られたものです。そこで、ぜひともお聞きしたいのです。われわれの世の中をあなたはどのように見てらっしゃるのか、あなたの生きてこられた過去のこと、そう、現代のわれわれの生活にずいぶんと貢献してくれた二十世紀のことなど、さらには、将来どのような計画があるのか、そして……。

パトリシア （高飛車に）特別なことなんて、ひとつもないわ。すぐに慣れてしまうものよ。たとえば、ここにいるテルル氏を見てくださいな。五十を過ぎてからというもの（意地悪そうに）、髪はめっきり薄くなるし、お腹はぽっこりふくらみ、ときどき足腰が痛む。ところが、あたしから見ればほんの二か月まえまで、彼は二十歳の青年で、詩を書いたり、槍騎兵連隊（ウーラン）に志願しようと考えたりしてたんですから……。さらに三か月まえにはたったの十歳で、あたしのことを「パトリシアおばちゃん」なんて呼んでたわ。凍結状態にもどろうとするたびに泣いて、一緒に冷蔵庫に入るんだって駄々をこねたものよ。そうよね？　ペーターちゃん。あら、失礼。

五か月まえなんて、ペーターはまだ生まれてなかっただけでなく、この世に存在する予定すらなかった。陸軍大佐を務められたお父さまがいらしたけれど、当時はまだ大尉で、第四傭兵部隊に所属していたの。彼も、あたしが目を覚ますごとに、階級リボンが一本増えて、少しずつ髪の毛が薄くなっていった。そうそう、あのころ流行（はや）ってた道化じみたやり方で、あたしのことを口説こうとしてたのよ。八回連続で、目を覚ますたびに口説かれて……。まあ、テルル一族の血筋みたいなものね。その点では、みんな似たり寄ったりだと言えるわ。あまり……なんといったらいいのかしら？　庇護者としての立場をわきまえてないのよ……。（パトリシアの声がフェードアウトされていく）なんたって、お祖父さまも、そのまた先代も……。

パトリシアに代わり、観衆に語りかけるロッテの声が、近くからはっきりと聞こえる。

ロッテ　みんな聞いた？　あの女は、ああいう性格なのよ。まったく……慎みのかけらもないの。たしかにわたしは太ったわ。だって、わたしは冷蔵庫で暮らしてるわけじゃないもの。そりゃあ、パトリシアは別よ。彼女は太ったりしない。彼女は永遠で、腐敗とは無縁よ。さながら石綿かダイアモンド、あるいは黄金のようなものね。そのうえ、大の男ぐるいときてる。とりわけ他人の夫がお好みなのよ。つまり、永遠の妖婦であり、腐ることをしらない艶女(えんじょ)ってわけね。みんな、どう思う？　わたしがあの女に我慢ができないのも当然だと思わない？　（ため息）……しかも、彼女は男好きのするタイプなの。あの熟しきった年齢にもかかわらずね。だから話がよけいにややこしくなる。男というのがどんな生き物か、みんなもよく知ってるでしょ？　テルル家の男であろうとなかろうと、おなじこと。インテリであればあるほど始末に負えないわ。彼女があの独特な流し目で、ため息をひとつふたつ吐き、幼いころの思い出話でもしたら、男はいちころよ。それでいて、時が経ってから困るのは彼女自身。だってそうでしょ？　ひと月かふた月もすれば、デレデレの中年男につきまとわれる運命なのだから……。いいえ、わたしはそれほどバカな女ではないし、見る目がないわけでもない。今回のお目覚めでは、夫に対する彼女の口調がいままでと変わったことくらい、気づいたわ。これまでは、あそこまで辛辣な嫌味を言うことはなかったもの。理由は明らかよ。どこかに別の男ができたにちがいない。みんなは、以前にあの女が目を覚ましたところを見てないけれど、ほんと、思い切りこらしめてやりたいくらいだったの。そりゃあ現場を押さえて動かぬ証拠をつかむことはできてないわ。でも、みんなは〝庇護者〟とあの女のあいだに何もやましいことはないだなんて信じられる？　（語気を強めて）あの女の解凍が、すべて規定どおり身分手帳に記録されてるだなんて、信じられて？　わたしには信じられない。どうしても信じられないの。（間をおいて。背後から雑音にまじって人の話し声が聞こえる）。でも、今回は、いつもと違うわ。みんなも気づいたでしょ？　疑いの余地なしよ。どこかに別の男がいるの。それも若い男がね。あの小娘は、フレッシュな肉体がお好みってわけ。ほら、聞いてみてよ。いかにも下心がありますって感じだと思わない？（人声）。おやまあ、もうそこまで進展してるだなんて、想像以上だわ。

背景の人声から、バルダーとパトリシアの会話が一段とはっきり聞こえてくる。

バルダー　……これほど強く心を打たれたのは生まれてはじめてです。ひとりの女性が、若さと永遠というふたつの相反する魅力を兼ねそなえることができるなんて、思ってもみませんでした。あなたを見ていると、まるで目のまえにそびえるピラミッドを眺めているような感銘を受けます。しかも、あなたはあまりに若くておおいしい！

パトリシア　ええ。たしか……バルダーさん、とおっしゃったわよね？　そうなんですの。バルダーさん。ただし、あたしが手に入れたものは三つ。二つではありません。永遠と若さ、そして孤独……。この孤独というのは、ほかでもなく、あたしが越えてしまった一線を越える者が、誰しも払わなければならない代償なんです。

バルダー　それにしても、なんてすばらしい経験なんだ！　他人が這いずりまわっている空間を軽やかに飛びこえ、何十年、何百年という年月を隔てたさまざまな時代の文化や出来事、英雄などを自身の目で比較できるなんて。歴史学者ならば、誰もが羨むに決まっています。歴史愛好家を自称するこの僕だってそうです。（勢いこんで）あなたの日記をぜひ読ませてくださいませんか？

パトリシア　なぜそれを……いえ、その……どうしてあたしが日記をつけていると考えたのです？

バルダー　ということは、やはりつけてらっしゃるのですね！　思ったとおりだ。

パトリシア　ええ、つけてますわ。それも研究プログラムの一環です。でも、日記の存在は誰も知りません。テルル家の人たちにも内緒なの。それに、誰にも読めないわ。暗号で書いてあるんですもの。プログラムにも、そのように定められています。

バルダー　誰にも読むことができない日記が、なんの役に立つというのです？

パトリシア　あたしが使うんです。そのうちにね。
バルダー　そのうちって、いつのことですか?
パトリシア　だから、そのうち。ゴールに到着したらってことですわ。そうしたら、出版するつもりなの。出版社だってすぐに見つかるはずよ。個人の心情を吐露した日記って、いつの時代でも必ず売れるジャンルですもの。(夢見心地で)あのね、あたし、ジャーナリストになりたいと思ってるんです。それでね、あたしと同時代の、世界じゅうの著名人たちの日記を書くつもりよ。チャーチルでしょう、スターリンでしょう……。きっとものすごいお金持ちになれますわ。
バルダー　しかし、なぜあなたが彼らの日記を持っているんです?
パトリシア　持ってるわけがないじゃないの。あたしが書くんです。もちろん、じっさいに起こったエピソードをもとにね。

間合い。

バルダー　パトリシア!　(間)。僕も一緒に連れていってください。

パトリシア　（しばらく考えたあとで、冷ややかに）理屈だけで物事をとらえるなら、たしかに悪い考えじゃないかもしれないわ。だけど、ただ冷蔵庫のなかに入ればいいだなんて思わないでくださいね。注射もしなくてはならないし、訓練のために講習にも通わなければならない……そんなに簡単なことじゃありませんのよ。それに、みんながみんな、ふさわしい肉体を持っているってわけでもないし……。そりゃあ、あなたみたいな方と一緒に旅ができたらステキでしょうけど……。とっても溌剌（はつらつ）としてらっしゃるし、情熱的で……。でも、婚約されてるんじゃなかったかしら？

バルダー　婚約？　ああ、してました。

パトリシア　いつまで？

バルダー　三十分まえまで。ですが、あなたと出会ったいま、なにもかも変わってしまったんです。

パトリシア　まあ、口説き上手でいらっしゃるのね。危険なお方だわ。（パトリシアの口調がとつぜん変わる。これまでの物憂げで愚痴っぽいものとは打って変わって、エネルギッシュで明快な、はきはきとした声に）いずれにしても、あなたのおっしゃることが真実ならば、すばらしい出会いに発展する可能性もありますわね。

バルダー　パトリシア！　なぜためらうのです？　さあ、行きましょう。僕と一緒に逃げるのです。未来ではなく、いまを生きるんです。

パトリシア　（冷淡に）そうですね。あたしもおなじことを考えてました。でも、いったいいつ？

バルダー　いますぐにでも。玄関を通りぬけて逃げるのです。

パトリシア　そんなの無駄ですわ。たちまちみんなが追いかけてくるに決まってます。彼が先頭になってね。ほら、ごらんになって。もう勘ぐりはじめている。

バルダー　では、いつなら可能だと？

パトリシア　今晩がチャンスです。いいですか、よく聞いてください。十二時になると、お客さまはみんな帰っていきます。すると、テルル夫妻はあたしの身体をふたたび凍らせ、ナフタリン詰めにする。これは、目覚めのときに比べると、手早い作業なんです。ちょうど、スキューバダイビングみたいなものね。ご存じかしら？　水面へは少しずつあがっていかないとダメだけど、潜るときにはぐんぐん深くまで沈んでいける……。彼らは、あたしのことを冷蔵庫のなかに押し込んで、遠慮会釈もなくコンプレッサーのスイッチを入れるんだわ。でも、最初の数時間なら、あたしの身体はまだ柔らかいままだし、すぐに活動状態に戻れるはずです。

バルダー　というと？

パトリシア　簡単なことです。あなたは、ほかのみんなと一緒にいったん帰り、あなたの婚約……いえ、あのお嬢さんを家まで送ってあげるのです。それから、またここに戻ってくる。庭にしのびこみ、キッチンの窓から家のなかに入り……。

バルダー　……完璧な筋書きですね！　あと二時間、二時間しんぼうすれば、世界が僕たちのものになるなんて！　ですが、パトリシアさん、後悔しませんか？　未来への旅を、僕のために中断したことを悔やんだりしないでしょうね。

パトリシア　いいですか、バルダーさん。そんな睦言（むつごと）は、ことがうまく運びさえすればあとでたっぷり交わすことができますわ。でも、まずは計画を成功させないと。ほら、みんなそろそろ帰るころです。あなたが本来いるべき場所にもどって、礼儀正しく暇（いとま）の挨拶をしてくださいな。けっして早まった真似をしてはいけませんん。これもみな、貴重なチャンスを無駄にしないためなのです。

別れの挨拶をする招待客たちの声。椅子を引きずる音。会話がとぎれとぎれに聞こえてくる。

――また来年お会いしましょう！

――おやすみなさい……というのが適切かどうかわかりませんが……。

――さあ、ロベルト、帰りましょう。いつのまに、こんな時間だわ。

――バルダー、行くわよ。わたしのこと、家まで送りとどけるという役目が待ってるわ。

やがて静寂がおとずれる。観客にむかって話しかけるロッテの声。

ロッテ　こうしてみんなは帰っていき、わたしとペーターだけが、パトリシアと残された。三人になると、わたしたちはいつも気まずくなるの。といっても、先ほどみんなにお話しした――ちょっと感情的すぎたかもしれないけれど――彼女に対する反感のせいじゃないわ。そうじゃなくて、客観的にみても不快な空気が漂いだすのよ。三人とも息のつまりそうな、うわべだけを必死にとりつくろった冷たい空気がね。けっきょく、わたしたちは、差しさわりのない話をしばらくしてから、パトリシアと別れの挨拶を交わしたの。そして、ペーターがパトリシアを冷蔵庫に入れて……。

解凍の場面とおなじ効果音。ただし、順序が逆で、テンポも速い。あくび、そしてため息。包みを閉じるチャックの音。メトロノームが動きだし、続いてポンプ音とともに、シューッという気体の音、などなど……。やがてメトロノームだけが響きつづけ、そのリズムがしだいに、振り子時計の、ゆったりとした音と溶けあう。一時の鐘。一時半、二時。車が近づいてきて停まり、バタンとドアの閉まる音。遠くで犬が吠えている。玉砂利をふむ足音。窓が開く。板張りの床のうえを歩くミシミシという音がしだいに近くなる。冷蔵庫の扉がひらく。

バルダー　（小声で）パトリシアさん、僕です！

パトリシア　（くぐもった、かすかな声で）ううみうぉいっへほうあい！

バルダー　なんですかあああ？

パトリシア　（いくぶん明瞭に）包みを切ってちょうだい！

包みを切る音。

バルダー　よし、切れたぞ。次は？　なにをしたらいいんです？　すみません、手際が悪くて。なにせ初めてのことばかりで……。

パトリシア　とんでもない。お蔭で肝心なところはもうすみましたわ。あとはあたし一人でもだいじょうぶ。とにかく、ここから出るのを手伝ってくださらない？

足音。「しずかに」「シーッ」「こっちよ」といった声。窓の音。玉砂利。車のドア。バルダーがエンジンをかける。

バルダー　ようやく自由の身ですね、パトリシアさん。これで凍結からも、悪夢からも解放されたんだ。まるで夢を見ているようです。この二時間、僕は夢の世界に生きている。ああ、夢ならどうか醒めないでおくれ。

パトリシア　（冷ややかに）婚約者をお家まで送ってらした？

バルダー　誰のことです？　イルゼ？　ええ、送りましたが、彼女とは別れてきましたよ。

パトリシア　なんですって？　別れてきた？　完全に？

バルダー　ええ。でも、思っていたよりあっさり別れることができました。ちょっとした口論になった程度です。泣かれもしませんでしたよ。

間合い。車が動きだす。

パトリシア　バルダーさん、どうかあたしのことを悪く思わないでちょうだい。事情を説明すべきときが来たようですね。お願いですからあたしの気持ちも察してください。どんな手段を使ってでも、あそこから抜け出したかったのです。

バルダー　……ただそれだけ？　抜け出すためだけに僕を利用したと？

パトリシア　そうです。なんとしてでも冷蔵庫から脱出し、テルル家から逃げ出したかった……。お詫びのしるしに、洗いざらい告白しますわ。
バルダー　とうてい納得できません。
パトリシア　ほかにお詫びのしようがありませんの。ほんとうに、告白するのもつらいんです。あたし、もうほとほとうんざりでした。凍結に解凍、解凍に凍結をくりかえす人生を続けるのは、とてもたいへんなことです。それだけではありません……。
バルダー　まだなにか?
パトリシア　ええ、じつは……凍結する晩になると、彼が来るんです。三十三度前後の、かすかに冷たくなりはじめた温度になるのを待ちかまえて。そうすると、あたしにはまったく抵抗できないことがわかってるんです。あたしが黙ってるものだから——口が利けないのですから当然です——、彼はすっかり図に乗っちゃって……。
バルダー　かわいそうなパトリシアさん。それは、さぞつらかったことでしょう!
パトリシア　まったく最悪でした。きっと想像もつかないでしょうね。言葉ではいいあらわせない屈辱を味わわされてきたんです。

しだいに遠ざかる車の音。

ロッテ　……この物語はこれでおしまい。わたしは、だいたいわかってたの。あの晩だって、妙な物音が聞こえたけど、黙ってた。だって、わたしには知らせなきゃいけない義務なんてないわ。

けっきょく、このほうがみんなにとってもよかったのよ。バルダーが、わたしに洗いざらい話してくれたわ。かわいそうに、パトリシアにさんざん弄(もてあそ)ばれただけじゃなく、お金まで無心されたんですって。しかも、どこの町かは忘れたけれど、アメリカにいる同年代のボーイフレンドに会いに行くからって。もちろん、その彼も冷蔵庫で眠ってるらしいわよ。バルダーがイルゼと仲直りできるかどうかは、あまり気にする人もいないわよね。もしかするとイルゼ自身にとっても、どうでもいいことなのかもしれない。冷蔵庫は売ってしまったわ。ペーターは、ですって？　そうねえ、どうしてくれようかしら。

11

美の尺度

隣のビーチパラソルは空いていた。わたしは、陽がじりじりと照りつけている〝管理棟〟と書かれた小屋へ行き、月末まで隣のパラソルも借りられないか尋ねてみた。海水浴場の管理人は、予約帳を確認したうえで言った。

「申し訳ありませんが、六月からずっと、ミラノの男性の予約が入っておりまして……」

わたしは目がいいのが取り柄だ。パラソル番号75の横には、シンプソンという名前が記されていた。

ミラノ在住のシンプソンなんて、そう大勢はいないはずである。わたしは、どうか彼ではありませんようにと祈った。ＮＡＴＣＡ社の営業マンであるシンプソン氏。べつに彼が嫌いなわけではない。むしろ、好感を抱いている。だが、わたしも妻もプライバシーを大切にしているし、なんといっても休暇は休暇。仕事を思い出させるようなことがひとつでもあったら、台無しになってしまう。それに、《複製機》の一件で、彼が意外に意固地な堅物であることが判明して以来、少し疎遠になっていたこともあり、ビーチの隣人としてお付き合いするのは、ごめんこうむりたいものだった。

ところが、世の中とは狭いもの。三日後、75番パラソルの下に、ほかでもなくシンプソン氏があらわれた。異様に大きなビーチバッグを提げた彼は、これまでに見せたことのない当惑の表情を浮かべた。

シンプソンのことは、何年もまえから知っている。彼は、生粋の営業マンやブローカーの常として、純真さと抜け目のなさを兼ね備えた男だった。そのうえ、社交的で話好き、陽気な美食家でもある。

しかし、運命の悪戯によってビーチを隣り合わせることとなったシンプソンは、口数も少なく、そわそわしていた。アドリア海を一望する砂浜でデッキチェアーに寝そべっているというよりも、苦行僧用の釘のベッドにでも座っているようだ。わずかに交わした挨拶で、早くもぼろが出た。ビーチで過ごすのが好きで、リミニには毎年来ていると言った舌の根の乾かぬうちに、泳ぎもできなければ、砂浜で肌を焼くなんて煩わしいだけで、時間の無駄だと言ったのだ。

翌日、ビーチに彼の姿はなかった。わたしはすぐに管理人のところへ飛んでいった。

信じられないことに、シンプソンは隣のパラソルをキャンセルしたらしい。彼の不可思議な行動に興味を抱いたわたしは、煙草や小銭を配りながら、周辺の海水浴場をまわって情報を集めた。すると二時間もしないうち、シンプソンが、おなじ海岸の反対側のはずれに位置するシリオ海水浴場で、別のパラソルを借りたことがわかったのだ――ある程度、予想はしていたが――。

奥さんはむろんのこと、年頃のお嬢さんまでいるお堅いシンプソン氏が、女連れでリミニに来ている。わたしは、そう確信した。その憶測に、わたしの好奇心はますますすぐられ、高台にある展望広場から彼の行動を盗み見ることにした。自分の姿を見られずに、しかも高い場所から相手のようすをうかがうという行為が、わたしは昔からたまらなく好きだった。鎧戸の隙間からゴダイヴァ夫人の姿を覗き見るのを断念するくらいなら、死んだほうがマシだというピーピング・トムこそ、わが憧れのヒーローだ。

相手が何をしているのか、あるいは何をしようとしているのか、覗くことによってどんな発見が得られるのかといったことは別として、他人の行動を探る行為そのものをとおして、自分が特別な力を持つ存在のように思え、心の底から満ち足りた気分になれるのだ。おそらく脳の片隅に、ひたすら獲物を待ちつづけた狩猟民族だったころの先祖の記憶が刷り込まれていて、獲物を追ったり待ち伏せたりすることに、血湧き肉躍る興奮を覚えるのかもしれない。

しかもシンプソンの場合、必ずや発見があるだろうと見込まれた。女連れではあるまいかという仮説は、すぐに崩れた。彼の周囲には、女の姿など皆無だったのだ。それでも、わが友の行動はじつに妙だった。デッキチェアーに横たわり、新聞を読んでいる——いや、読んでいるふりをしているだけかもしれない——のだが、傍から見ても、わたしがしているのとさして変わらない探偵行為に熱中していることが明らかなのだ。

一定の時間ごとに不動の体勢から脱け出して、バッグの中身をかきまわし、八ミリカメラか、小型のテレビカメラに似た機械を引っ張りだす。そして、それを空に向けて斜めに構え、シャッターのようなものを押し、せっせとなにかをメモ帳に書き込んでいる。誰かの、あるいはなにかの写真でも撮っているのだろうか。わたしは、さらに入念に観察した。どうもそのようだ。機械にはプリズム付きのレンズが付いていて、斜めの角度から撮影できるらしかった。いうまでもなく、被写体に警戒心を抱かれないためだ。ことビーチでは、さほど珍しい行為でもないだろう。

午後になるころには、ほぼ百パーセント断言できた。シンプソンは、自分のパラソルのまえを通る海水浴客の写真を撮っているのだ。ときには波打ち際を移動し、気に入った相手を見つけると空に向かってシャッターを切る。とくに美人の女性が好みというわけでも、とにかく女性をというわけでもないらしい。少年、でっぷりとした年輩の婦人、白髪まじりの骨ばった紳士、ロマーニャ人特有の、ずんぐりした体格の若者や娘たち……。手当たりしだい撮っているように見えた。そして写真を一枚撮るごとに、律儀に黒いサングラスを外し、メモ帳になにやら書き込んでいる。なかでも不可解なことがひとつ。写真を撮る機械が二台あったのだ。見たところまったくおなじだが、いっぽうは男性用、もういっぽうは女性用と分けて使っている。

もはや疑う余地はあるまい。彼の行為は、年輩者——とはいえ、彼のように六十歳という年齢を重ねられるのなら本望だ——にときどき見られる人畜無害な病癖などではなく、なにか壮大なことらしい。少なくとも、わたしと鉢合わせになったときにシンプソンが見せた当惑と、ビーチを替えたときの慌てっぷりに匹敵するほど大きなことのはずだ。

そうとわかった瞬間から、暇つぶし半分だった覗き見趣味にがぜん熱が入り、わたしは注意ぶかく観察をつづけた。シンプソンの一挙手一投足が、あたかもチェスの一手のように、わたしの知能に戦いを挑む。というより、自然の神秘を解明するのに似ていたかもしれない。なんとしてでも謎を解いてやる。そう、わたしは心に誓っていた。

性能のいい双眼鏡を買ってみたが、たいして役には立たなかった。それどころか、ますます訳がわからなくなった。シンプソンは英語でメモをとっていた。しかも字は汚いし、省略だらけだ。メモは、どのページも三つの段に分けられていて、各段のいちばん上に、《Vis. Eval.》《Meter》《Obs》とある。ＮＡＴＣＡ社から実験を命じられたことは、明らかだった。でも、いったいどんな？

わたしは、すっきりしない気分のまま宿に戻り、一連の出来事を妻に話した。女の人というものは得てして、この手のことに驚異的な直感がはたらくものだ。ところが妻は、別の不可解な理由から機嫌が悪かった。〝あんな年寄りの好色漢〟には少しも興味がないらしい。言い忘れていたが、妻とシンプソンは、去年彼が《複製機》を売り歩いていたころから折り合いが悪かった。わたしがそれを一台買い、妻を複製するのではないかと恐れ、気の早いことに、もう一人の自分に嫉妬しはじめたのだ。
ところが、妻はすぐに考えなおし、いきなり的を射た意見を言った。
「脅迫したらいいんじゃないの？　砂浜パトロールの警官に訴えてやると脅すのよ」

シンプソンは、意外にたわいなく降伏した。挨拶もせずに姿を消したあまりによそよそしい彼の態度にショックを受け、不愉快に思ったと言ってやったのだ。もう長い付き合いなのだから、わたしが信頼に足る人間であることは、承知しているはずだろうと言いかけたが、すぐにそんな物言いは不要であることがわかった。目のまえにいるのは、ふだんと少しも変わらない、洗いざらい打ち明けたくてうずうずしているシンプソンだったのだ。他言無用というのは会社からの命令にすぎず、彼としては、それを破ることが許される不可抗力の出来事を待ちわびていた。わたしは、訴えてやるとほのめかしただけで、脅しにしてはあまりにぎこちなかったにもかかわらず、彼にしてみれば願ってもない不可抗力だった。

秘密は守るというわたしのひと言で早々に納得した彼は、瞳を輝かせながら、浜辺で使っていた道具はカメラではなく、二台のカロ、、、カロスメーターなのだと言った。えっ？　二台のカロリーメーター？　いやいや、カロスメーターですよ。美の測定装置。一台は男性測定用、もう一台は女性測定用なんです。

「わが社の新製品でしてね。試験的に少数を限定生産することになったのです。発売まえに、社の信用の厚い、われわれ古株の役職者にサンプルが託されたってわけです」彼は、謙遜を装うこともなく言った。

「さまざまな環境条件のもと、いろいろな人物を実際に測定してみるというのが、われわれに課せられた任務です。機能にかんする技術的な詳細は、わたしも説明されていません。例のごとく、新案特許にかかわる問題ですからね。ですが、本社の連中が〝製品のコンセプト〟と呼んでいる点については、イヤというほど聞かされました」

「美の測定装置ですって！　ずいぶんと大胆なアイデアじゃないですか。美とはなにか。あなたはご存じだというのですか？　あちらの……本社の方々はわかっているのでしょうね。なんといいましたかな、ほら、あそこ。フォート……」

「フォート・キディワニーです。たしかに、そのような意見もあったようです。ですが、アメリカ人は――本来ならば〝われわれアメリカ人〟と言うべきところですが、もう何年もこちらに住んでいるものでして――、わたしたちよりも、ずっと単純にできている。昨日までは明確でない点もありましたが、これからは断言できます。カロスメーターによって測定される値こそが、美なのです。いいですか？〝電圧〟という言葉の真髄はなにか、いちいち自問する電気技師がいると思いますか？ 電圧計（ボルトメーター）によって測定される値が電圧と決まっている。それ以外のことは、すべて空理空論なのです」

「まさにそこです。ボルトメーターは電気技師の役に立つ。彼らの仕事には欠かせない道具です。しかし、カロスメーターなんて、誰の役に立つのですか？ これまで、ＮＡＴＣＡ社はオフィス用の機器で名声を得てきたんじゃありませんか。計算や複写、文書作成や翻訳といった、いずれも堅実で実務的な機器を得意としてきた。いまさらなぜ、このような、なんというか……ナンセンスな装置の製造に手を出すのか、理解に苦しみます。ナンセンスか哲学的すぎるかの両極端で、中庸というものがない。わたしだったら、カロスメーターなんて絶対に買いませんね。まったくもって、無用の長物ですよ」

聞いていたシンプソン氏の顔が輝いた。左手の人差し指を小鼻にあて、得意げに鼻を右にひねる。

「ところが、早くも予約が殺到しているのです。何件ぐらいあると思います？　合衆国だけでも、優に四千は超えています。まだ宣伝キャンペーンをはじめてもいないのにですよ。あと数日もすれば、もう少し詳しいことをお話しできるかと思います。数日で、新商品の用途をめぐる法的な解釈が明らかになるはずですから。

　いいですか、わがＮＡＴＣＡ社ともあろうものが、本格的なマーケティング調査もせずに新製品を企画・販売するだなんて、まさか本気で思っているわけではないでしょうね。なんといっても、当製品のアイデアには、鉄のカーテンの向こう側の、いわば〝同業者〟までもが関心を示すほどなのです。ご存じありませんか？　一時期、政界の上層部がこの話題で持ちきりとなり、新聞でもとりあげられていました。といっても、『戦略的重要性の見込まれる新発明』などと、じつにあいまいな書かれ方でしたがね。噂は当社の全支店でささやかれ、社員のあいだに不安もひろがりました。ソ連の人というのは、思ったことの反対を口にしますからね。まあ、いつものことですが……。それでも、当社のプランナーが三年前、カロスメーターの基本となるアイデアと、ごく初期段階の全体の設計図を、モスクワの教育省に届けたという証拠もあります。当時からすでに、ＮＡＴＣＡ社が、隠れ（クリプト）コミュニストや知識人、怒れる者たちの巣窟（そうくつ）だということは、周知の事実でしたからね。

幸い、設計図は最終的に、役人とマルクス主義美学の理論家の手に渡りました。前者のおかげで二年ほどのタイムロスが生じ、後者のおかげで、彼（か）の地で製造される装置が当社の製品と競合することはなくなりました。まったく別の用途に造りかえられたのです。傾向度別美測定器（カロスゴニオメーター）とでも呼べばいいのでしょうかね。社会的な傾向ごとに美を測定するものなのです。つまり、われわれにはまったく無縁の概念ですよ。われわれの視点は、それとはまったく異なり、より実用的なものです。美は、純粋な数値です。比率……厳密にはいくつもの比率を総体として捉えたものといえるでしょう。いずれにしても、偉そうな顔で他人の説を吹聴（ふいちょう）してまわるつもりはありません。いまわたしがお話ししていることはすべて、カロスメーターの宣伝用パンフレットに書かれています。しかも、もっと高尚な表現でね。英語版はすでに完成し、現在は各国語に翻訳が進められているところです。

ご存じのとおり、わたしはしがない技術者で、しかも二十年まえから営業畑にまわされ、技術の分野ではすっかり役立たずです。営業のほうはおかげさまで順調ですが……。当社の哲学によると、美とは、好みによって変化し、見る人それぞれや流行によって左右されるモデルを基準としたものなのです。絶対的な観察者というものは存在しません。基準は芸術家によっても左右されますし、潜在意識にはたらきかけるマスコミにも左右される。顧客ひとりひとりによって異なるものなのです。したがって、どのカロスメーターも、使用するまえに基準値を設定する必要があります。基準値の設定こそ、必要不可欠でデリケートな作業といえるでしょう。ご参考までに、ここにあるものは、セバスティアーノ・デル・ピオンボが描いた『侍女（ファンテスカ）』をモデルとして設定したものです」

「つまり、わたしの理解が正しければ、一台一台が異なるものなのですか？」

「そのとおりです。個性的で進歩的な趣味を、ユーザー全員に求めるわけにはいきません。男性がみな、明確な理想の女性像を持っているわけでもないのです。いまはまだ調整段階で、今後本格的に販売を展開するのですが、とりあえず、三つの機種を生産することにしました。ひとつは、名付けて《ブランク》。顧客が指定したモデルをもとに、無料で基準値を設定するものです。それと、女性測定用と男性測定用、それぞれスタンダードなモデルを用いて基準値を設定したものが各一機種。《パリス》と銘打った女性測定用の機種は、今年一年間、試験的にエリザベス・テーラーの顔の形状をもとに基準値が設定されることになっています。いっぽう、男性用の機種は――いまのところあまり注文はないようですが――、名優ラフ・ヴァローネを基準に設定されています。そういえば、ちょうど今朝、オクラホマのフォート・キディワニーにある本社から、部外秘の手紙が届きました。なんでも、まだ男性用の機種にふさわしい名前が見つかっていないから、われわれ古株の役職者のあいだでアイデアを募ることにしたそうです。もちろん、最優秀作に贈られる賞品は、カロスメーター。三つのなかから好きな機種を選べるのだそうです。いかがです？　あなたほど教養のあるお方ならば、挑戦してみる価値はあると思います。わたしの名前をお貸ししますから、ぜひコンテストに参加してみてくださいよ」

《セミラミス》というネーミングがさほど独創的だとも思わないし、言い得ていると自負する気もない。おそらく、ほかの応募者がわたしに輪をかけて想像力にも教養にも乏しかっただけの話だろう。とにかく、わたしはコンクールに優勝した。いや、シンプソンを優勝に導いたのだ。シンプソンは賞品としてカロスメーター《ブランク》を勝ち取り、わたしに譲ってくれた。おかげで、わたしは一か月ほど楽しい思いをさせてもらった。

わたしは手始めに、配送されてきたままの状態で測定器を使ってみた。だが、まったく反応がない。どんな対象物をまえにしても、ひたすら100という数値を表示したままだった。わたしはそれを支店に送り、モディリアーニの『ルニア・チェホフスカの肖像』の、カラー複製画をもとに基準値を設定してもらった。カロスメーターは、すぐに使える状態でわたしの手元にもどってきた。さっそく、さまざまな条件で試してみた。

最終的な判断を下すのは時期尚早だろうし、不遜かもしれない。それでもあえて、カロスメーターはじつに繊細で精巧な機械だといわせてもらいたい。たんに人間とおなじ評価を機械に再現させるためだけだったら、ほかに勝るものもあるだろう。しかし、カロスメーターは極端に許容範囲の限られた、偏った、端的にいうならばマニアックな趣味を持つ観察者の視点からの評価が下せるのだ。

たとえば、わたしのカロスメーターは、丸顔の女性に対しては必ず低い点数をつけ、面長の女性に点が甘い。わが家に出入りしている牛乳配達の女性は、この界隈で評判の美人だというのに、なんとK32という厳しい点がつけられた。たしかに、若干ぽっちゃりしたタイプではある。それはまあよいとしても、モナ・リザの複製画を測定させたところ、なんとK28だった。一方で、細くて長い首に対しては、あからさまな贔屓をする。

この測定器のもっともすばらしい特徴は——考えてみると、ごくありきたりな測光器の仕組みと異なる唯一の特徴ともいえるが——、対象となる人物の姿勢や、レンズからの距離にほとんど左右されずに測定できる点だ。わたしは妻に頼みこんで、さまざまな姿勢で彼女を測定してみた。すると、平均K75という高得点をマーク。じゅうぶん休息をとりリラックスした状態で、光の加減も良好ならば、K79まで記録した。正面、右左それぞれの横顔だけでなく、寝そべってみたり、帽子をかぶったり脱いだり、眼をつぶったりひらいたりしてみたが、誤差はいずれも5ポイントにとどまった。ただし、顔の向きが九十度以上ずれてくると、測定にも影響をおよぼすらしい。顔が完全に反対側を向き、カロスメーターにうなじを向けた状態だと、きわめて低い値となる。

じっさい、妻はかなり面長で、卵形の顔をしている。おまけに、細くて長い首に、上向き加減の鼻とくれば、もっと高い得点でもおかしくないが、どうやら髪の色が減点の対象となっているらしい。妻は黒髪だが、基準値の設定に用いたモデルは、濃いブロンドだった。

一方、このカロスメーターを男性に向けると、測定値はたいていK20以下。口髭や顎鬚を生やしているとK10を下まわる。それでも、測定不能という判断を下すことはめったにない。それどころか、子どもの絵みたいにラフなデッサンでも、たまたま顔の形に似た模様でも、人間の顔と認識してしまう。ためしに、不規則な模様がいろいろ描かれている面——正確にいうと壁紙——のうえで、レンズをゆっくりと移動させながら測定してみた。漠然とでも人間の顔になぞらえることのできる模様があると、カロスメーターが反応し、針が振れる。ゼロという値を示すのは、どう見ても非対称な模様や、形のないもの、そして、無地の面を測定した場合に限られていた。

妻はカロスメーターを目の敵にしているが、なぜかは自分でも説明できないらしい。いや、説明したくないだけなのかもしれない。彼女は、ふだんからそういうところがあった。わたしが測定器を持ち歩いたり、話題に出したりするたびに、たちまち冷ややかになり、機嫌が悪くなる。

先ほどお話ししたとおり、カロスメーターは妻を高く評価しているのだから、あまりフェアとはいえないだろう。K79といえば非常に高い値である。きっと、シンプソンがわたしに売りつけたり、あるいはサンプルとして置いていったりする一連の機器や、シンプソンという人物そのものに対する漠然とした不信感を、そのままカロスメーターにもあてはめているのだろう……。わたしは妻の態度を見て、はじめのうちそう思っていた。とはいえ、不機嫌に黙りこくる妻のようすがあまりに気になったので、先(せん)だって、わざと家のあちこちでカロスメーターを使いながら、たっぷり一時間は遊んでみせ、妻の怒りが爆発するのを待った。すると、激しい口調はともかくとして、彼女の意見がそれなりに筋のとおった、正当なものであることがわかった。

要するに、彼女はカロスメーターがあまりに従順であることに唖然(あぜん)としているらしい。これでは、美の測定器というよりも、順応度を測る機械であり、機械そのものが順応主義的だというのだ。わたしは、カロスメーター——妻にいわせると、《同類(ホメオ)メーター》と呼んだほうが的確ということになる——の弁護をこころみた。なにかを評価しようとすると、誰しも順応主義に陥(おちい)るのは仕方のないことだ。意識するとにかかわらず、あくまでも特定のモデルを基準としたうえでの判断なのだから。

はじめて印象派が登場したときの、はなはだしい騒ぎがいい例だろう。いかなる分野であろうと、改革者に対する世論の強烈な反発は、改革者が改革者でなくなったとき、はじめて穏やかな愛情へと変わるものだ。そう、妻に言ってきかせた。そのうえで、ファッションや特定のスタイルが定着し、集団として新しい表現手段に〝慣れて〟いく過程は、カロスメーターの基準値設定とまったくおなじ原理なのだとも説明した。ごく平均的な人物が、まったく想像もつかないかたちで基準を刷り込まれてしまうことこそが、現代社会のもっとも憂慮すべき傾向なのだ。

たとえば、スウェーデン製の家具やプラスチックの造花を、美しいと信じ込ませる。すると、それだけが美しいということになる。あるいは、金髪で背が高く、青い瞳の人間だけが美しく、それ以外は醜いと信じ込ませることだって可能だ。特定の歯磨き粉だけが効果的であるとか、特定の外科医だけが腕がいいとか、特定の政党だけが真実を語っているなどなど……。だとすれば、人間の思考のプロセスを再現しているというだけで機械を軽蔑するのは不当だと、わたしは主張した。ところが妻は、クローチェ[5]的な教育を信じて疑わない、救いがたいケースらしく、「そうかしら……」と応えただけで、納得したようすはまったくなかった。

とはいえ、近ごろではわたしも、別の理由でいくぶん熱が冷めてきた。ロータリークラブの夕食会で、シンプソンにふたたび会ったのだ。彼は上機嫌で、二つの〝大勝利〟について語ってくれた。

「いまなら、カロスメーター販売キャンペーンにまつわる秘密事項もお話しできます」と、彼は切り出した。「信じていただけないかもしれませんが、わが社の製品のなかで、これほど販売しやすいものはありません。明日、フォート・キディワニーに月次報告書を送ることになっています。見ていてください、昇進まちがいなしですよ。わたしはつねづね言っていることがあります。営業マンの美徳は二つ。人間を知ること、それと想像力です」

シンプソンは、秘密を打ち明けるように声をひそめた。

「コールガールですよ！　これまで、誰も考えつかなかったことです。アメリカでさえもね。これほどの数のコールガールが世の中に存在しているとは、思ってもいませんでした。ボランティアで国勢調査をしているようなものです。娼館のマダムはみな、この現代的なデータシステムがいかに営業的効果を発揮するか、即座に理解してくれました。客観的なカロスメーターの数値を、個人データとして公表するのです。たとえば、〝マグダ、二十二歳、K87〟、〝ウィルマ、二十六歳、K77〟……といったぐあいにね。おわかりですか？

わたしが考案した販売戦略は、それだけではありません。……といっても、これはわたし個人の功績ではなく、周囲の人びとからヒントをいただいたものです。じつは、ご友人のジルベルト氏がカロスメーターを一台購入してくださいましてね。どうしたと思います？　受け取るやいなや、それまでの基準値をそっくり消去し、自分の写真を使って設定しなおしたのです」

「それがどうかしました？」

「だって、そうでしょう？　多くの顧客がおなじようなことを思いつくにちがいありません。さっそく、宣伝用のチラシの草稿を練ってみました。今後、パーティなどで

5　ベネデット・クローチェ。イタリアの哲学者・歴史家（一八六六〜一九五二年）

配って歩くつもりです。さしつかえなかったら読んでみていただけませんか？　ご承知のとおり、わたしはイタリア語にあまり自信がないもので……。当製品が広まったら、みんな先を争うように、相手の写真を基準値としたカロスメーターを、奥さんや旦那さんにプレゼントするに決まっています。K100という褒め言葉に無関心でいられる人なんて、そうはいないでしょう。白雪姫に出てくる魔女を憶えていますか？　人間だれしも、自分が褒めそやされ、認められることが好きなのです。相手がたんなる鏡だろうが、集積回路だろうが、そんなのは些細な問題でしかありません」

シンプソンに、これほどシニカルな面があるとは思いもしなかった。その日、わたしたちはそっけなく別れた。正直な話、彼との友情もこれまでかもしれない。

12

ケンタウロス論

および彼らの飲食や婚姻の方法をめぐる論考。これは、気のふれた著者と、その生涯の友、G・LとL・Nの、十週間におよぶ議論にもとづくものである。

父は、彼を馬小屋においていた。ほかに適当な場所が思いつかなかったのだ。船長をしている友人から譲り受けたのだが、その友人はギリシアのテッサロニキで買ったと話していたそうだ。しかし、本人に直接聞いたところによると、生まれたのはコロフォンらしい。

僕は、彼のそばに近寄ることを堅く禁じられていた。気が荒く、怒ると蹴るというのだ。だが、そんなのは手垢のついた言い訳にすぎないと、僕は自分の体験から断言できる。したがって、中学にあがるころから、父の禁令にはほとんど耳を貸さなかった。それどころか、とりわけ冬には、多くの忘れられない経験を彼と共にした。また夏にも、トラーキ——というのが彼の名前だ——が自分の両手で僕を抱きあげ、彼の背にまたがらせてくれ、丘へと続く森のなかを迫力満点のギャロップで駆けめぐるなど、すばらしい時を過ごした。

彼は、さしたる苦もなく僕らの言葉を覚えたが、どことなく東方の訛りが残っていた。二百六十歳という年齢にもかかわらず、人間の半身も馬の半身も、じつに若々しい風貌があった。以下の論考は、当時僕らが交わした長いやりとりの成果である。

ケンタウロスの起源は、伝説にまでさかのぼる。ただし、彼らのあいだで語りつがれている伝説は、僕らが古典と見なしているものとはかなり異なる。

興味深いことに、彼らの伝承においても、大いなる叡智の主、創造者であり救済者でもあるノアが、すべての始まりとされている。ただし彼らのあいだでは、ノアではなくクトゥノフェセトと呼ばれる。このクトゥノフェセトの方舟（はこぶね）には、ケンタウロスは乗っていなかった。とはいえ、「すべての種類の清き動物のなかからオスとメス七番（つがい）ずつと、不浄の動物のなかからオスとメス一番（つがい）ずつ」乗っていたわけでもない。ケンタウロスの伝承は、聖書より合理的なもので、鍵となる、より原型に近い種だけが救われたとされている。要するに、人間は救われたが猿は救われず、馬は救われたがロバやアジアノロバは救われず、ニワトリとカラスは救われたがハゲワシやヤツガシラやシロハヤブサは救われず……といった具合だ。

では、これらの種はいかにして誕生したのか？　それから間もなく……、と伝説では語られている。水がひくと、大地は熱を持った泥の、厚い層に包まれた。この泥の層では、洪水で滅びたあらゆるものが発酵し、腐敗物となって堆積し、かぎりなく肥沃な状態にあった。そして、陽光が触れたとたん、あたり一面が芽吹き、ありとあらゆる種類の草や木が生えたのだ。それだけでなく、柔らかく湿ったその懐では、方舟によって救われたすべての種の婚姻がおこなわれた。それは、空前絶後の狂おしく滾った受胎の季節であり、世界があまねく愛を謳歌し、ふたたび渾沌に戻ってもおかしくないほどだった。

そのとき、大地までもが天空と姦淫し、あらゆるものが芽生え、実を結んだ。婚姻という婚姻が子宝に恵まれた。それも数か月でなく、数日で子が誕生する。子に恵まれない婚姻などひとつもないばかりか、軽く接触しただけでも、あるいはほんのひとき結合しただけでも、子どもが生まれるのだった。異なる種のあいだでも、獣と石、植物と石のあいだでもおなじこと。冷たく慎みぶかい大地の表面を覆う生暖かい泥の海は、果てしなく広がる初夜の床のように、どこもかしこも情欲で沸きたち、歓喜あふれる胚芽がうごめいていた。

この第二の創世こそが、真の創世だったのだ。ケンタウロスの伝承によるなら、さもなければ、誰もが指摘する各種の類似や共通点の説明がつかない。なぜイルカは魚に似ているにもかかわらず、子を産み、乳で育てるのか？　それは、イルカがマグロと雌牛(めうし)の子どもだからだ。なぜ蝶はあれほど優雅な色をし、器用に飛ぶのか？　蠅と花の子どもだからだ。亀はひき蛙と岩の子どもだし、コウモリはフクロウとネズミの子どもだし、貝はナメクジとすべすべした小石の子どもなのだ。馬と小川からはカバが生まれ、イモムシとストリクス[6]からはハゲワシが生まれた。さもなければ、海の怪物(レヴィアタン)とも呼ばれる大鯨が、なぜあれほど途方もなく巨大なのか、説明がつかないではないか。あの大樹のような骨も、脂ぎった黒い表皮も、燃える吐息も、すべての肉なるものの終わりが神によって宣告されたのち、ゴフェルの木で造られ、内と外とを木の脂(やに)で塗られた方舟の、女性の姿をした竜骨を、ほかでもない原始の泥が情欲で抱きしめ、崇高な交接を果たしたという生きた証拠なのだ。

　現存する、あるいはすでに絶滅した生物の多様性の源は、こうしてできた。竜やカメレオン、キメラやハルピュイア、ワニやミノタウロス、象や巨人……。さまざまな

6　フクロウ科フクロウ属の属名。ローマ神話では人の血を吸う邪悪な鳥とされた

骨が、いまだに化石として山の奥深くから発見され、世間を驚かせることがある。ケンタウロス自身もまた、そのような種族なのだ。この胚種広布（パンスペルミア）とも呼べる原始の祭りには、数人だけ生き残った人間もまた、参加していたのだから。

とりわけ顕著な役割を果たしたのが、放蕩息子のハムである。彼の、テッサリアの牝馬（ひんば）に対する奔放な愛から、初代ケンタウロスがこの世に生まれおちた。ケンタウロスは、生まれたときから高貴で強壮な血筋をほこり、人間と馬、双方の性質のよいところを受け継いでいた。彼らは、思慮深く勇敢、心がひろく機敏、狩や歌に優れ、戦（いくさ）や天体観測に長（た）けている。むしろ、恵まれた婚姻においてしばしばみられるように、血の結びつきによって両親それぞれの長所が際立つように思えた。というのも、少なくとも初代のケンタウロスは、走らせればテッサリアの母よりも力強く速かったし、黒人のハムや、その他の人間の父よりも、はるかに知識が豊かで頭も切れたからだ。彼らが図抜けて長寿である所以（ゆえん）も、そのように考えていけば説明がつくと主張する者もいる。ただし、この点については、彼らの食習慣——どのようなものだったかは、のちほど説明する——が大きく貢献していたとする説もある。あるいは、彼らの秀でた生命力が、時間に反映されたにすぎないと考えるべきなのかもしれない。僕自身も、後者ではないかという確信を抱いており、これから語ろうとしている物語も、それを立証するものだ。すなわち、彼らの血に流れているのは、草食動物である馬の力ではなく、彼らの命を宿した人間と獣の絶頂の瞬間の、血塗られ禁じられた、目さえも眩ませてしまう赤い恍惚感なのだ。

以上の点に対していかなる見解を持とうと、ケンタウロスの古典的伝説に多少なりとも注意をはらったことのある人であれば誰しも、メスのケンタウロスについてまったく触れられていないことに気づくだろう。トラーキから聞いたところでは、じっさいにメスは皆無に等しいらしい。

人間の男と牝馬との交接は、いままでは子どもが宿ることはきわめて稀となったが、いずれにしても、オスのケンタウロスしか生まれないことになっており、事実、メスが生まれたことはない。それには必ず生命にかかわる理由があるはずだが、いまのところわかってはいない。逆のケース、すなわちオスの馬と人間の女の交接は、いつの時代でもごく稀にしかみられず、そのうえ、淫らな女にオスの馬がそそのかされて起こることがほとんどであるため、子をもうけるには向いていない。

このようなごく稀な交接において例外的に子を宿した場合、生まれてくるのは人間と馬の両面を持つメスの子どもである。だが、両者の特徴が、通常のケンタウロスとは逆となってあらわれる。すなわち、頭と首と前脚が馬であり、背と腹部が人間の女であり、後脚もまた、人間のそれである。

　トラーキは、これまで長く生きてきたが、出会ったメスはごくわずかで、しかも、その惨めな化け物のごとき姿には、少しも魅力を感じなかったと話していた。「俊足の獣」などではけっしてなく、生命力に乏しく、不妊で、怠惰な、つかみどころのない動物なのだ。人間と親しく交わるでもなく、命令に従うことを覚えるでもなく、うっそうと茂る森の奥でみじめに暮らしている。群れもつくらず、粗野な孤独に生きているのだ。草や木の実を餌とし、不意に人間と出くわすと、必ず己の前半身だけを見せるという奇妙な習性がある。その仕草は、あたかも人間から受け継いだ後ろ半身を恥じているかのように見える。

　コロフォンには、いまもなお数多くのテッサリアの牝馬が野生のままの姿で暮らしているが、上述のように、トラーキはそのうちの一頭と人間の男とのあいだの秘めた交接によって生まれた。本稿の読者のなかには、このような言及に疑いを抱く者もいるに違いない。公式な学問は、いまだにアリストテレス哲学にどっぷりと浸かったままで、異なる種のあいだでの交接が子孫をもたらす可能性を否定しているからだ。

ところが、公式な学問というものは、えてして謙虚さに欠けている。たしかに、そのような交接はおおむね子孫をもたらさない。だが、果たして何度、実証が試みられたのか？　数十例がせいぜいだろう。しかも、数限りなく存在する組み合わせすべてを試したのか？　もちろん、そうではない。ならば、己の生い立ちについて語ってくれたトラーキの言葉を否定する理由もない以上、疑い深い人びとに、空にも地上にも、われらの哲学が夢みたよりもずっと多くの事象が存在していることを忘れてはならないと、説くしかないのだ。

トラーキは、それまでの生涯の大半を、ひとり孤独に過ごしてきた。それがケンタウロスという種族に生まれたものの宿命だった。夜は、戸外で四本の脚で立ったまま、低い木の枝か、岩のうえで組んだ腕に頭をあずけて眠る。島の平原や林間の草地で草を食み、木々の枝の実を摘む。暑い季節には、誰もいない浜辺におりて水を浴び、胸と頭をすっと伸ばして馬とおなじスタイルで泳いだり、濡れた砂に力強い足跡をつけながら、延々と駆けつづけたりした。

そして、どのような季節だろうと、食べることに一日の大半を費やした。トラーキは、その若いエネルギーを持てあまし、生まれ育った島の絶壁をいきなり駆けあがったり、枯渇した険しい渓谷へと駆けおりたりすることもしばしばだったが、どこを走りまわっているときでも必ず、持ち前の研ぎ澄まされた本能にしたがって、休息の合間に蓄えておいた草や小枝の大きな束を両脇に抱えているのだった。

というのも、ケンタウロスは馬の部分が過半を占めるという身体の構造から、厳格な草食を余儀なくされているが、頭部と胸部は人間とおなじ造りをしている。そのために、人間の小さな口から、彼らの大きな身体を維持するのに必要な、驚くほど膨大な量の牧草や干し草や穀物を摂取しなければならない。これらの食べ物は、周知のごとく栄養価に乏しく、そのうえ長時間の咀嚼が必要にもかかわらず、人間の歯は草を細かく刻むのには適していない。

その結果、ケンタウロスの食事は、きわめて労力のいる作業となってしまうのだ。彼らは、肉体的な必然性から、一日の四分の三の時間を咀嚼しながら生活することを余儀なくされていた。この点については、権威ある証言にも事欠かない。とりわけ、サモス島のウカレゴン（『哲学学説集』第二十四章2-8、および第四十三章の随所）は、名高いケンタウロスの賢さは、ほかでもなく、日に一度の食事が夜明けから日暮れまでぶっとおしで続けられるという彼らの習慣に拠るものだとしている。おかげでケンタウロスは、富への欲や誹謗中傷といった、災難を招きこそすれ益のない雑念にとらわれることなく、ふだんの禁欲的な生活を送ることができるのだ。この点については、ベーダも主著『イングランド教会史』で指摘している。

妙なことに、古典伝説ではケンタウロスのこのような特徴についてまったく触れられていない。とはいえ、これが真実であることは、確かな証言があるだけでなく、上述のとおり自然哲学の初歩的な考察を通しても推論できるだろう。

トラーキに話をもどそう。彼は、僕ら人間の基準にあてはめるならば、かなり偏った教育を受けたようだ。まず、島の羊飼いたちからギリシア語を学んだ。いかに内向的で寡黙な性格とはいえ、たまに人恋しくなるようなときに、羊飼いと過ごすことがあったのだ。また、自らの観察をとおして、森の草木や生き物、川や海、雲や星や宇宙について、深く詳細な知識を多く身につけた。生け捕りにされ、見知らぬ空の下に連れてこられてからも、何時間もまえから嵐の到来や降雪が近いことを予知できる彼の能力には、僕も気づいていた。どのようにしてかはわからないが――おそらく彼自身にもわからなかったのだろう——、田畑で小麦が芽吹く瞬間や、地下の水脈を流れる水のせせらぎ、増水した川が氾濫する予兆なども感知した。

うちから二百メートルほど離れたデ・シモーネ家の雌牛が出産したときにも、己の臓腑が共振するのを覚えたと語っていた。小作人の娘が出産したときにも、まったくおなじ共振を感じたらしい。それだけでなく、ある春の夜、いまこの瞬間に分娩がおこなわれている、場所は干し草小屋の片隅だと僕に告げたこともあった。行ってみると、メスのコウモリが目の見えない不恰好な子どもを六匹産んだばかりで、極小サイズの乳をふくませようとしているところだった。

トラーキの話によると、ケンタウロスはみな同様で、あたかも歓喜の波が押し寄せるごとく、動物だろうが人間だろうが植物だろうが、あらゆる生命の誕生を身体で感じとることができるのだそうだ。それだけでなく、胸の奥の焦燥感や震える緊張感といった形で、身のまわりで生じるあらゆる欲望や交尾や性交を知覚できるらしい。そのため、ふだんは禁欲的な種族であるにもかかわらず、さかりの季節を迎えると、異常にそわそわしだすのだ。

僕らは長いこと一緒に暮らした。ある意味、一緒に成長したといっても過言ではない。たいへんな長生きをしているにもかかわらず、トラーキは、行動やふるまいすべてにおいて若さを感じさせ、驚くほどのみこみが早いので、学校へ通わせる必要などないように思われた――人目がはばかられたというのもあったが――。トラーキを教育したのは、僕である。とくに意識したわけではないが、先生から日々教わる知識を少しずつ話して聞かせるうちに、いつの間にかトラーキへと伝わっていたのだ。

僕らは、トラーキの存在をできるだけ隠していた。それが彼自身の切なる願いでもあったし、家族の誰もが、彼を独占したいという、嫉妬心の入り混じった愛情を抱いていたからでもある。そしてまた、人間界との不必要な接触は避けるべきだと、理屈だけでなく本能的にもわかっていたからである。

もちろん、彼がうちにいることは、近隣の人たちにも知られていた。最初のうちは、あれやこれやと質問され、なかにはぶしつけなものもあったが、世の常として、人びとの穿鑿（せんさく）好きも、新たな展開がないため、しだいに冷めていった。とはいえ、限られた数のごく親しい友のなかには、トラーキに会った者もいる。とくにデ・シモーネ家の人びとは、トラーキとたちまち意気投合し、トラーキ自身の友人となった。いちどだけ、トラーキがアブに刺され、臀部が腫れ、痛痒くてたまらなかったため、獣医を呼ばなければならなかったことがあった。さいわい、獣医は口も堅く、物わかりのよい人物だったので、職業上知りえた秘密は口外しないと誓い、僕の知るかぎりでは、その約束をしっかりと守った。

ところが、蹄鉄工はそうはいかなかった。困ったことに、昨今では蹄鉄工の数がめっきり減ってしまった。徒歩で二時間ほどの距離に一軒あるのだが、そこの親方は無骨者で、おまけに頭が悪く乱暴だった。父は、あまり口外しないでくれと諭したが、糠に釘だった。通常料金の十倍にあたる口止め料もまったく効果がなく、日曜になると、居酒屋で飲み仲間を集めては、自分のところに来る奇妙な客の話を、村じゅうの者に語るのだった。さいわい、この蹄鉄工は飲んだくれで、酔うとあることないこと喋る癖があったため、彼の話を信じる者はあまりいなかった。

この話を書くのは、あまりにつらい。まだ僕が若かったころの出来事であり、おそらく文章にしてしまったら、あの出来事が僕の身体から剝がれ落ち、強烈で純粋ななにかが消えてなくなる気がする。

その夏のこと。僕と同い年で幼なじみのテレザ・デ・シモーネが両親のもとに帰ってきた。都会の大学で学んでいた彼女に会うのは、何年ぶりだったろう。ずいぶんと雰囲気が変わっていた。その変わりようは、僕の心を乱した。それとは意識しないまま、彼女への恋心が芽生えていたのだろう。僕にしてみれば、そのような感情が芽生えるという可能性さえ、思いもよらないことだった。ただ、彼女は美しく控え目で、穏やかで清純だった。

先ほど話したように、デ・シモーネ家の人びとは、僕の家族と親しく往き来していた数少ない隣人であり、昔からトラーキのことを知っているだけでなく、彼が好きだった。

テレザの帰郷からしばらくしたある晩、僕ら三人は遅くまで一緒に過ごした。それは、生涯忘れられない貴重な夜となった。月明かりが射し、干し草の匂いが充満する馬小屋。生温くよどんだ空気。コオロギの鳴き声……。遠くから聞こえてくる歌声につられるように、不意にトラーキが歌い出した。僕らのほうを見ることもなく、夢見心地で歌っている。力強く勇ましいリズムの長い歌で、僕の知らない言語だった。ギリシアの歌だとトラーキが教えてくれた。だが、歌詞を訳してくれと頼むと、彼は顔をそむけ、黙りこんでしまった。

僕ら三人は、そのまま長いこと黙っていた。やがて、テレザは帰っていった。翌朝、トラーキは僕を片隅に呼び、次のようなことを話してくれた。

「親愛なる友よ。どうやら時が満ちたようです。わたしは恋に落ちました。彼女がわたしの心に入り込み、わたしを支配するのです。彼女に会いたい、彼女の声が聞きたい。そして彼女に触れてみたい。もう、それればかり考えています。しかし、叶えられることのない望みです。いまや、わたしはそのためだけに存在している。わたしの心にあるのは、その望みだけなのです。わたしのなかでなにかが変化しつつあります。わたしは変わりました。以前のわたしではありません」

彼が話してくれたのはそれだけではないが、ここに記すにはためらいもある。彼の正確な意図を伝えられるか、あまり自信がないのだ。彼は、その前の晩から、己の身が「戦場」になった気がすると語っていた。それまではまったく理解できずにいた、ネッソスやポロスといった猛々しい先祖たちの行為が、はじめて理解できたと。彼の人間としての半身は、気高く優雅ではあるが、空虚な幻想や夢に満ちていた。腕にみなぎる力で裁きを下すという、向こう見ずな行動に出ることもできたろう。胸に宿る激情で、もっとも深い森の木を根こそぎたおし、世界の果てまで疾走し、新天地を発見し、征服する。そして、その地に肥沃な文明をもたらすという偉業を達成する。しかも、テレザ・デ・シモーネが見守るまえで、すべてを実現したいと思いながらも、彼自身、己のそのような気持ちには気づいていなかった。彼女のためにそれを実現し、彼女に捧げる。それこそが彼の夢だったのだ。

いっぽうで、夢を見ている瞬間からすでに、自分の夢がいかに虚しいものであるかも自覚していた。それが、前の晩に彼が歌った歌の内容でもあった。遠い昔、少年のころにコロフォンで憶えた歌だったが、それまでは意味を理解できたことも、口ずさんだこともなかったと、彼は話してくれた。

それから数週間は、なにごとも起こらなかった。ときどきデ・シモーネ家の人びとと顔を合わせはしたものの、トラーキの挙措には、胸のうちで荒れ狂う嵐をほのめかすようなものはいっさいなかった。その嵐を解き放ったのは、ほかでもない、この僕自身だったのだ。

十月のある日の夕刻、トラーキは蹄鉄工のところへ行っていた。僕はテレザと会い、一緒に森を散歩した。話をしながら。もちろん、話題はトラーキのことだった。それ以外にどんな話題があったろう。ただし僕は、友を裏切って秘密を明かすようなことはしなかった。いや、それよりもひどいことをしたのだ。

テレザが見かけほど控え目な女性でないことに気づくまでに、たいして時間はかからなかった。彼女は偶然をよそおい、木々が深く茂る場所へつながる林道に入っていった。その林道が行き止まりであることを、僕は知っていた。そして、テレザがそれをわかっていることも、僕は知っていた。小道が途絶えたところで、テレザが乾いた落ち葉のうえに腰をおろし、僕も倣(なら)って腰をおろした。谷間の村の鐘楼から七時の鐘が響いてきた。そのとき、彼女が僕に身を寄せてきたのだ。それは疑う余地のない、あからさまな態度だった。僕らが家にもどったのは夜も更けたころだったが、トラーキはまだ帰っていなかった。

僕は、すぐに自分が過ちを犯したことに気づいた。いや、あの最中(さなか)からすでにわかっていたのだ。そして、いまなお悔やんでいる。いっぽうで、いっさいの罪が僕ひとりにあるわけでも、テレザに罪があるわけでもないこともわかっている。僕と彼女のあいだに、トラーキが介在していたのだ。僕らは、トラーキの吐息に溺れ、彼の磁界に引き寄せられていた。なぜそう断言できるかというと、彼が通りすぎたところでは、それまで固く閉じていた蕾がいっせいにひらき、彼が駆け抜けるときに生じる一陣の風に花粉が舞いあがるのを、この目で見たからだ。

トラーキは戻らなかった。ここからの話は、その後、僕らが集めてまわった証言や痕跡をもとに、かろうじて組み立てたものである。

その晩は、トラーキの身を案じながら、みんなで彼の帰りを待った。僕にとってそれは、誰にも言えない煩悶を意味していた。夜が明けると、僕はひとりで蹄鉄工のところへ探しに出かけた。

だが、蹄鉄工は不在だった。頭蓋骨を骨折し、病院に運ばれていたのだ。話を聞くのはとうてい不可能な状態だった。そこで、彼のもとで見習いをしていた男を捜し出した。なんでも、トラーキが蹄鉄をつけに来たのは六時ごろだったそうだ。終始無言で哀しげだったが、落ち着いていた。いつものように、嫌がりもせずにおとなしく鎖につながれた。その蹄鉄工には、客を鎖につなぐという紳士的とはいえない悪習があった。何年かまえ、神経質な馬の蹄鉄を替えていて、事故にあったらしい。以来、トラーキに対してその手の予防措置をとるのは馬鹿げているといくら説得しても、聞く耳を持たなかった。

　三本の脚のひづめに蹄鉄をつけおえたところで、トラーキの全身に、長く烈（はげ）しい慄（おのの）きが走った。蹄鉄工は、馬を相手にするときと同じように、野卑な声で怒鳴った。だが、トラーキが落ち着きを失ってゆくばかりなので、鞭（むち）で打った。

　すると、表向きトラーキは鎮まったものの、「錯乱したようなギラギラとした眼であたりをみまわし、どこからか聞こえてくる声に神経を尖らせているように見えた」。

　そして突然、怒りにまかせて全身を揺すり、壁の留め具から鎖を引き抜いた。はずみで、猛烈な勢いで飛んできた鎖が蹄鉄工の頭に命中。蹄鉄工は気を失い、地面に倒れた。トラーキは頭上で両腕を組んで頭を保護したうえで、下を向くと、体当たりでドアを破った。そして、丘へむかって猛スピードで走りだしたのだ。すべての脚に結ばれている四本の鎖に動きを妨げられ、脚を動かすたびに、振りまわされる鎖が身体に当たり、あちこちに傷を負った。

「それは、何時ごろのことだったんだ？」僕は、胸苦しい予感にさいなまれた。

　彼は、返事に窮した。たしか、まだ暗くはなっていなかったような……。はっきりとは憶えていないが……そうだ、思い出したぞ。鎖をひきちぎる少しまえに、鐘楼の鐘が鳴ったんだ。それで、トラーキにはわからないように、親方がわざと方言でつぶやいたっけ。「ちくしょう、もう七時だぞ。まったく、なんて厄介(ディフィシューズ)な客なんだ……」

七時！

悲しいことに、猛りくるったトラーキの通った跡をたどるのは、難しくなかった。たとえトラーキの姿を見た者はいなくとも、彼の流した血や、道端の木々の幹や岩についた鎖の傷が、すべてを物語っていた。その跡は、うちにも、デ・シモーネ家の農場にも向かってはいなかった。キャパッソ家の農地を囲んでいる二メートルの高さの柵を軽々と飛び越え、葡萄(ぶどう)畑を横切っていた。激怒のあまり分別を失っていたらしく、彼の通った跡は、葡萄の木や支柱がなぎ倒され、蔓を支える頑丈な針金も引きちぎられ、地面に窪みがまっすぐ延びていた。

そうして彼は、麦打ち場にやってきた。家畜小屋の扉は、外から掛け金で閉まっている。手で難なく開けることもできたはずなのに、傍(かたわ)らに置かれていた五十キロはあろうかという小麦用の挽(ひ)き臼(うす)を拾いあげて、投げつけ、扉を木っ端(こぱ)みじんにしてしまった。家畜小屋には六頭の雌牛と仔牛が一頭、それにニワトリとウサギがいただけだった。トラーキはそれを見るや踵(きびす)を返し、ふたたび猛烈な勢いで走りだした。次に目指したのはカリエリス男爵の農地だった。

谷の向こう側にある農地まで少なくとも六キロの道のりを、トラーキは数分で駆けた。目的は馬小屋だったが、すぐには見つからなかった。何枚かの扉を体当たりで突き破り、蹴破りしたのち、ようやく馬小屋に行き当たった。トラーキがそこでしたことは、目撃者をとおして知ることができる。扉が破られる物音に驚いた厩舎係が、とっさの機転で干し草の山に身を潜め、一部始終を見ていたのだ。

血にまみれ、荒々しい息づかいのトラーキは、入り口でしばし立ちどまった。不安に駆られた馬たちは、端綱を引きながら頭をもたげ、首を左右に振った。トラーキが三歳のメスの白馬に襲いかかる。飼い葉桶につながれた鎖をひと思いにちぎると、その鎖で引きずるようにして白馬を外へ連れだした。白馬は、いっさい抵抗しようとしなかった。おかしな話ですよ、と厩舎係は語った。非常に神経質で頑固な馬でしたし、さかりがついてもいませんでしたからね。

二頭の馬は、連なって急流まで駆けていった。岸辺に立ち止まり、両手で何度も水を汲み、飲んでいるトラーキの姿を見た人がいる。その後、二頭は肩を並べて森まで走っていった。そう、彼らの跡をたどって僕が行き着いた先は、テレザと二人で歩いた小道であり、テレザが僕を求めてきた茂みだったのだ。

まさにその場所で、トラーキはひと晩じゅう、桁外れの婚姻を祝ったのだろう。そこだけ地面が踏み荒らされ、一帯の枝は折れ、褐色と白の馬の毛や人間の毛髪、そして血がこびりついていた。少し離れたところから乱れた息づかいが聞こえるので近づいてみると、彼女……例の牝馬がいた。地面に片腹をべったりとつけた姿勢で横たわり、苦しそうな息をしていた。気品の漂う白い毛が、泥と草にまみれている。僕の足音を聞くと、かろうじて鼻面をもたげ、怯えた馬のみせる悲しげな眼で、僕の動きを追った。傷は負っていなかったが、憔悴しきっていた。聞いた話によると、それから八か月後、一頭の仔馬を産んだそうだ。それは、ごくふつうの馬だった。

トラーキが残した直接の痕跡は、ここで途絶える。だが、おそらく憶えている人もいると思うが、それから数日間、おなじ手口で家畜が盗まれるという連続窃盗事件が新聞で報じられた。ドアは蹴破られ、端綱は解かれるか引きちぎられており、狙われた動物——決まってメスの馬で、それも決まって一頭——は、近くの森まで連れていかれ、そこで衰弱しきった状態で発見される。一度だけ、窃盗犯は抵抗されたらしい。その晩の行きずりの相手は、首の骨が外され、瀕死の状態で見つかった。

このような事件が六回、しかもイタリア半島を北から南へと縦断しながら、各地で起こった。最初はヴォゲーラ、それからルッカ、ブラッチャーノ湖のほとり、続いてスルモーナ、チェリニョーラ、最後はレッチェ。そして、それきり鳴りをひそめた。

ただし、プーリア州の漁船の乗組員が報道陣に語ったという奇妙な光景も、この話と無関係ではないだろう。コルフ沖で、「イルカにまたがった男」の姿を見たというのだ。その不思議な男は、東方に向かって悠々と泳いでいた。船員たちが声をかけると、男は、グレーの背ごと海中に沈み、視界から消えてしまったということだ。

13　完全雇用

「まったく、一九二九年のときと少しも変わらない」と、シンプソン氏は言った。
「あなたはお若いから記憶にないでしょうが、当時とまったく同じですよ。不信感、無気力、イニシアチブの欠如……。本国アメリカじゃあ、それほど景気も悪くないはずだから、少しは協力してくれてもいいと思いませんか？　とんでもない。今年こそ、斬新で画期的な商品がなんとしても必要だというとき、四百人もの技術者と五十人もの科学者を擁したＮＡＴＣＡ社の企画部が、何を送ってよこしたと思います？　ちょっと見てください。こんなしょうもないものなんです」

彼はポケットから金属の箱をとりだすと、いらだたしげに、テーブルの上に置いてみせた。

「これで、どうやって愛情をこめて営業しろっていうんです？　たしかに、シャレた機械かもしれません。それを否定するつもりはない。ですが、これ一台を営業カバンに入れて、一軒一軒顧客をまわり、これぞ我がＮＡＴＣＡ社一九六六年の最新マシーンだと言いくるめながら一年間売り歩くのは、それなりの度胸がいりますよ」

「ところで、その機械はなにをしてくれるんです？」わたしは尋ねた。

「問題は、まさにそこなんですよ。なんでもできると同時に、なにもできない。機械というものは通常、特殊な機能を持っているものです。牽引機は引っぱり、電動ノコギリは切り、詩歌作成機は詩歌を詠み、測光機は光を測る。ですが、この機械はなにをするのにも適している。ほとんどすべての課題をこなすんです。《ミニブレイン》という名前なのですが、ネーミングからして不適切だと思いませんか。自信過剰なうえに、曖昧。そのうえ、イタリア語に訳すこともできない。要するに、営業的な利点がひとつもないんです。

四つの項目が入れられるセレクター。簡単にいってしまえば、そんなところです。一九四〇年にシチリアで盲腸の手術を受けた、エレオノラという名の女性が何人いるか知りたいとします。あるいは、一九〇〇年から現在までの世界の自殺者のうち、左利きで金髪の人が何人いるか知りたい。そんなとき、このキーを押しさえすれば、一瞬にして答えが出てきます。ただし、最初にここにプロトコルを入れなければなりません。これがまた面倒な作業なんです。

わたしからしてみれば、こんな商品を売り出すなんて、大失敗ですよ。高い代償がつくに決まっています。NATCA社の者たちは、この機械の画期的な点は、ポケットサイズであることと、手ごろな価格にあるというのですがね……。購入をご希望されますか？　たったの二万四千リラですよ。日本製だったとしても、なかなかこうはいきません。いずれにしても、年内にもっと独創的な機械を開発してくれなかったら、正直なところわたしは会社を辞めるつもりでいます。今年でわたしも六十。勤続三十五年になりますからね。いやいや、けっして冗談ではありません。さいわい、やりたいことはほかにもありますのでね。うぬぼれるわけではないが、この不景気のなかでセレクターを売り歩くよりも少しはマシな仕事くらい、わたしにも見つかると思うんです」

不景気だと言いつつ、NATCA社が上得意の客を集めては毎年ひらいている、贅沢な謝恩パーティーもたけなわの折りに、シンプソンはそんな話をはじめたのだ。わたしは、話に耳を傾けながら、彼の心情を興味深く探っていた。口にしている言葉とは裏腹に、落胆したようすは微塵も感じられない。むしろ、いつになく陽気で、生き生きとしている。厚ぼったいレンズの奥で、彼のグレーの瞳がきらきら輝いていた。

ワインのせいで、そう見えるだけだろうか？　お互い、かなり飲んでいた。心の内を明かしやすいよう、わたしは水を向けてみた。

「たしかに、あなたほどの経験があれば、ＯＡ機器を売り歩く以外にも、もっといい仕事が見つかるはずだと思います。営業というのは難しい仕事でしょう。しばしば不愉快なこともある。それでも、人と触れ合いながら、日々新しい発見ができるものです。ＮＡＴＣＡ社だけが、この世のすべてではありませんしね」

シンプソンは待ってましたとばかり、誘いに乗ってきた。

「問題は、まさにそこなんです。ＮＡＴＣＡ社は、なにか取り違えている。度を越しているのかもしれません。わたしは、つねづね思ってきました。機械は大切だ。われわれは機械なしでは生きられないし、現代社会は機械に依存している。しかし、機械こそがわれわれの問題の最良の解決策だとは限らない、とね」

彼の話がいまひとつ明快でなかったので、わたしはもう少し探りを入れてみることにした。

「当然ですよ。人間の脳は、なにものにも代えがたい。電子頭脳の開発にたずさわる連中は、その揺るがぬ真実を忘れがちです」

「いや、そうじゃありません」シンプソンは、もどかしそうに応じた。「人間の脳の話はやめましょう。なにぶん、あまりに複雑すぎますし、脳が自分自身の仕組みを解明できるか、いまだにわからない。それに、脳にかんしては専門の研究者が大勢います。私欲がないとは言いませんが、優秀な人ばかりです。しかし、数が多すぎる。山のような書物が出され、いくつもの研究団体があり、わたしが勤めているＮＡＴＣＡ社とどんぐりの背比べの会社がたくさんあり、さまざまな味つけで脳の料理を試みている。フロイト、パブロフ、チューリング……人工知能学者や社会学者といった連中が、こぞって脳をいじくりまわし、変貌させる。そして、われわれの造る機械が、それをなんとか複製しようと試みるのです。しかし、わたしの考えはそうじゃない」彼は、まるで躊躇するかのように、しばらく口をつぐんだ。それから、テーブルのうえに身を屈め、小声で言った。「しかも、たんなるアイデアにとどまらない。どうです？　日曜日、わたしの家に来ませんか？」

丘の中腹にある古びたその邸は、戦後まもなく、シンプソンが安値で手に入れたものだ。シンプソン夫妻は、わたしと妻を温かく丁重に迎えてくれた。わたしは、シンプソン夫人と会う機会にようやく恵まれ、嬉しく思っていた。夫人は、髪にすでに白いものの混じった華奢(きゃしゃ)な女性で、穏やかで控え目ではあるが、人間的な温かみを感じさせた。わたしたちは、庭の池のほとりに置かれたテーブルに案内された。とりとめのない会話が続いたが、シンプソンはうわの空だった。空(くう)を見つめたり、そわそわと何度も座りなおしたり、続けざまにパイプに火をつけておきながら消えるにまかせたりと、前置きは早いとこ切りあげて、本題に入りたがっていることが滑稽なほど伝わってきた。

それは、なるほど心憎い演出だったというべきだろう。夫人が紅茶をいれるかたわらで、シンプソンが尋ねたのだ。

「奥さん、ブルーベリーはいかがです？　この丘の向こうに、おいしい実がたくさんなっているんです」

「わざわざ、そんな……」と妻が言いかけると、シンプソンは「ご心配にはおよびません」とさえぎった。そして、牧羊神(バン)の笛によく似た楽器をポケットからとりだし、三つの音符を奏でた。すると、かさかさというかすかな羽音が聞こえ、池の水面に小波(さざなみ)が立ったかと思うと、頭上をトンボの群れが猛スピードで飛び去っていったのだ。

「二分ほどお待ちください」シンプソンは得意満面に言い、腕時計のストップウォッチで時間を計りだした。いっぽうのシンプソン夫人は、誇らしげな、それでいていくぶんはにかんだ笑みを浮かべ、家のなかに入っていったかと思うと、クリスタルの小鉢を持ってふたたびあらわれた。そして、空のままテーブルに置いた。

きっかり二分後、トンボの群れがもどってきた。さながら、ミニチュア爆撃機の大編隊といったところだ。数百匹はいただろうか。それが皆、メタリックな羽音を音楽のように奏でながら、わたしたちの頭上でホバリングしている。見ていると、一匹ずつ順番に小鉢の縁めがけて急降下し、一瞬スピードを緩めたかと思うと、ひと粒のブルーベリーを落とし、フルスピードで群れのところまで舞いもどっていくではないか。みるみるうちに、小鉢がいっぱいになった。ひと粒たりともこぼれてはいない。どれも、まだ露にしめった採りたての実だった。

「命中率は百パーセントです」と、シンプソンは言った。「あまり学術的とはいえませんが、なかなかみごとなデモンストレーションだと思いませんか？　とにかく、いちどご覧いただけば、言葉をならべて懸命に説明する必要もなくなります。そこでお聞きしたいのですが、このようなことが可能な以上、二ヘクタールの森林に実ったブルーベリーを収穫できる機械を開発することに、どんな意義があるというのでしょう。騒音も出さず、燃費もゼロ、故障もせず、森を破壊することもなく、わずか二分で目的を遂行できる機械が実現化されると思いますか？　たとえ可能だとしても、どれほどのコストになるでしょう。それにひきかえ、トンボの群れはいくらだと思います？　しかも、じつにかわいらしい」

「このトンボたちは……操られているのですか？」わたしは、間の抜けた質問をした。そして、妻に向かって、用心するよう目配せをせずにはいられなかった。おそらくシンプソンは、それを見逃さず、わたしの気持ちを見抜いたにちがいない。妻は表情にこそ出してはいないが、明らかにとまどっているようだった。

「いや、操られているわけではありません。わたしのために仕事をしてくれているのです。正確にいうと、わたしは彼らと協定を結んだんです」シンプソンは、椅子の背にもたれ、自分の台詞(せりふ)の効果を楽しむように、にこやかに微笑(ほほえ)んだ。そして、話をつづけた。

「失礼。最初から順にお話ししたほうがいいかもしれません。フォン・フリッシュによる、ミツバチの言語についての非凡な研究を、お読みになったことがあるでしょう。

蜜までの距離や方向、そして蜜の量を8の字ダンスで伝える仕組みや意味を解明した研究です。十二年まえ、わたしはそのテーマに魅せられ、週末の自由な時間をそっくり、ミツバチの研究に費やしたのです。はじめは、ミツバチの言語を使って彼らと会話をしてみたいと思っただけでした。すると、これまでに誰も考えなかったのが不思議なくらい、ものすごく簡単に会話ができたんです。じっさいにやって見せますので、どうぞこちらへ」

彼はそう言うと、正面の壁をすりガラスにしたミツバチの巣箱へとわたしを案内した。そして、ガラスの外側から、斜めに傾いた8の字をいくつか指で描いてみせた。するとほどなく、巣箱の入り口から、ミツバチの小さな一群がぶんぶんとうなりながら飛び立っていった。

「ミツバチには申し訳ないが、嘘を伝えてしまいました。かわいそうに、南東の方角へ二百メートル行っても、なにも見つかりません。人間と昆虫のあいだに存在するコミュニケーションの壁を打ちやぶるのに成功したことを、あなたにも見ていただきたかったのです。実験をはじめたころは、小難しいことばかりしていました。数か月というもの、ひたすら自分で8の字ダンスを踊っていたんです。指だけじゃなくて、全身を使ってね。そう、巣箱のまえの芝生のうえで。その方法でもなんとかメッセージは伝わったのですが、ミツバチたちはずいぶん理解に苦しんでいたようでした。わたしのほうも体力的にキツかったし、あまりに無様（ぶざま）な姿でした。しだいに、そんな苦労をする必要はないことがわかりました。ご覧いただいたように、棒でも指でも、とにかく彼らのコードに即した線を描けばそれでいいんです」

「では、トンボともそうやって会話を？」

「いや、いまのところ、トンボとは間接的なやりとりしかできません。研究を続けるうちに、比較的はやい段階で、ミツバチの言語は、蜜のありかを示す8の字ダンスだけでなく、はるかに多様なものだとわかってきました。いまでは、ほかにもダンスがあり、さまざまな線を描いていることを証明できます。まだすべては解明できていませんが、ちょっとした単語帳も作りました。集めた言葉は数百にのぼります。ほら、見てください。〝太陽〟〝風〟〝雨〟〝寒さ〟〝暑さ〟といった名詞に相当する単語と、植物を細かく表現する単語が豊富なのが特徴です。おなじ植物を指すのに、少なくとも十二種類ほどの単語が存在することもあります。たとえば、リンゴの木でしたら、〝大きな木〟〝小さな木〟〝古い木〟〝元気な木〟〝世話のされていない木〟などなど。

わたしたちが馬をいろいろと言い分けるようなものですね。名詞だけでなく、〝収穫する〟〝刺す〟〝落ちる〟〝飛ぶ〟といった動詞もあります。とりわけ〝飛ぶ〟にかんしては、同義語が驚くほど多い。自分たちハチが〝飛ぶ〟という動詞は、蚊が〝飛ぶ〟のとも、蝶が〝飛ぶ〟のとも、雀が〝飛ぶ〟のとも違います。ところが、〝歩く〟〝走る〟〝泳ぐ〟〝車両を使って移動する〟などの動作を言いわけることはなく、彼らにとっては、地面および水上での移動は全部ひっくるめて〝はいずる〟なのです。ほかの昆虫仲間、とくに空を飛ぶ昆虫に関する語彙は、わたしたちのとほとんど変わらないか、若干劣るくらいなのですが、昆虫よりも大きな動物にかんしては、非常に大ざっぱな用語しかありません。四本足の動物を指す言葉は、ネズミから犬までの大きさのものと、羊よりも大きなものを指す二種類。訳すとしたら、〝小さな四つ足〟と、〝大きな四つ足〟といったところでしょうか。当然ながら、人間の男女なんて区別しません。わたしがその違いを丁寧に説明しなければなりませんでした」

「つまり、あなたは彼らの言葉が話せるのですか?」

「いまのところ、話すのはあまり上手(うま)くありませんが、理解するだけでしたら、かなり上達しました。おかげで、巣の内部でのミツバチの生活をめぐる大きな謎を、いくつか説明してもらえました。オスの大虐殺を実行する日をどのようにして決めるのか、いつ、なんのために、片方が死ぬまで女王バチ同士を戦わせるのか、オスバチと働きバチの比率をどのように定めているのか……。ですが、すべてを語ってくれたわけではありません。絶対に明かそうとしない秘密もある。ミツバチは、気位の高い種族なのです」

「トンボに対しても、ダンスで会話をするのですか？」

「いいえ、ミツバチが会話にダンスを用いるのは、ミツバチ同士と——我ながらずいぶんとおこがましいですが——わたしに対してだけです。ほかの昆虫との関係において、ミツバチがなんらかのコミュニケーションをとるのは、高度に進化した昆虫、なかでも、群れを形成して社会的な生活を送る昆虫がほとんどです。たとえば、アリやスズメバチ、あるいはトンボなどとは、かなり密度の濃い交流があります——ただし、必ずしも友好的とはかぎりません——。それに対して、バッタをはじめ、そのほかの直翅類（ちょくしるい）に対しては、命令するか脅すだけです。

　いずれにしても、ミツバチがほかの昆虫とコミュニケーションをとるさいには、触角を用います。コードとしてはきわめて未発達なのですが、そのぶん動きが速く、わたしの目では追うこともできない。残念ながら、人間の能力を完全に超越していると思います。わたしには真似のしようもないだけでなく、正直なところ、ミツバチをさしおいてほかの昆虫と直接コミュニケーションをとりたいとは思いません。ミツバチに対して失礼だと思うんです。それに、彼らはいつだって一生懸命に通訳してくれる。あたかも楽しんでいるかのようにね。〝昆虫相互〟とでもいうべきコードにかんして言うならば、正真正銘の言語とは異なるものではないかと考えています。厳密に定められたものというより、どちらかというと、その場その場の直感や想像力に負う部分が大きい気がするんです。われわれ人間が犬とコミュニケーションするときの、複雑であると同時に単純化された方法と、どことなく似ていると言ったらいいのでしょうか――お気づきのとおり、人間と犬の共通言語なんて存在しません。それでも、人間と犬は互いにかなり理解し合うことができるのです――。ただし、それよりもずっと豊かなコードがここには存在していますがね。その成果を、これからご覧にいれましょう」

シンプソンはわたしたちをつる棚のある庭へと案内し、アリが一匹もいないことに注目するよう言った。殺虫剤を使ったわけではない。シンプソン夫人は、アリが苦手なのだそうだ——わたしたちの後ろを歩いていた夫人は頬を赤く染めた——。そこで、シンプソンがアリたちに、協定を結ばないかと持ちかけた。シンプソン夫妻は、外壁も含む敷地内にあるアリの全コロニーの保護を約束する代わりに——彼の説明では、年にわずか二、三千リラのコストだそうだ——、いくつかの条件を提示した。邸から五十メートル圏内にあるアリの巣をすべて圏外に移動すること、圏内には新しい巣をつくらないこと、そして、朝の五時から七時までの二時間は庭や邸内の細かな清掃作業や害虫の始末をすることである。アリたちは提案を受け入れた。

それからしばらくして、森の入り口付近の砂地でアリジゴクが暴威をふるっているとの苦情を、アリたちはミツバチを介して伝えてきた。シンプソンは、アリジゴクがトンボの幼虫だなんて、そのときまで知らなかったのだと打ち明けた。現場へ行き、彼らの残忍な習性を目の当たりにして、戦慄を覚えたという。

砂地のあちらこちらに、小さな円錐形の穴があいている。見ているあいだにも、一匹のアリが危険を顧みず、穴の縁まで近づいたかと思うと、たちまち滑りやすくなった砂もろとも底へと落ちていったではないか。すると、穴の底から弓形をした凶暴な下あごがあらわれたため、シンプソンはアリの苦情が正当なものだと判断せざるを得なかった。彼は、仲裁役を頼まれたことに誇りを感じると同時に、とまどいもしたと話してくれた。自分の判断に、全人類の名誉がかかっている。

ささやかな会議が召集された。

「去年の九月のことです。記念すべき会議でした。出席者はミツバチとアリとトンボ。親のトンボは、洗練された厳かな態度で、幼虫の権利の擁護を訴えました。幼虫たちは、自らの食習慣にいっさい責任がない。移動に不向きな体型のため、アリを待ち伏せするか、飢え死にするかのどちらかしかないのだから、と主張したのです。そこでわたしは、幼虫たちに毎日、然るべき量のバランスのとれた餌を提供することを提案しました。よくニワトリの餌として使われているものです。親たちは、じっさいに食べさせてみてから決めたいと申し出たので、やってみたところ、幼虫は喜んで食べました。最終的にトンボは、アリを餌食にするような罠をしかけないよう、幼虫たちに言って聞かせると約束してくれました。森へ行ってブルーベリーを摘んでくれれば、そのたびに餌の量をはずむと提案したのは、そのときです。じっさいにこの仕事を頼むことは、めったにありませんがね。トンボはとても賢く、力もある昆虫です。わたしは、彼らの能力にたいへん期待しているのです」

　ミツバチに対しては、なんらかの協定を持ちかけることじたいが失礼に思えるのだと、シンプソンは語った。彼らは、それでなくとも多忙をきわめている。その代わり、蝿と蚊とのあいだでは、それぞれ交渉がまとまった。からきし頭の弱い蝿には、あまり多くは要求できない。いまのところは、秋は静かにしてほしいことと、家畜小屋と肥溜めには立ち入らないことだけをお願いしたそうだ。蝿たちは、一匹あたり毎日四ミリグラムの牛乳と引き換えに了承した。シンプソンは、邸に電話が引かれるまで、急ぎのメッセージのやりとりを蝿に頼むことはできないかと画策しているそうだ。

　蚊との交渉は、また別の意味で困難だった。彼らは、まったく役立たずなうえに、人間の血、ゆずりにゆずって哺乳類の血のない暮らしなど、もってのほかだ、いや、なくては生きてはいけないのだと主張した。だが、自宅の近くに池があるため、きわめて煩わしい存在である蚊とのあいだで協定を結べたら、シンプソンにとってこれ以上のぞましいことはない。

　診療所の獣医と相談し、家畜小屋で飼っている雌牛から、二か月に一回、半リットルの血液を採取して、提供するからと提案してみた。少量のクエン酸を加えれば、凝固する心配もない。計算したところ、付近一帯の蚊すべてにじゅうぶん行きわたるはずだ。とりたてて利点のある取引ではないが、DDTを撒布するよりもはるかにコストが低いし、なにより一帯の生態系のバランスを崩さないですむ。シンプソンは、そう説明してくれた。

彼の話では、それこそが重要な点らしい。特許を申請し、マラリアの蔓延する地域にこの方法を導入できるかもしれない。マラリア原虫に感染しないよう注意することは、自分たちの利益にもつながるのだと、蚊たちもすぐに理解してくれるはずだ。マラリア原虫について言えば、たとえ絶滅したとしても、たいした影響もないだろう……。

わたしは、人間や家屋に寄生するほかの生物とも、同様の協定を結んで害を防ぐことはできないのかと尋ねてみた。シンプソンは、これまでの実験ではいずれも、集団生活をしない昆虫とコンタクトをとるのは困難だったと教えてくれた。とはいえ、どう甘く見積もっても、可能性は少ないにちがいないとの予想に立って実験していたため、それほど熱心に試してみたわけではない。コミュニケーション能力が欠如しているからこそ、群れで生活しないのだと彼は考えているらしかった。いずれにしても、害虫にかんしては、国連食糧農業機関の承認を受けた協定案がすでに準備されているということだ。変態の季節が終わり、成虫になったらすぐ、ＮＡＴＣＡ社のエジプト・アラブ共和国およびレバノン支店で営業をしている同僚の仲介で、イナゴの代表団と議論を詰める予定でいるらしい。

陽がすでに沈んでいたため、わたしたちは客間へ移動した。妻もわたしも、驚嘆と困惑が混在した思いだった。考えていることがうまく口にできない。しばらくの沈黙のあと、妻が意を決し、言葉をさがしあぐねながらも話しだした。シンプソンが手がけている……モノは、前代未聞の偉業であり、今後、科学的な進展が見込まれるのみならず、詩的な情緒もある、と。ところが、彼は妻の話をさえぎった。

「奥さん、わたしは、自分がビジネスマンであることを忘れたわけではありません。じつは、最大のビジネスの話はこれからなのです。いいですか、いまはまだ誰にも口外しないでくださいね。ここでのわたしの試みに、ＮＡＴＣＡ社の経営陣が多大な関心を寄せています。とくに、フォート・キディワニーの本社にある研究センターのブレインが、触手を伸ばしている。わたしは彼らにもこの研究結果を報告したのです。

もちろん、先に特許の申請手続きを済ませてからですがね。もしかすると、驚くほど興味深い協定が結ばれるかもしれません。見てください。この中になにが入ってるとお思いですか?」

シンプソンは、厚紙でできた極小サイズの箱を差し出した。指貫きほどの大きさだ。わたしは箱を開けてみた。

「なにも入ってないじゃないですか!」

「そうともかぎりませんよ」シンプソン氏はそう言うと、わたしに虫メガネを持たせた。たしかに箱の白い紙のうえに、糸のようなものが一本ある。髪の毛よりも細く、長さはおそらく一センチくらいだろう。真ん中あたりだけがかすかに太くなっているのがわかる。

「抵抗器です」と、シンプソンが説明してくれた。「リード線は二ミリ、抵抗器本体は五ミリの大きさです。現状では四千リラの製造コストがかかりますが、まもなく二百リラまで落とせるようになるでしょう。これは、わたしのアリたちが組み立てた最初の部品です。この夏、わたしは十匹のアリに班を組ませ、作業を教えました。アリのなかでももっとも力があり、器用なエゾアカヤマアリです。そして、その十匹が、仲間のアリみんなに教えたのです。彼らが作業しているところを、お見せしたいものです。目を見はるような光景ですよ。

二匹が下あごで両電極をつまみ、別の一匹がそれを三周巻き、微量の樹脂をつけて固定する。作業が済むと、三匹で力を合わせて、部品をベルトコンベアーに載せるのです。三匹一組で、ロスタイムも含めて十四秒に一つの速さで抵抗器を組み立てられるだけでなく、一日二十時間の労働も可能です。当然ながら、労働組合から抗議の声があがりましたが、この手の問題は遅かれ早かれ決着に至るものです。いずれにしても、労働に携わるアリたちが満足していることには間違いありません。

彼らは、二種類の報酬を、いずれも現物で得ています。ひとつは、個々のアリが受けとるもので、仕事の合間に食べてしまいます。もうひとつは、群れ全体として受けとる報酬で、嗉嚢（そのう）にしまって持ち帰り、巣の蓄えに充てます。五百匹の働きアリで構成された作業班に対して、一日当たり十五グラムの食糧が支給される。これは、一日じゅう森を歩きまわって集められる餌の三倍に相当します。

まあ、こんなのは序の口ですよ。いまは、別の〝不可能な〟労働を可能にするために、新たな班をいくつか訓練しているところです。一班は、分光器の回折格子の線を描く作業。八ミリのスペースに、千本の線を引かなければなりません。別の班は、超小型集積回路の修理。従来は、いったん故障すると修理ができないので、廃棄されていました。写真のネガの微調整に従事している班もあります。そして、もう一班は、脳外科の手術の補助作業。はやくも、毛細血管の出血を止めるさいに、なにものにも代えがたい才能を発揮しています。

こんな具合に、ちょっと考えてみるだけで、エネルギーは最小限ですむはずなのに、われわれの指が大きすぎてすばやい動きに適していなかったり、マイクロマニピュレーターが高価であったり、あるいは広範囲で細かな単純作業を何度も繰り返さなければならないために、コストを廉価に抑えることのできない仕事が何十と思いつくではありませんか。

すでに農業試験センターと連携し、興味深い実験をいくつか計画しています。たとえば、アリの群れを訓練して肥料の〝宅配〟――つまり、ひとつひとつの種に、肥料をひと粒ずつ届けさせる訓練をする。別の群れには、まだ小さな芽のうちに雑草を抜かせ、水田の改良をさせる。さらに別の群れには小麦の脱穀をさせる。そのまた別の群れには、細胞移植の仕方を教える……。いやはや、人生は短すぎます。もっと早くから研究をはじめるべきだった。一人の人間にできることは限られていますからね」

「誰かと共同で研究したらいかがです？」

「もちろん、試してはみましたよ。ですが、あやうく刑務所に入れられるところでした。諺（ことわざ）にもあるじゃないですか。悪い仲間とつるむよりも、独りのほうがいい、ってね」

「刑務所ですって？」

「そうなんです。つい半年ほどまえ、オトゥールという男のせいでね。まだ若手の彼は、頭も切れ、タフで前向きでした。そのうえ、想像力が豊かで、いつだってなにか新しいアイデアを考えている。ところがある日、わたしは彼の机のうえに、なんだか奇妙なものがあるのに気づきました。葡萄の粒ほどの大きさの、球状のプラスチックケース……。中には、なにやら粉が入っていました。わたしがそれを手にとった瞬間、ドアをノックする音が聞こえました。国際刑事警察機構（インターポール）の刑事が八人。わたしにかけられた疑いを晴らすには、何人もの弁護士をつけて立証してもらわなければなりませんでした。やっとのことで、わたしは本当になにも知らなかったのだと納得してもらえたのです」

「〝なにも〟とは？」

「ウナギの一件です。ウナギは昆虫ではありませんが、ご存じのように何千匹という群れをつくり、毎年、海中を移動します。あのろくでなしが、ウナギに言いふくめたんですよ。まるでわたしの支払っていた給料では不満だとでもいうようにね。死んだ蝿でウナギたちを買収し、サルガッソー海へと旅立つまえに、一匹ずつ海岸に顔を出してもらう。そうして、ヘロインを二グラムずつプラスチック玉に入れ、彼らの背中に結びつけたんです。サルガッソー海では、リック・パパレオのヨットがウナギたちを待ち受けていたってわけです。

先ほどもお話ししたとおり、わたしにかけられた嫌疑はすべて晴れましたが、一連の研究がそっくり明るみに出たため、国税当局に目をつけられましてね。莫大な収入があるにちがいないと思い込んでいるらしく、課税評価をしているところです。まあ、なにもいまに始まったことじゃありませんがね。かつて、火を発明したプロメテウスは、それを人間の手に渡したがために、半永久的にハゲタカに肝臓をついばまれるという責め苦を受けた……」

14 創世記 第六日

登場人物

アーリマン
オルムス
秘書官
生体構造学担当官
財務官
水大臣
心理学担当官
熱力学担当官
伝令
化学担当官
機械工学担当官

できるかぎり開放的で奥行きのある舞台。どっしりとした粗造りのテーブルを中心に、石塊を削って造った椅子が並んでいる。大きな音でゆっくりと時を刻む、巨大な柱時計。文字盤には数字ではなく、絵文字や代数記号、黄道十二宮が描かれている。奥には扉。

アーリマン　（開封された一通の手紙を手に持っている。封筒には、いくつもの判。継続中の審議を続けるように）ご出席の皆さん、われわれの長きにわたる仕事も、ようやく仕上げと完成の段階にはいりました。先ほどお伝えしたとおり、首脳陣からは若干の留保事項が示され、これまでのわれわれの作業に対し、数か所の部分的な変更が求められておりますが、われわれが具体化した構造にも、また、その運営方法にも、大筋においてご満足いただいているようです。とりわけ酸素再生という難問に対する、優雅かつ実用的な解決策には、たいそう感心されておりました（ここで熱力学担当官に会釈（えしゃく）すると、担当官がお辞儀をして礼を返す）。それと、化学担当官によって提案され、実現化された、窒素循環を封じ込めるための巧みなシステム（前述と同様の会釈とお辞儀が交わされる）や、分野こそ異なりますが負けず劣らず重要な、羽ばたき飛行を開発された機械工学担当官にも（上述の会釈とお辞儀）、首脳陣から賞讃のお言葉をいただいております。開発に協力した鳥の担当官および昆虫の担当官にも、賛辞を伝えるようにとのことでした。最後になりましたが、じっさいに製作に携わられた方々の熱意と手腕にも深く感謝したいと思います。皆さんのおかげで、けっして長いとはいえない経験にもかかわらず、品質検査での不合格、および生産過程での不良や損失をごく限られた数にとどめることができ、十二分に満足のゆく結果となりました。

本日届きました首脳陣からの通知には（皆に手紙を見せる）、懸案のモデル〈ヒト〉の企画を早急（さっきゅう）にまとめるようにとの要請が、再度、はっきりと記されています。上層部の意向にできるだけ沿うよう、プロジェクトの詳細を徹底的に詰めることが緊要だと思われます。

オルムス　（物憂げで貧相な人物。アーリマンが話しているあいだじゅう、納得できないといった面持ちでそわそわしていた。発言を求めようと何度も立ちあがり、そのたびに、勇気がくじけるのか、ふたたび座ってしまっていた。言葉を探しあぐねるかのように間をはさみながら、おずおずと小声で話しだす）議長どのにお願いですが、〈ヒト〉プロジェクトにかんして、以前に管理運営委員会で可決された動議を読みあげていただけませんでしょうか。ずいぶんと日が経ってしまったもので、関係者のなかには、正確に記憶にとどめていない方もいらっしゃるのではないかと思われます。

アーリマン　（苛立ちを隠そうともせず、あからさまに腕時計を見やり、その後、大時計に目をやって）秘書官、議事録のなかから、〈ヒト〉と書かれた動議文の最終版を探してくるように。日付は正確には憶えていないが、だいたい胎生哺乳類の最初の点検報告のころだと思う。急いでくれ。もうすぐ第四氷河期がはじまってしまう。またしてもすべて延期になるのだけは、なんとしても避けたいのだ。

秘書官　（分厚い書類の束から動議文を探しだし、改まった口調で読みあげる）「管理運営委員会は、……の了承のもと……（口のなかでぼそぼそと読むだけで、聞きとれない）……を考慮した結果……（同上）……を目的とし……（同上）……上層部の意向に沿うよう……（同上）……、以下のような特性において、これまで製作されたものとは異なる種の動物を設計・創造することが適切だと考える。

a. 道具の発明・利用に適した性質を備えている。

b. 記号や音、そのほか各々の技術者が表現に適していると判断したさまざまな手段を組み合わせて自己を表現する能力を有する。

c. 限界を超える条件のもとでの労働に適している。

d. ある程度のレベルの（実験を重ねたうえで、その最適値を決定する必要がある）社会的な生活を送る傾向がある。

技術者ならびに関係各局は当案件に真剣に取り組むよう、強く求めるものである。これは緊急を要す案件であり、早急かつ賢明な解決策が切望される」

オルムス　（いきなり立ちあがり、内気な人に特有の早口で話しだす）これまでわたしは、〈ヒト〉と称される生き物を創造することじたいに反対だということを、包み隠さず申しあげてきました。いま読みあげられた動議の第一稿を、首脳陣が深く考えもせずに（不満の声。オルムスは深く息をつき、一瞬ひるむが、ふたたび話しだす）まとめた当初から、〈ヒト〉と称される生き物を、当該惑星における既存の均衡に加えるのは、危険をともなう行為だと指摘してきたはずです。もちろん、きわめて明白な理由から、首脳陣が当案件をたいへん重視していることも、彼らが強情なことも重々承知しておりますので（不満の声や意見）、動議の撤回を求めるにはもはや遅すぎることも理解しています。したがいまして、あくまで参考意見として、委員会の野心的な計画に対する修正案および緩和策を、ひとつひとつあげるにとどめるつもりです。それによって、長期的にも短期的にも、過度のトラウマを与えることなく計画が実施できるものと、わたしは考えています。

アーリマン　もう結構です。よくわかりました。あなたがこの件に対して留保を唱えていることは、誰もが知るところであります。また、あなたが懐疑的で悲観的なお方であることも、興味深い報告書をまとめられたことも存じております。報告書には、われわれがもっと自由に活動できた当時、さまざまな惑星や時代をめぐりながら、ご自身で実施された実験の結果がまとめられていましたが、それにはおそらく異論もありましょう。ここだけの話ですが、卵の段階から幾何学や音楽や知識に秀で、すばらしい判断力と分別を兼ね備えた〈超獣〉を造ろうという突拍子もないアイデアは、滑稽きわまるものでした。殺菌剤や無機化学のニオイがぷんぷんと漂っていたのです。あのままでは、周囲の環境との不調和が生じるだろうことは、この世やあの世で多少なりとも実践を積んだ者だったら、誰もが予測できたでしょう。環境というものは、その必然として、隆盛と腐敗とが共存し、雑多なものが混在し、混沌(こんとん)とした移ろいやすいものなのです。

以前にも申しあげたとおり、失敗が相次いだために、この古くからの問題に敢然と取り組むことに、首脳陣はあれほど躍起になっているのです。然るべき能力をもって真剣に、いいですか（意図的に繰り返す）、然るべき能力をもって真剣に、取り組まねばなりません。そうしてこそはじめて、待望の客人のご登場ということになる。（芝居がかった口調で）彼は支配者であり、善も悪も知り尽くした存在なのです。管理運営委員会が、〝造り主の姿形に似せてつくりあげた生き物〟と優雅にも定義したものを、実現する必要があるのです（改まった、整然とした拍手）。したがいまして、皆さん、早急に仕事に着手してください。もういちど繰り返しますが、期日が迫っています。

生体構造学担当官　発言を求めます。

アーリマン　生体構造学担当官どの、どうぞ。

生体構造学担当官　当案件の大筋について、生体構造学を専門とする立場から気づいた点を、手短に述べさせていただきます。第一に、これまでの地球上での成果を完全に無視してゼロから着手するのは、理に適っていないと思われます。おおむね均衡の保たれている動植物界がすでに存在しているのですから、設計に携わる同僚諸氏は、すでに実用化されているモデルに、必要以上の斬新かつ大胆な刷新を加えることは、どうかお控えいただきたい。それでなくとも対象領域が広すぎます。職業上の秘密を度外視することが許されるのであれば、わたしの机のうえに積みあげられている数え切れないほどの設計案について、いろいろとお話しできるのですが……。くずかご行きの案まで考慮にいれたなら、それこそ膨大な数になります。

いいですか、大半がそれなりに興味深く、どれもこれもオリジナルな案ばかりです。摂氏マイナス二百七十度からプラス三百度の気温に適応できるよう設計された生物だとか、液体二酸化炭素のコロイドシステムにかんする研究だとか、窒素も炭素も用いない物質代謝の方法などなど……。なかには、純粋に金属だけを利用して一連の生命体モデルを考案したやり手もいましたよ。ほぼ完璧に自足が可能な、巧みな小胞状の生物の案もありました。この生物は、理論的にも非の打ちどころのない酵素のシステムを利用して、水分から抽出した水素を体内に充満させているため、空気よりも軽く、ほとんどエネルギーを消費することなく、風に乗って地表を漂いつづけるのです。

一連の風変わりな企画についてお話しするのは、ひとえに、わたしの任務の、なんと申しますか……ネガティブな側面をご理解いただきたいからなのです。企画の多くが、すばらしい成果をもたらす可能性を秘めたものだと思います。ですが、こういったアイデアが持っている魅力の虜（とりこ）になってしまってはいけないと、わたしは思うのです。少なくとも、時間や簡潔さといったことを考えたならば、現在審議中のプロジェクトの起点は、われわれがもっとも長く、かつ豊かな経験を積んできた分野に求めるべきではないでしょうか。今回は、試行錯誤やり直し、修正といったことは許されません。巨大な恐竜類という惨憺（さんたん）たる失敗には、相応の教訓があるのです。机上ではすべてうまくいくはずでしたが、けっきょくのところ、古い枠組みを脱しきれていない発想だったのではないでしょうか。植物界は当然ながら除外するとして、設計担当の諸氏には、哺乳類と節足動物（長いざわめきと、意見）にご着目いただけるようお願いします。率直なところ、個人的には後者のほうがより好ましいと考えております。

財務官　指名もされておりませんのに、発言することをお許しください。これは、わたしの癖でもあり、義務でもあります。生体構造学担当官どのにお尋ねしたいのですが、〈ヒト〉はいかほどの大きさであるべきだとお考えですか?

生体構造学担当官　（いきなりの質問にとまどいつつ）いや……そうおっしゃられても……（手元の紙に数値やら図やらを走り書きしながら、ぶつぶつと声に出して計算している）そうですねえ……おおよその長さにして六十センチから、十メートルか二十メートルといったところでしょうか。わたし自身は、一個体あたりの単価と、運動機能上の必要性が許す範囲内で、極力大きい方がよろしいかと考えます。他の種との生存競争が生じることは避けられないでしょうから、生き延びるのが容易になります。

財務官　先ほど節足動物がいいとおっしゃっていたことを考えると、体長二十メートルほどで、外骨格を持った〈ヒト〉が理想だというのですね?

生体構造学担当官　そのとおりです。僭越ながら申しあげますが、わたしのアイデアは革新的なだけでなく、なかなか優雅だといえるのではないでしょうか。外側が固い殻で覆われているという構造だけで、身体を支える働きと、移動、そして自己防衛という三つの機能を果たせるのです。周知のとおり、成長には困難がともないますが、これは、最近わたしが実用化に成功した脱皮という仕組みによって、容易に解決できるかと存じます。材質にはキチン質を採用し……。

財務官　（冷ややかに）……あなたは、キチン質の価格がいかほどであるか、ご存じなのですか？

生体構造学担当官　いいえ。ですが、いずれにしても……。

財務官　もう結構です。いまのお答えだけで、〈ヒト〉を二十メートルの節足動物に仕立てあげようというあなたの案に対し、断固反対を唱えるじゅうぶんな根拠となります。よく考えてみれば、たとえ五メートルであろうと、一メートルであろうと、やはり反対ですね。どうしても節足動物にすべきだとお考えならば、ご自由にどうぞ。ただし、クワガタムシを超える大きさでしたら、私はいっさい責任をとりません。予算のほうも、ご自分でどうにかなさってください。

アーリマン　生体構造学担当官どの。恐縮ながら、財務官の意見には、逆らえません――個人的にも正当な意見だと思いますが――。それに、先刻ご自身があげられた哺乳類という選択肢だけでなく、脊椎動物のなかには、ほかにもさまざまな可能性があり、どれもが捨てがたいものではないでしょうか。爬虫類に鳥類に魚類……。

水大臣　（矍鑠とした老人。蒼い鬚をたくわえ、手には小ぶりな三叉の矛）。待ってました。まさしく魚類です。本審議において、これまでいちども水棲動物という案が出されなかったのが不思議なくらいです。たしかに、このホールは哀しくなるほど乾燥した場所ですからね。石材にセメントに木材ばかりで、水たまりはおろか、蛇口さえない。これでは、こちらまで干からびてしまいそうですよ！

　それでも、地球の表面積の四分の三が水に覆われていることは、誰もが知っている事実なのです。しかも、陸地というのはたんなる二次元の表層でしかなく、経線と緯線に、四つの方位基点しかない。それに比べて、海！　皆さん、海というのは……。

アーリマン　完全に水棲、もしくは部分的に水棲の〈ヒト〉案を頭ごなしに否定するつもりはありませんが、提出された〈ヒト〉に関する動議のa項には、道具の利用に適していると書かれています。〈ヒト〉が水上に浮いている、あるいは水中で泳いでいるとした場合、どのような材料を用いて道具を作ることが可能なのか、疑問でなりません。

水大臣　とくに問題はないでしょう。水棲の〈ヒト〉でも、岸辺に棲息する習性があればなおさら、いろいろな材料が手に入るはずです。貝殻だとか、さまざまな種類の骨や歯、加工に適した各種の鉱物、強靭な繊維質をほこる海藻……。海藻にかんしては、植物担当の同僚に頼んでおけば、数千世代の後には、たとえば木材や麻やコルクに似た材質を提供できる海藻が、いくらでも手に入るようになるでしょう。むろん、良識と現代技術の許す範囲内で、ですがね。

心理学担当官　（ヘルメットに特大のメガネ、アンテナやコードなどのついた〈火星人〉のいでたち）皆さん、われわれの……いや、あなた方の議論は、どうも的が外れているようですね。いま皆さんは、岸辺に棲息する〈ヒト〉の可能性について、ごく当然のことのように話されていました。陸と海の接点に棲む生き物が、双方の環境に潜む危険にさらされ、不安定な暮らしを強いられていることを指摘する者はいませんでした。

アザラシの苦難を思い起こしてください！　それだけではありません。四項からなる委員会の動議のうちの三項から判断するに、〈ヒト〉は理性を持った生き物であるというのが、暗黙の了解であることは明らかです。

水大臣　当たりまえです。だからなんだというのです？　まさか、水の中では理性が働かないとでも言いたいのではないでしょうね？　だとしたら、労働時間のほぼすべてを水中で過ごすこのわたしは、どうなるのですか？

心理学担当官　大臣どの。お願いですから、落ち着いて話を最後まで聞いてください。動物にしろ獣にしろ、平面図や断面図、詳細な構造が記された図案を描くことじたいは、じつに簡単な作業なのです。翼があろうがなかろうが、爪があろうが角があろうが、あるいは目が二つだろうが八つだろうが、百八十ついていようがかまいません。ところが、それぞれの生き物に神経系統を整備するとなると、話は別です。ヤスデのときなんて、あの千本の歩脚に神経を通すために、血のにじむような苦労をさせられたものです。

あなた方は頭部に小さな丸い空洞を描き、その脇に、ステンシル文字で但し書きを添えるだけで済む。「頭蓋骨内の空洞。大脳が入る」と。あとは、心理学の責任者であるわたしが解決すべき事柄となるのです。これまではいつだって、なんとか切り抜けてきました。それはまぎれもない事実です。ですが、〈ヒト〉を水棲動物とすべきなのか、陸棲動物とすべきなのか、あるいは空を飛ぶ動物にすべきなのかという問題に対し、もっとも発言権を持っているのがこのわたしであることに、皆さん気づいておられない。道具と複雑な言語、それに社会生活、この三つをいっぺんに兼ね備えた動物を、しかも早急に造れとの指示だなんて……。あとになって、方向感覚が優れていないとか、一キロあたりの制作費が（故意に財務官のほうに視線を向ける）モグラやカイマンワニよりも割高だという文句が出るに決まっているのです！（一同、どよめく。賛否の入り乱れる声。心理学担当官は、火星人風のヘルメットを脱いで、頭を掻き、汗をぬぐう。それからふたたびヘルメットをかぶり、話を続ける）。

いいですか、よく聴いてください。そのうえで、上層部の方々にお話しいただけるのでしたら、なおのこと結構。答えは三つにひとつです。今後は、完璧に仕上がり、承認の署名も済んだ状態の企画書をまわすことはおやめいただいて、わたしの意見を最初からきちんと考慮していただくか、さもなければ、難題を解決するためにじゅうぶんな時間を確保していただきたい。それが無理ならば、わたしは辞めさせていただきます。その場合、生体構造学担当官が造られた、じつに精巧な生物の頭部に確保した空洞には、結合組織を詰め込むか、あるいは予備の胃に充てるか……そうだ、余分な脂肪を蓄えるスペースにするのが最適かもしれません。わたしの意見は以上。

一同、罪の意識と自責の念に駆られ、静まりかえる。やがて、アーリマンがなだめるように話しだす。

アーリマン　心理学担当官どの。あなたが重責を担い、困難な任務を果たされていることを、たとえ一瞬たりとも過小評価するものなど、当会議場には一人としていません。わたしが皆を代表して誓います。ただいまのご意見により、妥協策というものは必ずしも例外的な措置なのではなく、手本とすべき規範となることがわかりました。お互いにできるかぎり協力しようという精神のもとで、個々の問題の解決にあたることこそが、われわれの共通の任務といえるでしょう。本件につきましては、心理学担当官どののご意見がきわめて貴重であり、この分野にかんして担当官どのが専門的知識をお持ちであることは、誰もが認めるところであります。ですので、どうかご意見をお聞かせください。

心理学担当官　（たちまち穏やかになる。深く息を吸い込んでから）皆さん、先ほど示された要件に適うと同時に、生命力があり、コストも低く、それなりの繁栄を誇ることのできる〈ヒト〉を造るためには、起源に立ち返り、まったく新しい基盤からこの動物の設計に着手するべきだというのが、わたしの意見です。これは、広く資料によって裏づけることも可能です。

アーリマン　（口を挿もうとして、やめる）いや、いや、何でもありません。

心理学担当官　どうぞおっしゃってください。時間がないという反論が出るだろうことは想定内ですし、もっともなご意見だと思います。ですが、本質とはかかわりのない理由のために、おもしろい仕事に取り組めるチャンス――めったに訪れることはありません――がまたしても妨害されるのだと、文句のひと言も言いたくなるじゃありませんか。まあ、それもわれわれ技術者の定めなのですがね。

根本となる問題に話をもどすならば、〈ヒト〉は水棲ではなく陸棲であるべきだとわたしは考えます。理由を簡潔にご説明しましょう。〈ヒト〉が、高度に発達した知的能力を持つ動物となるだろうことは明らかです。現在のわれわれの知識から判断するに、そのためには感覚器官も相応に発達している必要がある。ところが、水中や水上で生活する動物は、感覚の発達において大きな障害が生じます。なにより、味覚と嗅覚が入り混じり、ひとつになってしまう。

そのうえ、さらに重大な問題があります。水中というのは均質で単調な環境です。未来にかんしてはなんとも確言いたしかねますが、これまでに造られた眼のなかでもっとも優れたものでさえ、澄んだ水のなかでおよそ十メートル先まで見渡すのがやっとであり、濁った水中ではせいぜい数センチといったところです。とすると、〈ヒト〉には最初から未発達の眼を授けることになるか、どちらにしても数千世紀も使わないでいるうちに、形骸器官と化してしまいます。耳についても、多かれ少なかれ同様のことが……。

水大臣　（相手の言葉をさえぎって）水は、音の伝達に優れておりますぞ！　空気よりも二十七倍もの速さで音を伝えることができます。

大勢の声　そんなの、はったりだ！

心理学担当官　（話を続ける）……耳についてもおなじことがいえます。水中用の耳を造ることじたいは簡単ですが、水中で音を生じさせるのは非常に難しい。その物理学的な理由は、正直なところわからないのですが、わたしの管轄ではありません。魚は口が利けないというのは周知の事実ですが、どうしてそのような現象が生じるのか、水大臣どの、および生体構造学担当官どのにご説明いただきたい。あるいは、沈黙こそが知恵の証しなのかもしれません。いずれにしても、視察旅行では、はるかかなたにあるアンティル諸島付近の海域まで行かなければ、音を発する魚を見つけることはできませんでした。しかも、ようやく見つけだした音は、きわめて平坦で、聞いていて心地のよいものでもありませんでした。というのも、その魚は……なんという名前だったか思い出せませんが……。

声　イトマキエイだ！　イトマキエイ！

心理学担当官　……意志とはまったく関係なく、たんに浮き袋が空になったときに音を出すだけなのです。さらに興味深いことに、音を出すまえに、水面に浮かびあがるという特徴があります。つまりですね、わたしが疑問に思い、皆さんにぜひお尋ねしたいのは、〈魚類・ヒト〉に完璧な耳が与えられたとして、いったい何を聞けばいいのかということです。海面近くにいるときに雷鳴を、海岸に近づいたときに波のとどろきを、そしてアンティル諸島沖に住む仲間が無意識にあげるうめき声を耳にするのがせいぜいではありませんか。
最終的な結論を出すのは皆さんですが、これだけは忘れないでください。現在のわたしたちの製作能力では、この新しい生き物はほとんど眼も見えず、耳は聞こえるにしても、口が利けないことになります。果たしてそれが……（机上の〈ヒト〉にかんする動議文を手にとり、声に出して読みあげる）、「……さまざまな手段を組み合わせて自己を表現する……」云々（うんぬん）や、さらには「社会的な生活を送る傾向……」といった特徴に、どのような利益をもたらすかは、あなたがた一人ひとりがお考えいただければと存じます。

アーリマン　このあたりで、たいへん有意義でありました最初の意見交換を終了し、結論を出したいと思います。したがって、〈ヒト〉は、節足動物でも魚類でもないということでよろしいですね。そうなると、哺乳類、爬虫類、鳥類のいずれかに決める必要があります。もっともな理由があるわけではないのですが、この場をお借りして、個人的な好みと感覚から意見を述べさせていただきますなら、是非とも爬虫類を推したい。
皆さんのすばらしい技術と才能によって創造された多彩な姿かたちのなかでも、

蛇ほどわたしを魅了するものはありません。たくましく、したたか。「地球上の生物のなかで、もっともしたたかだ」と、最高の審判者も申されたではありませんか（一同起立し、礼をする）。構造は驚くほどシンプルで、それでいてきわめて優雅。これに改良を加えて、完璧にしない手はありません。しかも腕利きの毒殺者で、狙った獲物は逃さない。上層部の希望どおり、地を従えることも難しくはないはずです。対抗者をすべて打ち負かすかもしれません。

生体構造学担当官　いずれももっともなご意見です。ついでに付け加えるならば、蛇は抜群に低コストですし、興味深い多くの改良を加えるにも適しています。たとえば、頭蓋骨の容積を現在より四割ほど拡張することもけっして難しくはない。ただし、残念ながらこれまで造られてきた爬虫類は、いずれも寒い気候に耐えることができません。したがって、動議の項目cに適合しないことになります。熱力学担当官どの、具体的な数値を挙げて、ただいまのわたしの意見を補足していただけませんでしょうか。

熱力学担当官（事務的に）年平均気温が十度以上。マイナス十五度を下まわらないこと。以上です。

アーリマン　（とりつくろった笑みを浮かべ）恥ずかしながら、ご指摘いただいた問題点は、自明の理にもかかわらず、見落としておりました。正直なところ残念でなりません。と申しますのも、ここ数日ずっと、どちらを向いても、知性のある色とりどりのニシキヘビが体をくねらせているという、うっとりするような地球の光景を思い描いていたのです。巨大な樹木の根元に掘られた洞窟の内部に蛇の都市が築かれ、獲物をたらふく食べた蛇たちのための休息室や、集団瞑想室まである……。しかしながら、このような光景は実現不可能なことが明らかとなった以上、勝手な空想はやめることにいたしましょう。

となると、選択肢は哺乳類か、鳥類。ここはわれわれの全エネルギーを集中し、早急に結論を出そうじゃありませんか。心理学担当官どのが発言を求めています。当プロジェクトの責任の大半を、ほかでもなく心理学担当官どのが担っていることとはまぎれもない事実である以上、皆さん、どうか彼の貴重な意見をしっかりと聞くように。

心理学担当官　（アーリマンが話し終えるのを待たず、堰(せき)を切ったように話しはじめる）先ほども述べたとおり、まったく違った観点から解決策を探るべきだとわたしは考えます。シロアリおよびアリにかんする一連の研究を発表し、評判となりました当初から……（あちこちから、ブーイングがあがる）……わたしは机の引き出しで、とあるプロジェクトを温めているのです。（ブーイングが、ますます高まる）……じつは、きわめてユニークな自動現象（オートマティズム）を利用することで、神経組織を大幅に節約することが可能となり……。

　世も末かと思うほどの大騒ぎとなるが、アーリマンの手振りにより、どうにか治まる。

アーリマン　以前にも申しあげたかと存じますが、その類（たぐい）の最新技術には興味がありません。新たな生物のモデルを造るために、研究を重ね、実用化し、さらに発展させ、精査するといった時間は、どう考えてもないのです。本来ならば、心理学担当官どのがそれを指摘すべきではありませんか？　あなたが大切になさっている膜翅類（まくしるい）にしても、試作モデルが完成してから、現在のような形態が定着するまでに、八桁ないしは九桁の数字でようやくあらわせるような、膨大な年月が必要だったのではないですか。

脱線はほどほどにして、どうか本題におもどりください。さもないと、担当官どの貴重なご協力をいただけなくなってしまいます。前任の方々はいずれも、それほど自己主張することなく、たとえば、みごとなイソギンチャクなどを造ってくださいました。いまもなお完璧に機能し、一度も故障することなく、文句も言わずに次から次へと繁殖を繰り返す。しかも、製作費だってただ同然でしたからね。皆さんの気分を害するつもりはありませんが、じつにいい時代でした。誰もが仕事に没頭し、批判する人などほとんどいなかった。無駄口はたたかず、実行あるのみ。工場から出荷されるものはすべて歓迎される。あなたがたモダニストのように、なんくせばかりつける人はいませんでした。

それが昨今では、ひとつの企画が製造段階に到達するまでに、心理学者の署名やら、神経学者の署名やら、組織学者の署名やら、検査合格証やら、三枚綴りの審美委員会の承諾証やらが必要で、ああでもないこうでもないと大騒ぎされる始末。それでもまだ不服とみえ、精神現象の担当官を近々採用する予定らしいのです。これには、誰もが警戒せざるを得ません……（余計なことを口走ったと気づき、にわかに口をつぐみ、当惑してあたりを見まわす。それから、ふたたび心理学担当官に向かって）いずれにせよ、じっくりとお考えいただき、〈ヒト〉を鳥類とすべきか、あるいは哺乳類として検討すべきなのか、そしてそれはいかなる根拠にもとづくものなのか、明確にご説明いただきたいのです。

心理学担当官（何度も唾を飲み込んだり、鉛筆の先を舐めたりしたあげく）選択肢が二つに絞られるなら、〈ヒト〉は鳥類であるべきだとわたしは考えます。（一同ざわめき、思い思いの意見を口にする。誰もが満足げにうなずき、賛意をあらわす。二、三名は、これですべて落着したといわんばかりに、立ち上がろうとする）皆さん、ちょっとお待ちください！　だからといって、〈スズメ〉プロジェクトと〈メンフクロウ〉プロジェクトの資料を文書館から引っぱりだしてきて記録簿の番号を変更し、冒頭の文章を二つ三ついじくればそれでじゅうぶんだ、そのまま試験センターにまわして試作モデルが完成する、などというつもりは毛頭ありません。

いいですか、これから話すことをよく聞いてください。皆さんお急ぎのようなので、本件にかかわる重要な論点をいくつか、手短にお話しいたします。動議のbとdにかんしては、まったく問題ないと思われます。現時点ですでに幾種類もの鳴き鳥が存在しておりますので、入り組んだ言語を持つという課題は、少なくとも生体構造学的な観点からは、クリアしていると考えて差し支えないでしょう。対する哺乳類には、そのような能力を持つものは、現在のところひとつも造られていません。生体構造学担当官どの、以上に間違いございませんか？

生体構造学担当官　相違ありません。

心理学担当官　当然ながら、言葉を創造し、操るのに適した脳を研究しなければならないという問題が残りますが、これはわたしの専門ですし、ヒトにどのような形態を与えるとしても、さほど変わりないでしょう。c項の「限界を超える条件のもとでの労働に適している」という点にかんしても、哺乳類にするか鳥類にするかの選択に影響をおよぼすものではないと思います。いずれの綱にも、じつにさまざまな気候や環境に、難なく適応した種類が存在しております。

いっぽうで、飛行によって迅速に移動できる能力は、〈鳥類・ヒト〉案を有利にする重要事項であることは論を俟(ま)たないでしょう。各大陸を股(また)にかけての情報交換や物品の輸送が可能となるため、速やかに全人類に単一の言語をひろめ、単一の文明を築くことができます。また、現存する地理上の障壁は無いも同然となりますから、種族ごとに領土の境界を定めることも無意味になります。

さらに、身を守り、敵を攻めるうえで、迅速な飛行が無条件の利点となることは、あえて申しあげるまでもありません。陸棲および水棲のあらゆる動物に対し優位に立つことができますし、猟や栽培、開発のための新天地を見つけることも容易となる。したがいまして、「空を飛ぶ生き物は、飢えに苦しむことはない」という公理が成立するのではないでしょうか。

オルムス　お話の途中に失礼ですが、心理学担当官どの。あなたのお考えになる〈鳥類・ヒト〉は、どのように繁殖するのですか？

心理学担当官　（意表をつかれ、苛立ちを隠せない）ずいぶんとおかしな質問をなさるのですね！　ほかの鳥たちとおなじように繁殖するに決まっているじゃありませんか。オスがメスを惹きつける。いや、逆でもかまいません。交尾したメスは巣をつくり、卵を産み、温める。やがて生まれてくる雛（ひな）を、両親で世話をし、教育し、自立できるまでに育てる。そうして、もっとも適応能力のある個体が生きのびていくという仕組みです。いまさら変更する理由も見当たりませんが。

オルムス　（最初は躊躇しているが、しだいに熱を帯び、夢中になって）いいえ、皆さん、ことはそれほど単純ではありません。多くの皆さんがすでにご承知のとおり――

わたし自身も、とくに隠すつもりはありませんでしたから――わたしは、性差というものがどうしても好きになれないのです。むろん、種を維持するうえでの利点もそれなりにあるでしょうし、それぞれの個体にも益をもたらすものでしょう――聞いた話によると、一連の益はさして長続きしないもののようですが――。ですが、客観的な観察者であれば誰しも、性というものが、なにより状況を恐ろしく複雑にし、しかも危難や厄介ごとを半永久的に生み出す源であることを認めないわけにはいきません。

経験ほど価値のあるものはない。社会的な生活を送る生物に着目した場合、第三紀から今日まで、少しも不都合なくこれを機能させている唯一の例が、膜翅類だということを忘れてはなりません。膜翅類は、わたしの助言もあり、性をめぐる複雑な状況をことごとく排除し、性を生産社会の片隅に追いやることに成功したのです。

皆さん、これはわたしからのお願いです。どうか、口にするまえに自らの言葉の重みを自覚してください。〈ヒト〉が哺乳類であろうと鳥類であろうと、その歩むべき道のりを平坦にすべく、あらゆる努力を怠らないことこそが、われわれの責務なのです。それでなくとも、重い荷を背負って歩まねばならないのですから。

われわれは、自分たちで造りだしたゆえに、脳の正体を知っています。脳が少なくとも潜在的に、どれほど驚異的な能力を持ちうるかも承知していますが、その限度や限界も心得ているのです。いっぽう、自分たちで考えだした以上、性という駆け引きのために、エネルギーが目覚めたり眠ったりしていることも承知しています。これら二つのメカニズムを組み合わせるという実験が、興味深いものであることを否定するつもりはありません。ですが、躊躇や懸念を禁じ得ないのです。

どのような運命がこの生き物を待ち受けているのでしょうか。二面性を持つ？　ケンタウロスのように、みぞおちまでは人間で、その下は獣であるとでもいうのですか？　発情期に左右されるのですか？　だとすると、行動の統一性をじゅうぶんに保つことはできません。唯一の絶対なる善や真理を追究するのではなく――笑うのはおやめください！――、二つの善や真理を追い求めることになってしまいます。

それに、二頭のオスがおなじメスを手に入れたいと望むとき、あるいは二頭のメスがおなじオスを望むとき、社会制度はどうなるのか、制度を保持する法律が存在するのか、といったことも問題となってきます。

また、生体構造学担当官が自負されている、〈ヒト〉の「優雅かつ経済的な解決策」に至っては、なんとも言い難いものがあります。財務官もこの案を熱心に推しておいでですが、本来ならば排泄（はいせつ）に使用されるべき開口部や管を、性行為のために平然と利用するなんて……。このような状況が生じたのは、コストや体積をひたすら削減するための計算にもとづくものだということを、われわれは承知しています。しかし、思考する動物にとって、これは、頭が二つあることから生じる矛盾や、己の身体に内在する抗（あらが）いがたい永遠のカオスの嘲笑すべきシンボル、はたまた卑屈で刺激的な混乱、神聖かつ猥褻（わいせつ）な刻印以外のなにものでもありません。

ということで、結論を申しましょう。〈ヒト〉を造らねばならないのなら、どうぞお造りください。皆さんが望まれるのであれば、鳥類でもかまいません。ですが、未来において間違いなく勃発するであろう争いの火種を今のうちに消すために、手を打とうではありませんか。

予測可能な未来において、〈ヒト〉のオスが、一頭のメスを手に入れるために人民を戦争に駆り立てる、あるいは〈ヒト〉のメスが、高貴な事業や思想からオスの気をそらし、己に服従させるといった恐ろしい光景を目の当たりにしないで済むために。忘れてはなりません。いま誕生しつつある生物は、われわれの審判者となるものなのです。われわれの過ちだけでなく、彼らの過ちも、今後幾世紀にもわたって、われらが指導者の肩に重くのしかかることでしょう。

アーリマン　あなたのおっしゃることは正論なのかもしれません。しかし、頭を怪我してもいないうちに、慌てて包帯を巻く必要が果たしてあるのでしょうか。〈ヒト〉の企画じたいを凍結することはもはや不可能ですし、それが利益をもたらすことだとも思えません。もちろん、迅速な作業という観点から考えてのことですがね。

あなたの憂慮されている予測が現実となった場合には、しかたありません。そのときに考えればいいではないですか。設計モデルに適切な修正を加えるだけの時間も機会も、きっとあるでしょう。しかも、これまでの議論を踏まえるならば、〈ヒト〉は鳥類となる可能性が高いようですし、さほど深刻に考える必要もなさそうです。ご心配されているリスクや障壁は、容易に回避できるものと思われます。

性的関心については、たとえば一年間に数分というように、ごく短時間に限定することも可能です。受胎も授乳も必要とせず、厳密な一雄一雌制を固守することとし、抱卵は短期間、孵化(ふか)した時点で雛(ひな)はほぼ独り立ちできる状態にしておく。既存の生体構造学的枠組みに手を加えなくとも、以上のような条件を満たすことは可能でしょう。既存の枠組みを変えるとなると、きわめて煩雑な行政上の手続きが必要となりますからね。

皆さん、結論はすでに出ています。〈ヒト〉は鳥類に決定です。しかも、あらゆる意味で鳥の要件を満たすもの。ペンギンでもダチョウでもなく、空を飛ぶことができ、嘴(くちばし)や羽毛や爪があり、卵を産み、巣を作る鳥です。そうなると、あとは構造上重要な項目をいくつか詰めるだけです。すなわち、

一、最適な大きさはどのくらいなのか。

二、一か所に定住させるべきか、渡り鳥とすべきか……。

（アーリマンが話している途中で、奥の扉がゆっくりとひらく。伝令が、頭と肩をのぞかせ、話をさえぎることなく、出席者の注意をひくために、はっきりと見てとれる合図や目配せをする。場内がざわめき、やがてアーリマンも伝令の存在に気づく）

伝令　どうかしたのですか？　なにか問題でも？

アーリマン　（小使いや聖具番に特有の秘密めいた面持ちで、アーリマンに目で合図をする）アーリマンどの。少しよろしいでしょうか。重要なお知らせがございます。それも……（顎をしゃくりあげるように、後ろ上方を指す）。

（伝令のあとについて、扉の外に出る。場内のざわめきや話し声にまじり、激昂した議論が聞こえてくる。それまで半びらきになっていた扉が、外側からバタンと閉められる。しばらくすると、扉がふたたびひらき、うなだれたアーリマンが、鈍重な足取りで入ってくる。長い沈黙ののち）……諸君、解散です。本日の審議は終了。問題はすべて解決しました。家にお帰りください。さあ、何をぐずぐずしているのです？

あの方たちはわれわれの結論を待ってはくださらなかった。だから、あれほど急ぐように言ったのですよ。またしても、われわれの存在など不要であることを見せつけられた。なにもかも自分たちででき、生体構造学者も、心理学者も、財務官も必要ないというわけです。あの方たちの望むままにできるのですから。

……いいえ、わたしには詳しいことはわかりません。誰かに相談したうえで決めたことなのか、正当な理論にしたがったものなのか、長いあいだ熟考したうえでの計画なのか、はたまた一瞬のひらめきによるものなのか……。わたしが聞いたのはただ、あの方たちが七袋分の粘土を準備し、川の水と海の水で捏ね、その泥で、もっとも適していると思われる形をこしらえたということだけです。なんでも、縦長の動物で、毛はほとんど生えておらず、無防備で、ここにいる伝令の目にはサルかクマに似た姿に見えたそうです。翼もなければ羽毛もないということですから、哺乳類と考えるのが妥当でしょう。しかも、〈ヒト〉のメスは、最初に造られたオスの肋骨から造られたということです。（ざわめきや疑問の声）……そう、肋骨です。方法まではよくわかりません。それを異端だと定義するのもやぶさかではありません。今後、幾世代にもわたって種を維持するつもりがあるのかどうかも不明です。

いずれにしても、この被造物に、どんな息かはわかりませんが、息を吹きかけたところ、動きだした。そうして〈ヒト〉が誕生したのです。よろしいですかな、諸君。われわれの議論とはほど遠い結論です。あまりに単純すぎると思いませんか？　それが、われわれに示されていた要件にどれほど合致するのか、あるいはたんに定義上、あるいは便宜上、〈ヒト〉と呼ぶことにしただけなのか、判断するだけの情報もありません。

こうなった以上は、この特異な生物の末永い繁栄を祈るのみです。秘書官どのには、祝辞の作成と、基準適合証明の発行、目録への記入、必要経費の計算等をお願いいたします。それ以外の方々は、いっさいの義務を免れます。どうか、気持ちを落ち着けてください。以上で当審議会は閉会といたします。

15 退職扱い

その日、わたしはふらりと見本市の会場を訪れていた。とくに用事があったわけでも、見たいものがあったわけでもない。ミラノ人であれば誰しも心当たりのある、理不尽な義務感に駆られたのだ。とはいえ、その手の義務感がなくなったら、開催期間中ほとんどの日が人出もあまりなく、快適に会場を見てまわることができ、見本市とは呼べなくなってしまうだろう。

驚いたことに、ＮＡＴＣＡ社のブースにはシンプソン氏の姿があった。彼は、輝かんばかりの笑顔でわたしを迎えてくれた。

「展示ブースにいるのは、たいてい若くてきれいな女性か駆け出しの営業マンと相場が決まっているのに、わたしなどがいたもので、さぞびっくりされているのではないですか？　たしかに、たまたま当社のブースをのぞいただけの来場者——いや、ここにいるわれわれは例外ですが——の見当違いの質問に答えつつ、ライバル企業の回し者が潜んでいないかを見抜く仕事は、わたしの担当ではありません。まあ、簡単なことですがね。回し者だったら、さほど的外れな質問はしませんから。とにかく、自分でもなぜかわからないまま、足が自然にここに向いていたのです。いや、正直に言ってしまいましょう。なにも恥じることではありません。じつはですね、ここに来たのは感謝の気持ちをあらわすためなのです」

「感謝？　いったい誰に？」

「ＮＡＴＣＡ社に決まってるじゃないですか。というのも、昨日はわたしにとって特別な日でした」

「昇進でもなさったのですか？」

「昇進だなんてとんでもない！　これ以上、上に行きようがありません。そうではなくて、退職するんです。ちょっとお付き合いいただけます？　カフェでウィスキーをご馳走(ちそう)いたしましょう」

そうして、彼は退職に至る経緯(いきさつ)を語ってくれた。本来ならばあと二年勤めるはずだったが、早期退職願を出したところ、経営陣の承諾を知らせるテレックスが、ちょうどその前の日に届いたそうだ。

「仕事が嫌になったわけではありません」と、シンプソンは言った。「ですが、ご存じのとおり、いまのわたしにはジャンルの異なる関心があり、一日二十四時間をそっくり自分のために使いたいのです。フォート・キディワニーの本社は、そんなわたしの心情に理解を示してくれました。《組み立てアリ》の件もありますし、わたしの退職は、社全体の利益にもつながりますからね」

「それはそれは、おめでとうございます。例の実験がそこまで軌道に乗っていたなんて、知りませんでした」

「そうなんですよ。じつはNATCA社と独占契約を結びましてね。調教ずみのアリを月に一リップラずつ提供し、一匹につき三ドルの報酬をもらうことになったのです。経営陣もなかなか気前がいいものです。退職金を満額支給してくれるうえ、八千ドルの賞与に、最高水準の年金。しかも、すばらしいプレゼントまで付けてくれました。あなたにもぜひお見せしたい。少なくとも現時点では、世界にひとつしかない物なのですから」

わたしたちは、そんな話をしながらふたたび見本市のブースにもどり、奥のソファーに腰をおろした。

「すでにお気づきかもしれませんが……」シンプソンは言葉を続けた。「社会生活を送る昆虫の実験は別として、わたしはＮＡＴＣＡ社の優等社員の〝ニューフロンティア〟役を務めることに、少々嫌気がさしていたのです。たとえば昨年などは、アメリカの慢性的な経営幹部（エグゼクティブ）不足を解消するために、一連の測定機器が開発されました。適性検査や採用試験の代わりを務める装置で、わたしは、これらの新製品をイタリアで売り込むよう、本社から命ぜられたのです。トンネルの両側に数台の機器が並べられていて、候補者はそのあいだを、自動洗車をするような感覚で通過する。反対側から出てくるときには、さまざまな測定値がカードに印刷されている仕掛けになっています。資格や得点、心理適性やＩＱ……」

「えっ？　なんですって？」

「失礼。ＩＱ……つまり、知能指数（インテリジェンス・クオーシエント）のことです。そのほかにも、適切な職種や、賃金までわかるようになっている。わたしも、以前はこの手の玩具に熱中したものですが、いまや少しもおもしろいと思えなくなりました。それどころか、見ていてどうにも不愉快になるのです。こんなものまであるんですからね！」

　シンプソン氏は、ショーケースのなかから黒い円筒形の物体をとりだした。測量用の機器に似ている。

「これは、《ＶＩＰスキャン》。ふざけているわけではなく、ほんとうにそういう名前なのです。ベリーインポータントパーソン、つまり要人を見抜くための探査機といえばいいでしょうか。先ほどの機器と同様、管理職にふさわしい人材を選ぶのに便利な装置といえるでしょう。最初の〝個人面接〟のとき、相手に悟られないようにこっそり使うのです。ちょっと失敬。よろしいですかな？」

そう言うと、わたしのほうにレンズを向け、一分ほどボタンを押していた。

「すみませんが、なにか話してみてくれませんか。なんでも好きなことでかまいません。ちょっと歩いてみて……。はい、結構です。できました。得点を拝見いたしましょう。百点満点中二十八点。気を悪くなさらないでほしいのですが、あなたはＶＩＰとはいえません。ほらね、まさしくこういうことに嫌気が差したのです。あなたのような方が二十八点だなんて！

しかし、気になさる必要はありません。こんなモノは、これっぽっちの価値もない判定道具にすぎないことをお見せしたかっただけなのですから。しかも、アメリカの標準にしたがって基準値が設定されている。詳しい仕組みは、正直なところ知りません。べつに知りたいとも思わない。嘘じゃありません。わたしが知っているのは、服の仕立やデザイン、葉巻のサイズ——あなたは吸われませんが——、歯の状態、立ち居振る舞い、会話の抑揚といった要素を基準に、得点が算出されるということだけです。

すみませんね。そもそも、あなたを測定することじたいが失礼だったのです。ですが、どうか安心してください。いいですか？　わたしなんて、ひげを剃ったばかりならばなんとか二十五点が出るのですが、そうでないと二十点にも達しない。どうにも人をバカにした話だと思いませんか？　とどのつまり、こんな装置は売れないほうがいいのです。しかし、それではＮＡＴＣＡ・イタリア社の業績に支障が出る。かといって、装置が売れたと仮定して、こんなもので満点をとった人ばかりが管理職を務める会社を想像すると、寒気がしてくる。そうは思いませんか？　これも、早期退職を決めたひとつの理由なのです」

シンプソン氏は声を潜め、親しげにわたしの膝に手をおいた。

「……とにかく、見本市が終わったら、いちどわたしのところにいらしてください。退職を決めた最大の理由をお見せします。ほかでもなく、先ほど少しお話しした、社からの退職祝いのプレゼント《トレック》です。正式名は《トータル・レコーダー》。

これ一台と、カセットテープがひと揃い、それにそこその年金と、かわいいミツバチの群れさえいれば、客相手に神経をすり減らしながら営業を続ける理由なんてありませんよ」

シンプソンは、自宅でなくオフィスにわたしを招いたことを詫びた。

「ここですと、あまりくつろげないかもしれませんが、邪魔される心配もありません。《トレック》の使用中にかかってくる電話ほど煩わしいものはない。オフィスならば、営業時間外には誰からの電話も鳴りません。それと、正直申しまして、家内がどうもこの機械を嫌っているらしく、見ると機嫌が悪いのです」

彼は《トレック》のことを、専門家ならではの豊富な知識で、しかし感動とはまったく無縁の、独特の冷めた口調で説明してくれた。おそらく、長い歳月、驚きや感動を売る仕事を続けてきたせいで、そのような口調が習い性となってしまったのだろう。

彼の説明によると、《トレック》はすべてを記録する機械なのだそうだ。彼がふだん扱っている事務機器とは異なり、革命的な装置らしい。なんでも、R・ヴァッカが考案し、論理的な解説を展開した《アンドラック》という機械を基盤にしたものだという。ヴァッカは《アンドラック》を自分の身体に装着した。つまり、神経回路に電子回路を直接つないだのだ。簡単な外科手術を受けて《アンドラック》を装着すれば、筋肉を介在しなくとも神経インパルスだけで、たとえばテレタイプを操作したり、車を運転したりといったことが可能になる。言い換えれば、頭のなかで〝望む〟だけでじゅうぶんなのだ。

いっぽうの《トレック》は、神経インパルスを受容するメカニズムを利用した装置で、感覚器官を介さずに脳にさまざまな感覚を引き起こすことができる。ただし、《アンドラック》とは異なり、《トレック》を使用するさいには、切開をともなう外科的処置はいっさい必要ない。カセットテープに記録された感覚は、頭皮ごしに電極を通して伝達されるため、あらかじめ手術の必要がないからだ。

《トレック》の視聴者――というより、体感者といったほうが適切かもしれない――は、ヘッドギアをかぶるだけで、テープが再生されているあいだずっと、記録された一連の感覚すべてを、順に体験できる。そこには、視覚、聴覚、触覚、嗅覚、味覚、体感覚、痛覚といったさまざまな感覚が含まれる。それだけでなく、目覚めているときに個々の人間が記憶を通して得ている心の内奥の感覚も、体験することが可能だ。

つまり脳——アリストテレスのいうところの耐える知性——が受容できる、すべてのメッセージということになる。ただし、《トレック》体感者の感覚器官を通して伝達されるのではない。ここでは感覚器官はいっさい関与せず、神経レベルで脳に直接伝達されるのだ。そのさいにどのような信号を用いているのかは、ＮＡＴＣＡ社も明らかにしていない。

いずれにしても、全身で体験した場合と変わらない感覚が体験できる。体感者は、テープに記録されている出来事をそっくりそのまま体験でき、本当にその場に居合わせている気分になる。というよりも、個々の出来事の当事者のような気がしてくる。これは、幻覚や夢とはまったく異なる感覚だ。というのも、テープが回っているかぎり、体感者は現実との区別がつかないのだ。テープの再生が終了すると同時に通常の記憶がもどるが、テープをみている最中はずっと、本来の記憶は、テープに刻まれている人工的な記憶にとって代わられている。そのため、おなじテープを繰り返し体験したとしても、以前に体験したときの記憶は残っておらず、飽きることも疲れることもない。特定のテープを何度繰り返し体験しても、初めてのときと同様、まったく予期しなかった出来事に満ちた、鮮烈な体験ができるのだ。

《トレック》があれば、ほかになにも要らない。それが、シンプソンの結論だった。

「だってそうでしょう？　テープを選びさえすれば、自分の探し求めるすべての感覚が体験できるのです。アンティル諸島へクルージングはいかがです？　それともマッターホルンの登山がお好みですか？　地球のまわりを一時間ほど周遊し、無重力体験をすることもできます。なんでしたら、アベル・F・クーパー軍曹になって、ヴェトコンのゲリラを一掃するというのはどうですか？　いずれの体験も、部屋にこもって、ゆったりと椅子に腰掛け、ヘッドギアをかぶるだけでいい。あとは、《トレック》君に任せればいいのです」

わたしは、しばし言葉を失った。シンプソンはレンズの奥から、そんなわたしをいたわりと好奇心の入り混じった目で見つめていたが、やがて言った。

「当惑なさっているようですが……」

「要するに……」わたしは、口をひらいた。「この《トレック》とやらは、究極の道具ではありませんか。社会を根本から覆す道具といったらいいのでしょうか。これまでNATCA社が販売してきた機械のどれひとつとっても、いや、それどころか、これまで世界じゅうで発明されてきたいかなる機械も、社会の慣習や秩序への脅威を、これほどシビアに内在しているものはありません。

人びとのやる気を完全に損なうだけでなく、人間の活動の意義をことごとく無にしてしまう。映画やテレビに続く、最後の大きな一歩となるかもしれません。我が家では、テレビを購入して以来、息子は何時間も画面に釘づけで、遊ぼうとしない。まるで車のライトをまともに浴びた野ウサギのように、目がくらんでしまったのです。

わたしですか？　わたしは、部屋から出ることにしています。ただし、それには決意が必要です。ですが、相手が《トレック》となったら、待ち受ける体験の魅力にあらがい、立ち去ることのできる強靭な意志など、誰が持ち合わせているでしょう。どんな麻薬よりも、はるかに危険ではないですか？　誰も働かなくなってしまいますし、家族のことなどどうでもよくなってしまう」

「いや、《トレック》が製品化されたとは言ってません」と、シンプソンは反論した。「社から退職祝いとして贈られたものだと、お話ししたじゃありませんか。しかも、世界にひとつしかないと。細かいことをいえば、本当のプレゼントというわけでもないのです。《トレック》は、法的にはいまもＮＡＴＣＡ社の所有物となっています。賞与というよりも、長期間に使用した場合の影響を試すため、無期限で貸与されたものなのです」

「いずれにしても、ＮＡＴＣＡ社で研究を重ね、じっさいに製造までしたのですから、ゆくゆくは商品として売り出すつもりでいるのでしょう？」

「おっしゃるとおり、ことは単純です。ＮＡＴＣＡ社の経営陣の行動には、つねに二つの目的しかないのですから。すなわち、利益をあげることと、社への信頼を獲得すること。まあ、とどのつまりはひとつですが……。社への信頼が集まれば、さらなる利益につながりますからね。

　もちろん、経営陣としては《トレック》を量産し、数百万台という規模で売り出したい。ですが、このような機械が無制限に普及することを、議会が看過しないだろうと推測するだけの冷静さは、持ち合わせているようです。そのため、試作モデルの完成以来、数か月というもの、無数の特許を請願し、鎧のように《トレック》を覆いつくし、ボルト一本とて無防備な状態にさらされないことを念頭に動いているようです。そのうえで、なんとか議会の同意にこぎつけ、各地の老人ホームに《トレック》を完備させると同時に、不治の病に冒された人や障害を持つ人に、無償で配布させることをもくろんでいるのです。

きわめて野心的な計画ではありますが、年金受給年齢に達したすべての勤労者に、《トレック》が自動的に支給される福祉システムを法制化することが、彼らの最終目標なのです」

「ということは、シンプソンさん、あなたは未来の年金生活者の試作品というわけですか?」

「そうなんです。これが、なかなか捨てたものではありませんでね。《トレック》がわたしのもとに届いてから二週間しか経っていませんが、おかげで、じつに魅力あふれる夜を過ごしています。

たしかに、先ほどのご指摘はもっともです。我を忘れ、朝から晩まで《トレック》漬けにならないためには、強靭な意志と分別(ふんべつ)が必要でしょう。個人的な意見としては、子どもにはぜったいに持たせるべきではない。ですが、わたしのような年齢の者にしてみれば、非常に貴重な道具だと思うのです。試してみたくはありませんか? 貸与や売却はしないという約束なのですが、あなたは口の堅いお方です。例外として使っていただいてもかまわないでしょう。地理や自然科学を学ぶための副教材として利用できないか、可能性を探ってほしいという依頼も受けているので、その点についてのご意見もぜひ聞かせていただきたい」

「どうぞ、お掛けください」シンプソンは言った。「暗幕を下ろしたほうがいいでしょう。そう、ライトは背に。テープは、いまのところ三十本ほどしかありませんが、あと七十本、ジェノヴァの税関まで届いていますので、近々受け取ることができると思います。それを合わせれば、現時点で存在しているテープがひと通り揃うというわけです」

「誰がテープの制作をしているのです？　どうやって？」

「人工的にテープを制作することも検討中ですが、いまのところは、おもに実体験を録画するかたちで作られています。製法については、おおまかな工程しか知らされていません。フォート・キディワニーの本社にある《トレック》部門では、商品として売る価値のある体験を普段している人や、時々している人に、録画に協力してくれるようお願いしているのです。たとえば、飛行機のパイロット、探検家、ダイバー、プレイボーイやプレイガール……。ほかにも、ちょっと考えればいくらでもあげられるいろいろなタイプの人びとが、すべて対象となります。本人の承諾を得、権利料についても合意できたとします。聞いたところでは、ずいぶんと高額のようですよ。テープ一本につき、二千から五千ドルほどですって。とはいえ、《トレック》用として加工できる作品にするには、十回、下手すると二十回ほど録画しなおすこともあるそうです。とにかく、双方の合意に達したら、これとよく似たヘッドギアを、録画したい時間だけずっと装着していればいいのです。それ以外は面倒なことなどいっさいありません。体験者のあらゆる感覚が、ヘッドギアから無線で受信センターに送られ、記録されていくのです。マスターテープが一本完成すれば、既存のダビング技術を利用して、何本でも必要なだけのテープが作れます」

「ということは、じっさいに体験している人は、自分の感じていることすべてが記録されていることを知っているわけですから、そのような意識までテープに記録されてしまうのではないですか？　あなたが疑似体験するのは、通常の宇宙飛行士の感覚ではなく、《トレック》のヘッドギアを装着していることを自覚し、録画の対象となっていることを意識している宇宙飛行士の感覚になってしまいます」

「おっしゃるとおりです」と、シンプソンは言った。「たしかに、わたしがじっさいに試したテープの大半で、心の片隅にあるそのような自覚が明確に感じられました。なかには、訓練することによって、録画のあいだじゅうそのような意識を抑制し、

《トレック》には記録されない無意識の領域に押さえ込むことのできる人もいるようです。ですが、記録されていたとしても、たいして気になりません。とくに、ヘッドギアにかんしてはまったく支障がないのです。どのテープにも記録されている〝ヘッドギア装着中〟という感覚は、受容器として自分がかぶっているヘッドギアの感覚とまったくおなじものなのですから」

次いでわたしは、哲学的見地からの疑問をぶつけようとしたが、シンプソンに制された。

「手始めに、このテープを試してみませんか？　わたしのお気に入りの一本です。アメリカではサッカーはあまり盛んではありませんが、イタリアで暮らすようになってからというもの、わたしはすっかりACミランのファンになってしまいましてね。ラスムッセンとNATCA社を引き合わせ、契約を結ばせたのはこのわたしですし、録画のさいには監督まで務めさせていただきました。おかげで、ラスムッセンは三百万の報酬を、NATCA社は夢のようなテープを、それぞれ手に入れたというわけです。みごとなものです。すばらしいフォワードですよ。さあ、座って、ヘッドギアを装着してみてください。ご意見はそれからで結構です」

「しかし、わたしはサッカーの知識などまったくないのですよ。子どものころからずっと、いちどもプレーしたことがないだけでなく、試合を観戦したこともありません。テレビですらね」

「ご心配いりません」シンプソンは、よみがえる感動に身をふるわせながら請け合い、《トレック》のスイッチを入れた。

熱い太陽が低く照りつけ、埃が空中に舞いあがる。むんと立ちこめる、蹴り散らされた土のにおい。わたしは汗だくで、片方の足首に軽い痛みを感じていた。ボールを追いかけ、驚くほど軽やかにフィールドを駆けまわる。目の隅で右方向に注意しつつ、しなやかなわたしの肉体は、エネルギーをたくわえたバネのように瞬時に飛び出せる体勢をとっていた。

おなじミランの赤と黒のユニフォームを着た選手が、視界に入ってくる。敵チームの選手にフェイントをかけ、地面すれすれのパス。すぐに全速力でゴール前に進むと、右にキーパーが出てきた。観衆の歓声が沸きあがるなか、ダッシュして走りこめるよう、やや前方にボールがパスされる。その瞬間、わたしの左足がボールをとらえ、キーパーが伸ばした両手をかすめるように、ゴールめがけて正確なシュートを放った。

優雅に、そして軽々と。充足感が波のごとく血管を駆けめぐり、やがて口のなかに、放出されたアドレナリンの苦味がひろがる……。

そこですべてが終わり、気がつくとわたしはソファーに座っていた。

「いかがでしたか？　ごく短いものですが、まるで小さな宝石のような作品だと思いませんか？　録画されたものだという感覚がありましたか？　気にはならなかったでしょう？　ゴールを目のまえにしたプレーヤーは、そんなことを気にする暇はないのですよ」

「たしかに、とても不思議な感触ですね。若さがみなぎり、思いどおりに動く自分の肉体には興奮すら覚えます。こんな感覚は、もう何十年も忘れていました。シュートを決めるのも、じつに気持ちのいいものです。ほかのことは何も考えず、全身がまるでミサイルのように一点に集中する。それに、観客の歓声のものすごいこと！

それでいて、パスを待つほんの一瞬に、まったく無関係な思考が、わたしの……いや、彼の頭をよぎりましたよね。気づかれました？　すらりと背が高く、鳶色（とびいろ）の髪をした、クラウディアという名の女性の姿……。その彼女と、九時にサン・バビーラ地区でデートの約束がある。ほんの一瞬でしたが、じつに鮮明でした。時間も、場所も、約束の経緯（いきさつ）まで。あなたも感じましたか？」

「ええ、もちろん。ですが、それはさほど重要なことではありません。むしろ、現実味が増すのにひと役買っているといえるでしょう。思考や記憶を空白にし、ついさっき生まれたばかりのような状態で録画に臨むことは誰にもできません。聞いたところによると、まさにこのことがネックとなって、録画の依頼を断る人も大勢いるそうです。誰にも知られたくない思い出があるのでしょうね。それはそうと、いかがです？もう一本試してみませんか？」

　わたしは、シンプソンに頼んで残りのテープのタイトルを見せてもらった。だが、どれもあまりに簡潔すぎて内容が類推できないタイトルばかり。なかには、イタリア語の翻訳が悪いせいか、意味の不明なものまであった。

「どれか適当なのを、薦（すす）めていただいたほうがよさそうですね。これじゃあ選びようがない」

「そうなんですよ。タイトルはあまり当てにならない。それこそ、小説や映画とおなじです。それと、先ほどもお話ししたとおり、いまのところ完成しているテープは百タイトルほどですが、一九六七年用のカタログには、目が眩むほどの数が揃っています。いや、お見せしたほうが手っ取り早いでしょう。〝アメリカ式ライフスタイル〟を知るうえで、恰好の教材となりますし、思いつくかぎりの体験を分類する試みといってもいいでしょう」

カタログには、九百を超えるタイトルがずらりと並んでいた。それぞれのタイトルの横に、デューイ十進分類法による番号が記され、七つの項目に分けられている。最初の項目は、「芸術と自然」。そこに分類されるテープには白のラベルが貼られている。具体的なタイトルをいくつか挙げると、『ヴェネツィアの夕焼け』『クアジーモドの見たパエストゥムとメタポント』『ハリケーン・マグダレン』『鱈(たら)漁に出る漁船の一日』『北極航路』『アレン・ギンズバーグの見たシカゴ』『僕らスキューバダイバー』『エミリー・S・スタッダードの考えるスフィンクス』などなど。いずれのテーマも、無教養でがさつな人がヴェネツィアを訪れたとか、特定の自然現象をたまたま体験したといった粗雑な感覚ではなく、優秀な作家や詩人に出演を依頼し、録画したものばかりであることをシンプソンは強調した。おかげで、一連のテープを体感する人たちも、作家や詩人の豊かな教養や繊細な感覚を共有できるのだ。

二つ目の項目には、「パワー」という見出しがつけられ、赤いラベルが貼られている。それはさらに細分され、「暴力」「戦争」「スポーツ」「権力」「富」「その他」という小見出しがつけられていた。

「まあ、分類は独断的な要素の強いものですがね」と、シンプソンは言った。「たとえば、いまあなたが体感されたテープ『ラスムッセンのゴール』は、わたしだったら迷わず、赤でなく白ラベルを貼ったでしょうね。わたしは概して、赤ラベルの作品が好きではありません。そうそう、アメリカでは早くも、《トレック》用テープのブラックマーケットが存在しているそうです。どういう経路かは不明ですが、NATCA社の研究室から外部に持ち出され、若者がこぞって買ってゆく。なんでも、良心のかけらもない無線通信工学の技術者が見よう見まねで造った、非合法の《トレック》が出回っているらしいです。そんな連中のあいだでいちばん人気が高いのが、赤ラベルなのです。まあ、だからといって嘆く必要もないのかもしれません。『カフェテリアでの乱闘』なんていうテープを買う若者は、正真正銘の殴り合いとは無縁でしょうからね」

「そうでしょうか？　かえって病みつきになるかもしれませんよ……。豹だってそうじゃないですか。ひとたび人間の血を味わうと、人間を食べずにはいられなくなる」

シンプソンは、わたしの顔をまじまじと見た。

「そうでした。あなたはイタリアの知識人でした。あなたがたのことはよく存じています。ブルジョアの良家に生まれ、経済的にも恵まれ、信心深く過保護な母親に育てられた。カトリックの学校に通い、兵役は免れ、競技としてのスポーツは好まず、するとしてもテニスを少々たしなむ程度。さほど情熱があるわけでもないのに、一人ないし複数の女性と付き合い、そのうちの一人と結婚。生涯おなじ、安定した職場で働く。そうではありませんか？」

「さあ、少なくともわたしにかんしては、当たらずといえども遠からずといったところでしょうか」

「もちろん、細かい点まで見ていくと誤った認識もあるかもしれませんが、本質的には正しいと認めざるを得ないのではありませんか？　生きるために闘う必要もなく、殴り合いの喧嘩も経験したことがない。したがって、年をとるまでずっと、暴力への欲求だけが残るのです。けっきょくのところ、ムッソリーニを受け入れたのもそのせいではないですか？　冷酷な闘士を望んでいたのでしょう。じっさいには、ムッソリーニは闘士ではありませんでしたが、けっして愚かでもなかったため、可能なかぎり闘士を演じつづけたのです。いや、脱線はここまでにしておきましょう。人を殴るというのは、どんな感触なのか試してみたいと思いませんか？　さあ、テープはここです。ヘッドギアを装着して。見終わったら、感想を聞かせてください」

テーブルに座っているわたしを取り囲むように、三人の若者が立っている。三人ともストライプのTシャツを着、冷笑を浮かべてわたしを見ていた。そのうちの一人、バーニーが、特徴のある言葉づかいで話しかけてくる。あとから考えてみると、それはスラングだらけの英語だったはずなのだが、わたしは難なく理解でき、話すこともできた。いくつかの言い回しはいまだに憶えている。わたしのことを、「お利口ちゃん（ブライト・ボーイ）」や「ネズミ野郎（ガッデム・ラット）」などと罵（ののし）り、いつまでも執拗に、残忍な嘲笑を続けている。わたしを「ワップ」あるいは「デイゴ」と呼んで、侮蔑しているのだ。

わたしは相手にせず、無関心を決め込んで飲んでいたが、心の内では激しい怒りと恐怖を感じていた。それがすべて芝居だと自覚しているはずなのに、侮辱に満ちた言葉がわたしの胸に刺さり、めらめらと怒りが湧きあがる。芝居をとおして昔の実体験がよみがえってくる。それは、わたしにはどうしても受け入れることのできない感覚だった。

わたしは十九歳で、小柄ではあるががっしりとした体格をしていた。そして、彼らの言うとおり「ワップ」、イタリア人移民の息子だった。自分が「ワップ」であることを心底(しんそこ)恥じると同時に、それが誇りでもあった。わたしを迫害している連中は、実生活でも迫害者であり、おなじ地区に住む子ども時代からの敵である。ブロンドのアングロサクソン人で、プロテスタント。わたしは彼らを憎んでいたが、同時にどこか憧れる気持ちも否定しきれなかった。

これまで連中は、あからさまにわたしと対決することを避けてきた。ところがNATCA社との契約によって、またとないチャンスを手にし、なにをしても罰せられる心配もない。わたしも彼らも、ビデオに出演するために契約を結んだことは意識下にあったものの、だからといって互いの憎しみが軽減されることはなかった。むしろ、連中と殴り合うために報酬を受け取ったという事実により、わたしの恨みや怒りは増幅されていた。

バーニーが、わたしの言葉づかいを嘲るように真似をし、「ママのかわいい坊や(ウォッキエエマンメタ)」、「聖処女マリアさま(マドンナ・ンマクラータ)」などと言いながら、指先でふざけた投げキスを送った瞬間、わたしはビールジョッキをひっつかみ、彼の顔に投げつけた。彼の顔から滴り落ちる血を見て、わたしは冷酷な充足感に満たされた。間髪を入れずにテーブルをひっくり返し、それを盾代わりにして身を守りつつ、出口を探す。その瞬間、肋に一発、強烈なパンチを食らった。わたしはテーブルを放し、アンドリューに向かって飛びかかる。顎に一発お見舞いすると、彼はその勢いで後方に飛ばされ、カウンターにぶつかって止まり、気を失いかけた。ところが、そのあいだにバーニーが体勢を立てなおす。トムと二人してわたしを隅に押しやり、胸や腹を何度も殴ってきた。

わたしは息も絶え絶えになり、相手の姿さえ、ぼんやりした影としか見えなくなっていた。それでも、連中が「おやおや、坊ちゃん、哀れんでほしいのかい？」と言うのを聞くと、二歩ばかり進み出て、倒れこむかに見せかけながら、興奮した闘牛のように頭を低くしてトムめがけて突進した。跳ね飛ばされて床に転がったトムの身体につまずき、わたしはその上に倒れこむ。起きあがろうともがいていたとき、顎に強烈なアッパーカットをくらった。文字通り身体が宙に浮き、首から上が外れて飛んでいくのではないかと思うほど烈しいものだった。わたしは気を失い、頭から冷水をかけられたような感触で気がついたところで、テープが終了した。

「いや、もう結構だ。ありがとう」わたしは、顎をこすりながらシンプソンに言った。なぜか、まだ痛みが少し残っている。「あなたの言ったとおりだ。現実であろうと間接的であろうと、もういちど最初から体験しようなんて、これっぽっちも思いませんね」

「同感です」とシンプソンも言った。「しかし本物の〝ワップ〟であれば、一人で三人を相手に戦ったことに自己満足を感じるかもしれません。思うに、ＮＡＴＣＡ社がこのテープを制作したのは、イタリア系移民のためだったんじゃないでしょうか。ご承知のとおり、すべてマーケティング調査に基づいておこなっていますからね」

「わたしは逆に、喧嘩を売ってきたブロンド・アングロサクソン・プロテスタントの連中や、あらゆる種類の人種差別主義者のために制作されたんだと思いますがね。自分が打ちのめしてやりたいと思っている相手になり代わって、苦しみを味わうなんて、じつに凝(こ)った悦びではありませんか！　いや、この話はここまでにしておきましょう。こちらの緑のラベルは、どんな内容なのですか？　『出会い(エンカウンター)』とありますが、どういう意味です？」

シンプソン氏はにやりと笑った。「まぎれもない婉曲表現ですよ。わが国でも、なかなか検閲が厳しいのでね。表向きは世界中の偉人と話してみたいという人向けの、有名人との〝出会い〟をテーマとした作品ということになっています。じっさい、そういった内容のものも何本かあるんです。ほら、『ド・ゴール』『フランシスコ・フランコ・イ・バアモンデ』『コンラート・アデナウアー』『毛沢東』――信じられないことに、毛沢東まで協力してくれました。中国人の考えることは不可解きわまりない――、それに『フィデル・カストロ』……。ただし、これらはカムフラージュの役割を果たすものでしかありません。じつは、残りの大部分がセクシービデオなんです。出会いは出会いでも、意味がまったく異なります。名前をご覧になればおわかりのように、新聞の一面にはめったに登場しない人物ばかりです。シーナ・ラシンコにインゲ・バウム、コッラーダ・コッリ……」

そのとたん、わたしは自分の顔が赤くなるのを感じた。赤面症は思春期のころからの厄介な悩みである。〝まずい、顔が赤くなる……〟と考えただけで――考えることは誰にもやめられない――メカニズムのスイッチが入る。顔が赤らむのを感じ、そんな自分が恥ずかしくてたまらず、ますます赤くなるという悪循環に陥り、あげくの果てには汗がポタポタと垂れ、喉がからからに渇き、話すこともままならなくなってしまう。今回、たまたまそれを誘発したのは、コッラーダ・コッリという名前だった。彼女は世間を騒がせたスキャンダルによって一躍有名となったファッションモデル。わたしは自分が彼女に対して淫らな好感を抱いていることに、そのとき突然、気づかされたのだ。それまで誰にも話したことはなかったし、自分ですら気づいていなかった。

シンプソンは、そんなわたしのようすを観察し、笑うべきか、真面目に心配すべきか決めかねていた。わたしの顔が火照っていることは傍目にも明らかだったため、気づかないふりもできなかったのだ。

「気分が悪いのですか?」迷った末に、彼はそう尋ねた。「外の空気でも吸われます?」

「いや、大丈夫」喘ぐようにして答えるうちに、わたしの血液は、ようやく体内の本来流れるべき場所へともどっていった。「たいしたことはありません。最近、ときどきこういうことがありましてね」

「まさか……」シンプソンは、驚いた表情で言った。「コッリという名前を聞いて、そんなふうに取り乱しているわけじゃありませんよね」さらに、声を潜めてつけ加えた。「それとも、あなたも彼女の客だったとか……?」

「とんでもない。なんてことを言いだすのですか!」口でこそ抗議したものの、意志とは裏腹に、困った症状が厚かましくも激しさを倍増する。対応に窮したシンプソン氏は、黙りこんでしまった。窓の外を眺めるようなそぶりをしていたが、時おりちらりとこちらの顔をうかがっている。やがて意を決したのか、口をひらいた。

「いいですか、男同士ですし、二十年来の付き合いですから言わせていただきますが、あなたは《トレック》を試すためにここにいらっしゃる。そうですよね? しかも、そのテープはいまわたしの手元にある。だったら、なにも遠慮する必要はありません。この手の快楽を味わってみたいのなら、そう言ってくだされぱいいのです。もちろん誰にも口外しません。それに、ご覧のとおりテープは元のケースに入ったままで、封を切ってもいない。つまり、テープの内容がどのようなものなのか、正確なところはわたし自身も知らないのです。もしかすると、このうえなく純真な体験かもしれない。いずれにせよ、恥ずかしがることはありません。たとえ神学者だろうと、いっさい文句は言えないはずです。罪を犯したとしても、それはあなたではないのですから。さあ、どうぞ。ヘッドギアをかぶって……」

わたしは、とある劇場の楽屋で、鏡台に背を向けた恰好でスツールに腰掛けていた。身体が無性に軽く感じる。すぐに、それは最低限のものしか身に着けていないからだと気づいた。誰かを待っている感覚があった。ちょうどそのとき、ドアをノックする音がする。「どうぞ」と、わたしは応じた。それは、〝わたしの〟声ではなかった。そこまではまあ、当然のことだ。しかし、その声はなんと女性のものだったのだ。わたしは強烈な違和感を覚えずにはいられなかった。

ドアを開けて男が入ってくるあいだ、振り返って鏡をのぞき、髪を整えた。鏡に映ったわたしの姿は、間違いなく彼女のものだった。グラビアで何度も目にしていた、あのコッラーダの姿……。猫を思わせる明るい色の瞳も彼女のものだったし、三角形の顔も彼女のものだったし、わざとらしいあどけなさを漂わせた、三つ編みにして頭のまわりに巻いた黒髪も、透きとおるような白い肌も、彼女のもの。ただし、その肌の内側に、わたしが入っていた。

男が楽屋に入ってくる。オリーブ色の肌をした、中背の、にこやかな男で、スポーティーなセーターを着、口髭を生やしている。わたしはその男に対し、ものすごく暴力的な、相反する二つの感情を抱いていた。いや、テープによって、一連の情熱的な記憶を押しつけられていたといったらいいのだろうか。狂おしいほどの欲望や、反感や憎しみに満ちた記憶。そして、どの記憶にも彼の存在があった。

リナルドという名のその男は、二年前からの愛人だったが、わたしを裏切っていた。その日、ようやくわたしのもとに戻ってきてくれた彼に、わたしは無我夢中だった。いっぽうで、わたし自身のアイデンティティが、立場の逆転した誘惑に抵抗しようと躍起になり、目のまえのソファーでこれから起こりつつある、あり得ない、おぞましい関係に対し、必死の抵抗を試みていた。わたしは激しい苦痛を感じ、ヘッドギアを外そうともがいている自分をおぼろげながら意識していた。

落ち着きはらったシンプソンの声が、宇宙の彼方(かなた)から聞こえてきたような気がした。

「いったい何をしてるのです？　どうしたのですか？　ちょっと待ってください。すぐに外してあげます。そんなふうにしたら、コードがちぎれてしまいますよ」

とたんにあたりが暗くなり、し一んと静まりかえった。シンプソンが電源を切ったのだ。

わたしは怒り心頭に発していた。

「いったいなんの真似ですか？　よりによってこのわたしに、こんなことをさせるなんて……。わたしはあなたの友人ですよ。しかも、五十歳で、妻もいるし二人の息子もいる。異性愛者であることは証明済みなのです！　もう結構ですから、帽子を返してください。こんな悪魔のような機械は、あなたが独りで勝手に楽しめばいいんだ！」

シンプソン氏は、なにが起こったのか咄嗟（とっさ）には理解できず、わたしの顔を見つめていた。それから、あわててテープのタイトルを確認し、蠟人形（ろうにんぎょう）のように青ざめた。

「どうか信じてください。知っていたら、こんなテープはけっしてお見せしませんでした。気づかなかったんです。わたしの勘違いです。許しがたいことでしょうが、勘違いなのです。このラベルを見てください。わたしはてっきり、『コッラーダ・コッリとの一夜』だと思い込んでいたのですが、よく見ると『コッラーダ・コッリの一夜』でした。ご婦人向きのテープだったんです。先ほども申しましたが、わたしはまだいちども試していない作品だったもので……」

わたしたちは、互いに気まずい思いで相手の顔を見た。動揺はまだ治まらなかったものの、先ほどシンプソンが何気なく口にした、《トレック》を教材として使用する可能性もあるという話を思い出し、思わず苦笑いがもれそうになった。すると、シンプソンが言った。

「いまのような不意打ちはともかくとして、あらかじめ承知のうえなら、それはそれで興味深い体験かもしれませんね。唯一無二の体験です。これまで誰も経験したことがない。古代ギリシア人は、テイレシアスが両性を経験したとしていますがね。それにしても古代ギリシア人は、ありとあらゆる経験について研究したものです。最近読んだ論文に、彼らは当時からアリの調教を考えていたと書かれていました。ちょうどわたしがしたようにね。そして、リリー[7]のように、イルカと話をすることも考えていたようです」

わたしの返事はにべもないものだった。

「結構です。わたしは試してみたいとも思わない。ご興味がおありなら、あなたが試せばいいじゃないですか。それから、感想でも聞かせてください」

とはいえ、シンプソンはおおいに恐縮していたし、悪気がなかったことは明らかだったので、なんだか彼が哀れにも思えた。そこで、どうにか気をとりなおしたところで、仲直りをしようと、別の質問をした。

「こちらのグレーのラベルは、どういうものなのです？」

「許してくださるのですね？　ありがとうございます。今後はこのようなことのないように、注意いたします。グレーのラベルは『エピック』シリーズ。非常に魅力的な試みです」

「『エピック』ですって？　まさか、戦争体験や、西部開拓、海兵隊といった、あなたがたアメリカ人好みの作品じゃないでしょうね？」

シンプソンは、そんなわたしの挑発を文化人らしく受け流した。

「いや、英雄叙事詩(エピック)とはまったく関係ありません。〝エピクロス効果〟を映像化したものです。つまり、苦痛や欠乏状態から解放されるという体験をベースにした作品で……そうだ、いい考えがある。わたしに名誉挽回のチャンスを与えてくださいませんか？　いいですか？　さすが、教養人だけのことはある。大丈夫、後悔はさせませんん。なんといっても、この『渇(かわき)』というテープは、わたし自身もよく知っていますし、不意打ちはないことを保証します。もちろん、驚きもあるでしょうが、どれもまっとうで悪意のないものばかりです」

7　ジョン・C・リリー（一九一五～二〇〇一年）。アメリカの脳科学者。イルカの研究家として知られる猛烈な暑さだ。わたしは、黒い岩肌と砂がどこまでも広がる、荒涼とした場所にいる。苛酷な喉の渇きを覚えたが、疲労感はなく、焦りも感じない。《トレック》用のビデオを撮影していることはわかっていたし、後方にＮＡＴＣＡ社のジープが控えていることも知っていた。わたしは出演契約を結び、三日前から飲み物はいっさい口にしないという約束を交わしていた。自分がソルトレークシティに住む慢性的な失業者であること、そして、まもなく水が飲めることもわかっていた。

決められた方角を目指して進むようにとの指示にしたがい、ひたすら歩く。あまりにひどい渇きのため、喉や口だけでなく、目までからからに干からび、瞼の裏で大きな黄色い星がちかちか瞬いて見える。石ころにつまずきながら、さらに五分ほど歩いた。すると、崩れかけた石塀に囲まれた砂地の空間があった。中央には井戸があり、ロープに結ばれた木の桶もある。わたしは桶を井戸の底に下ろし、引き上げた。冷たくて透明な水が桶の縁まで満ちている。それが井戸から湧いている水でないことは、承知のうえだった。前日に井戸を掘り、少し離れた岩壁の陰に停まっている給水車で水を張ったのだ。

それでも喉は渇ききっている。渇きという感覚は現実のものであり、苛酷で差し迫ったものだった。わたしは、牛のように顔じゅうを濡らしながら水を飲んだ。いつまでも飲みつづけた。口からだけでなく鼻からも。ときおり、息をつくために飲むのを中断する。生きとし生けるものに許された快楽のうち、もっともシンプルで強烈な、浸透圧のバランスを改善する快感が、身体じゅうに沁みわたった。

だが、それは長続きしなかった。まだ一リットルも飲んでいないというのに、水はなんの快楽も与えてくれなくなった。その瞬間、砂漠の風景が忽然と消え、別の、よく似た光景にとって代わられた。わたしは、どこまでも碧く広がる灼熱の海の真ん中を、丸木舟で漂っている。そのときもやはり、喉の渇きと、それが意図的なものであるという自覚、そしてまもなく水が飲めるだろうという確信を抱いていた。

だが、今回はどの方角に水があるのかわからない。あたり一面、海と空以外なにも見えなかった。しばらくすると、舟から百メートルほど離れたところに、ＮＡＴＣＡⅡと書かれた小型の潜水艦が浮かびあがり、大喜びで水を飲むというところで、シーンは完結した。

つづいて、拘置所のなかや、鉛の封印をされた貨車内、ガラス細工用の窯の前、柱に縛りつけられた姿、病院のベッドと、シーンは次々に変化してゆくが、そのたびに短い時間ながら耐えがたい喉の渇きが、冷たい水や、ほかの飲み物によって癒される。状況は毎回異なるものの、どれも少なからず人工的で、稚拙な感じが否めなかった。

「ストーリー展開がいくぶん単調で、演出もあまり巧いとはいえませんが、目的は間違いなく達成しているようですね」と、わたしはシンプソンに感想を述べた。「たしかに喉の渇きが癒される瞬間というのは、なにものにも代えがたい、強烈な快楽であり、息もできないほどですからね」

「そうなのです。誰もが知ってはいることですが……」とシンプソンは応じた。「《トレック》がなかったら、七通りもの喉の渇きが癒される瞬間を、わずか二十分のテープに凝縮することは不可能だったでしょう。しかも、危険は完全に排除されていますし、自然の状態でおなじ体験をしようと思ったら避けて通ることのできない、喉の渇きを長時間耐えるというマイナス要素の大部分を省略できる。

　だからこそ、『エピック』のテープはいずれも、複数のシーンを寄せ集めたアンソロジー形式となっているのです。短いに越したことはない不快な感覚と、強烈ではあるものの、性質上、短時間しか続かない、不快感が癒される瞬間の快感を最大限に利用している。喉の渇きだけでなく、飢えが満たされる感覚や、最低でも十種類の肉体的・精神的苦痛が解消されるときの感覚など、さまざまなテープの制作が計画されています」

「しかし、この『エピック』というカテゴリーには、どうも納得しかねますね。ほかのテープからは、なにかしらポジティブな体験が得られるように思います。たとえば、スポーツの試合で勝つ経験にしても、自然現象を見るにしても、生身の人間として愛を体験するにしても、多かれ少なかれ実質的にプラスの効果があると思うのです。ですが、このような苦痛と引き換えにした不毛な遊びから搾り出せるものは、パッケージングされた、それじたいを目的とした快楽にすぎないのではありませんか？　そんなものは、孤独な唯我論者のための快楽だと思います。どうも、物事の本質と向き合うことを避けた、非倫理的な行為のような気がしてなりません」

「おっしゃるとおりかもしれません」しばしの沈黙をはさんで、シンプソンは口をひらいた。「ですが、あなたが七十や八十になったとき、おなじことを主張する自信はありますか？　身体の自由が利かなくなった人やベッドから起きられない人、もはや死だけを待つ人も、あなたとおなじように考えることができるとお思いですか？」

それからシンプソンは、ほかの色のラベルについても手短に説明してくれた。ブルーのラベルは、「超＝自我」と命名されたテープで、救助活動、自己犠牲、創作活動に没頭する画家や音楽家や詩人の経験などを扱っている。黄色のラベルは、さまざまな信仰の宗教的・霊的体験を再現するものだ。これにかんしては、入信を希望する人たちに、改宗後にはどのような人生が待っているのかデモビデオを配りたいという問い合わせが、数人の宣教師からさっそく寄せられているそうだ。

七つ目のシリーズは黒のラベルだが、ひとつのテーマに括ることは困難だ。「特殊効果」という項目を掲げ、ＮＡＴＣＡ社が残りをすべて一緒くたにまとめてしまったのだ。そのほとんどが、将来どのような生活が可能となるかを見きわめるために、現時点で可能な技術を最大限に駆使した実験的な試みである。シンプソンが最初に言及したように、合成テープも一部ある。じっさいの体験をそのまま録画したものではなく、特殊な技術を用いて、個々の画像や脳波を組み立ててゆく。ちょうど、シンセ音楽やアニメーションの画像を組み立てるのと同様だ。このような方法で、これまで存在しなかった感覚や、誰にも知覚されたことのない感覚を生み出すことが可能になった。

シンプソンの話によると、ＮＡＴＣＡ社の研究所のひとつでは、パイドンから見たソクラテスの人生のエピソードをテープに再現する作業を進めている技術者のグループがあるそうだ。

「黒ラベルのテープがすべて、快い体験ばかりではありません」とシンプソンは言った。「もっぱら科学的目的のために制作されたものも、なかにはあるのです。たとえば、新生児、精神疾患の人、天才、愚者、果ては動物の体験を記録したものまであります」

「動物ですって?」わたしは呆気(あっけ)にとられた。

「ええ、われわれと似かよった神経系統を持つ高等動物です。たとえば犬。カタログには、〝尻尾を生やそう(グロウ・ア・ティル)!〟と熱い文句が書かれています。そのほかにも、猫、猿、馬、象などのテープがあるようです。わたしはいまのところ、黒ラベルのテープは一本しか持っていません。ですが、今晩の試写会の締めくくりとして、ぜひ体験してみてはいかがですか?」

　太陽がまぶしく氷河に反射し、空には雲ひとつない。わたしは翼――あるいは、腕?――で身体を浮かせ、滑空していた。眼下にはアルプスの渓谷がゆったりと広がっている。谷底は、わたしより少なくとも二千メートルは下方にあるというのに、小石のひとつひとつ、草の一本一本、谷間の清流の小波（さざなみ）まで見分けることができた。わたしの視力はそれほど鋭かったのだ。

視野も尋常でない広さを誇っている。地平線の優に三分の二と、自分の真下を視界に収めることができた。ただし、上方は黒い影に覆われ、見渡すことができない。それと、自分の鼻……いや、誰の鼻も見えなかった。全方向を見渡しながら、風の音や遠くから谷川がざあざあと流れる音を聞き、翼や尾にぶつかる気圧の変化を感じる。

モザイクのように寄せ集まったいくつもの感覚のなか、わたしの頭はけだるく、麻痺状態にあった。ただひとつ知覚できるのは、緊迫感。それは、〝なにかをしなければならない〟ことはわかっているのに、なにをしなければいけないのか思い出せないとき、胸の奥で感じる焦りに似ていた。〝なにかをしなければ〟いけない。ある行為を遂行しなければいけないのに、それがなにかわからない。そのくせ、どの方向でおこなわれるべきか、どんな場所で遂行されるべきかは、わたしの頭にくっきりと焼きつけられていた。

右手にそびえるごつごつとした山の斜面。いちばん手前の頂（いただき）あたりに目をやると、万年雪がなくなる高さに茶色の点があるはずだ。ここからはまだ、陰になって見えない茶色の点。なんの変哲もない場所なのだが、そこにわたしの巣があり、わたしのメスと雛が待っている。

　風上へと旋回し、長く連なる尾根のすぐ上まで高度を下げ、山すれすれのところを南から北へと飛行した。大きくなった自分の影が、草原や荒れた台地、岩肌や万年雪を切りひらくように、先へ先へと進んでゆく。見張りをしていたアルプスマーモットが、高く鋭い鳴き声をあげた。二回。三回。四回目にして、ようやくその姿を発見した。同時に、真下でカラスムギの穂が幾筋か揺れたのが目に入った。まだ冬の毛皮に包まれた野ウサギが、巣をめざし、死にもの狂いで跳びはねながら谷をおりてゆく。

　翼を両脇に縮め、野ウサギめがけて石のように急降下する。巣まであと一メートル弱というところで、野ウサギのすぐ上に迫っていた。降下を止めるために翼を広げ、かぎ爪をむき出す。飛行を続けたまま野ウサギをつかむと、翼は羽ばたかず、反動だけを利用してふたたび高度を上げた。勢いがゆるくなったところで、嘴で野ウサギを二度つつき、息の根を止めた。そのとき、ようやく自分の〝すべきこと〟がなにか理解できた。緊迫感は消え、わたしは巣へと方向を変えて飛びはじめた……。

もう遅い時間だったので、わたしはシンプソンに暇乞いをし、作品を体験させてもらった礼を述べた。とくに最後のテープには心から満足していた。いっぽう、シンプソンは、改めて件のアクシデントを詫びた。

「気をつけなければいけませんね。ちょっとしたミスが想像もしなかった結果を招くことになりかねない。そういえば、《トレック》の企画を担当した同僚の一人、クリス・ウェブスターの身に起こったことをお話ししていませんでしたね。製造ラインで初めて録画に成功したテープは、パラシュートでの落下体験を扱ったものでした。ウェブスターが、録画の質をチェックしようとテープを回してみると、いきなり地上に投げ出され、打ちつけられたように全身が痛むのを感じました。足元には、ぐんにゃりと萎んだパラシュート。

ところが不意に、パラシュートの布が地面から浮きあがりはじめ、下から上へと突風が吹いているかのように膨らみはじめたのです。そして、地上に立っていたはずのウェブスターは、身体をさらわれ、じょじょに上空へと引っ張りあげられるのを感じた。ふと気づくと、打ち身の痛みはきれいさっぱり消えていました。二分ばかり穏やかに上昇していたのですが、突然ロープがぐいっと引っ張られ、目も眩むほどのスピードで上昇をはじめたのです。彼は息もできませんでした。

その瞬間、パラシュートはまるで傘のように閉じ、縦方向に何度か折りたたまれ、いきなり丸まったかと思うと、背中に装着されたのです。そのままミサイルのようなスピードで上昇を続けていると、降下口のひらいた飛行機が逆向きに飛びながら、彼のほうへと近づいてくるのが見えました。と思うと、ウェブスターはその降下口に頭から突っ込み、気づいたら機内で、迫り来る落下の瞬間に恐怖を募らせていた……。もうおわかりですよね？　そう、テープを逆方向にして《トレック》にセットしてしまったのです」

シンプソンは、テープがそろう九月にまた会おうと、なかば強制的に約束させた。そうして、わたしたちは夜更けに別れたのだった。

哀れなシンプソン！　彼の人生はもはや終わったも同然だ。NATCA社のために何十年と真面目に働きつづけたというのに、同社の最後の機械によって排除されてしまったのだ。奇しくもそれは、彩に満ちた穏やかな老後を確約してくれるはずのものだった。

彼は、ヤコブが天使と戦ったように、《トレック》相手に必死で戦った。だが、その戦いは、はじめから負けと決まっていたのだ。彼は《トレック》のためにすべてを犠牲にした。ミツバチも、仕事も、睡眠も、細君も、読書も。

悔しいことに、《トレック》は飽きがこない。どのテープも何度となく繰り返し楽しむことができ、そのたびごとに本来の記憶は消え失せ、テープそのものに刻まれている借りものの記憶がスタートする。そのためシンプソンは、テープを鑑賞しているあいだは退屈を感じないでいられるが、終わってしまうと、まるで海のように茫洋として、世間とおなじだけ重苦しい倦怠を感じるのだった。そこで、ついまた新たなテープを挿入してしまう。当初、一日二時間と決めていたはずなのに、いつしか五時間に、やがて十時間となり、いまや十八時間とも二十時間ともなっていた。《トレック》なしでは廃人同様であり、《トレック》があってもやはり廃人だった。わずか半年で二十歳近く老けてしまい、まるで別人のようにやつれ果ててしまった。

シンプソンは、テープとテープの合間に「伝道の書」を読みかえした。それだけが、いまの彼にもなお、なにかを訴えることのできる唯一の書物だった。「伝道の書」には、自分自身の姿と、自分のおかれた状況とが書かれている、と彼は話していた。

「……川はみな海に流れ込むが、海が満ちることはない。目は見て飽きることもなく、耳は聞いて満ち足りることもない。昔あったものは、これからもあり、昔起こったことは、これからも起こる。日の下には新しいものは一つもない」そこには、こうも書かれている。「……知恵が多くなれば悩みも多くなり、知識を増す者は悲しみを増す」

めったに訪れることはないものの、心の平穏が保てる日、シンプソンは自分が、膨大な知識と歳月を手に入れた、善良な老ソロモン王のような気がしてくるのだった。ソロモンは、七百人の妻と際限のない富だけでなく、黒の女王との友情も手に入れ、真の神を崇（あが）め、アシュトレトやミルコムといった偽（いつわ）りの神々にも従った。そうして、己の知恵に歌という役割を与えたのだった。

ただし、ソロモンの知識は、偉業と過ちの繰り返しだった長い生涯を通じ、苦労して築きあげたものだったが、シンプソンの知識は、複雑な電子回路とトラックが八本あるテープの成果でしかない。彼もそれを自覚しており、恥じてもいるのだ。そして、羞恥心から逃れたいがために、ふたたび《トレック》に没頭する。こうして、しだいに死へと近づいてゆく。

死を意識しながらも、シンプソンはけっして怖れていなかった。すでに六回、それも六回とも違うパターンで体験ずみだったのだから。それは、黒ラベルのテープのうち、六本に刻まれていた。

解説——ケンタウロスの疾走、蝶のはばたき

堤　康徳
（翻訳家・イタリア文学者）

〈化学者として、作家として〉

アウシュヴィッツからの生還者として知られるプリーモ・レーヴィの強制収容所にかんする証言を読むことは、緊張を伴うつらい経験かもしれない。彼が体験した極限状況に読者もまた直面させられるからである。しかし、本書に収められた短篇に、読者は純粋に読む楽しみを味わえるのではないだろうか。作家であり化学者でもあったプリーモ・レーヴィが自らの自然科学全般に関する知識を土台に豊かな空想力を自由にはばたかせて書いたSF、あるいは、生物学的幻想譚と呼びうるような物語群がここには収められているからである。しかも、どの作品にもアイロニーのスパイスがき き、落語のオチのような結末が用意されている。

化学者の知識と体験に深く根ざすレーヴィの作品にはほかに、同じSF的な作風ながら、より地球環境への危機意識が顕著となる短篇集『形の欠陥』（一九七一年）、各

篇の題名に元素の名前がつけられた、自伝的な短篇集『周期律』（一九七五年）、仕事で世界をまわる機械組立工を主人公とする小説『星型レンチ』（一九七八年）がある。

プリーモ・レーヴィは、一九一九年、トリノのユダヤ系の家庭に生まれている。父も祖父も技術者だった。トリノの名門、マッシモ・ダゼリオ高校で学んだのち、一九三七年にトリノ大学に進学し、化学を専攻した。一九三八年に人種法が発布されてから、イタリアでも公然とユダヤ人への迫害が始まった。ユダヤ人はアーリア人種との婚姻が禁じられ、公職を失い、公立の学校に通うことも禁じられる。だが、大学にすでに入学していた者は、学業の継続を許可されたため、レーヴィは、さまざまな差別をうけながらも、一九四一年に大学を卒業する。

一九四三年九月のドイツ軍による北イタリア占領に伴い、アオスタ渓谷のパルチザン部隊に参加するが、同年十二月に捕えられる。ユダヤ人であることを認めたレーヴィは、モデナ近郊のフォッソリ中継収容所を経て、一九四四年二月にアウシュヴィッツに移送された。到着後ただちに「選別」が行われ、レーヴィとともに着いたユダヤ人の大半が抹殺された。「労働可能」とみなされて即座の抹殺を免れたレーヴィが送りこまれたのは、モノヴィッツの第三強制収容所だった。そこには、通称「ブナ」と呼ばれる、ドイツのI・G・ファルベン社の巨大化学工場があり、囚人全員が強制労働に就かされた。

一九四五年一月にソ連軍によって強制収容所が解放されてから、レーヴィがイタリアにたどり着くまでのおよそ九カ月に及ぶ長い道のりは、長篇第二作『休戦』（一九六三年）に詳しい。この作品は、一九九六年にフランチェスコ・ロージによって映画化され、『遥かなる帰郷』というタイトルで日本でも公開されている。

一九四七年、レーヴィはアウシュヴィッツの体験を『これが人間か』（邦題は『アウシュヴィッツは終わらない』）と題された一冊にまとめ、ある小さな出版社から刊行する。発行部数は二千五百部だった。その後出版社が解散したため、レーヴィのこの本は長らく忘れ去られていたが、一九五八年にエイナウディ社が再刊するにおよび、多くの読者を獲得するにいたる。

『これが人間か』という題名は、冒頭に掲げられたレーヴィ自身の詩に由来する。その詩はこのように書き出される。「暖かい家で安全に暮らしているあなたがたよ、夜帰宅すれば暖かい食事と家族の顔が待っているあなたがたよ、これが人間か考えてほしい、泥のなかで働き、平穏を知らず、半かけらのパンを争う男が」。『これが人間か』の初版が出てまもなく、レーヴィは、トリノ近郊の化学塗料工場に職を得、三十年にわたり勤務することになる。

レーヴィはさまざまな場で述べている。自分が化学者でなければ、アウシュヴィッツを生き延びることはできなかった、と。文字どおり、化学者という専門職が、あるいは、化学という学問が、彼の命を救ったのだった。

また、『周期律』所収の短篇「鉄」に書かれているように、ファシズム体制下に青春を送ったレーヴィにとって、化学と物理を学ぶことは、ファシズムへの抵抗の手段でもあった。その理由は、虚偽と虚栄に満ちた新聞やラジオと異なり、それらの学問が明瞭で証明可能だったからであると説明されている。

〈レーヴィとジョルジョ・アガンベン――「回教徒」をめぐる考察〉

アウシュヴィッツには、完全に消耗しきって虚脱状態にあり、ただ死を待つばかりの「回教徒」（ラーゲル内の隠語で、イスラム教徒のことではない）と呼ばれる囚人たちがいた。『これが人間か』のなかでは彼らについてこのように書かれている。「ガス室に行くすべての回教徒が同じ物語をもっている。いや、より正確に言えば、物語をもっていない。彼らは、小川が海に向かうように、自然に坂を底までころがり落ちたのだ。（……）彼らの生は短いが、その数は限りない。彼らこそ回教徒（ムーゼルマン）、沈んだ者であり、収容所の中核だった。彼らは、たえず更新されてはいるがつねに同一の、非―人間の匿名のかたまりである。彼らのなかでは神の閃光が消え、すでに中味が空っぽなので本当に苦しむことができず、無言で行進し、働いている」。

　一九八七年四月、アウシュヴィッツから生還して四十年以上たってから、プリーモ・レーヴィはトリノの自宅アパートの階段吹き抜けに身を投げて自らの命を絶った。その前年に発表した評論集『溺れるものと救われるもの』のなかで、レーヴィはあらためてこの「回教徒」に焦点をあて、次のように記した。この文章からは、生き残った者の罪悪感と、証人としての資格を自らに問う厳しい姿勢（私たちの目からは厳しすぎるような）もまた浮かび上がる。「真の証人とは私たち生き残りではない。（……）私たちは、自らの不正ゆえに、あるいは能力ゆえに、あるいは幸運ゆえに、底に触れなかった者たちなのである。底に触れた者、ゴルゴンを見た者は、戻ってきて語ることがなかったか、あるいは、戻ってきても沈黙していた。しかし、彼ら、

《回教徒》、沈んだ者たちこそ、その証言が包括的な意味をもったであろう完全な証人である」。

証言できない「回教徒」たちこそが完全な証人であって、生き残って証言する者はその代理でしかないという、アウシュヴィッツをめぐる証言のアポリア。いま世界的に注目されるイタリアの哲学者、ジョルジョ・アガンベンは、その著作『アウシュヴィッツの残りのもの——アルシーヴと証人』（一九九八年）において、レーヴィが提起したこの証言のアポリアの解明にとりくんだ。アガンベンにとってアウシュヴィッツは、彼がミシェル・フーコーにならって生政治と命名した、人間の生物学的な生を管理する近代的な政治のあり方の、究極の形態にほかならなかった。とりわけ彼の思考は、このような極限状況において、人間の尊厳が完全に破壊されたあとも生き続け、生と死の境界、人間と非人間の閾（いき）をさまよう「回教徒」の生に向けられる。アガンベンは書いている。「いかなる想像もおよばないくらいに尊厳と上品さが失われるということ、零落のきわみにあってもなお生が営まれるということ——このことが、生き残った者たちが収容所から人間の王国にもち帰る残酷な知らせである。そして、この新しい知識が、いまや、あらゆる道徳とあらゆる尊厳を判断し測定するための試金石となる。そのもっとも極端な定式化である回教徒は、尊厳が終わったところで始まる倫理もしくは生の形態の閾の番人である。そして、沈んでしまった者たちのために証言し、彼らの代わりに語るレーヴィは、この新しい倫理の地（terra ethica）の地図製作者であり、回教徒の国（Muselmannland）の執拗な土地測量技師である」。

人間と非―人間の閾をめぐるアガンベンの考察は、『開かれ――人間と動物』（二〇〇二年）にも継承されている。十三世紀のヘブライ語聖書写本に描かれた「動物人」（動物の頭部をもった人間）と、バタイユを魅了した頭のない生き物「アセファル」から説き起こし、哲学、神学だけではなく、植物学者のリンネや動物生理学者のユクスキュルの知見をも視野におさめながら、人間と非―人間、人間と動物の境界を問い直すことを課題としているこの著作のなかで、アガンベンは、人間と動物の差異が消えるとき、「存在と無、合法と非合法、神と悪魔といった差異もまた無効になり、その代わりとして、それを指し示すための名すら欠いているような何かが姿を現してくる」と述べ、さらにこう続けている。「おそらく強制収容所や絶滅収容所もまた、この種の実験、すなわち、人間か非人間かを決定しようとする極端かつ途轍もない企てといえるだろう。そして、その企ては結局、人間と非人間を弁別する可能性そのものを破局へと巻きこんだのである」。

『開かれ』には、レーヴィへの言及はない。しかし、アガンベンが、「今日における哲学のさまざまなアポリアは、動物性と人間性とのあいだで還元されえぬままに引き裂かれ張りつめているこの身体をめぐるアポリアと符号する」と書くとき、本短篇集の読者であれば、「動物性と人間性とのあいだで還元されえぬままに引き裂かれ張りつめているこの身体」の具体的なイメージとして、ケンタウロスを思い浮かべるのではないだろうか。

〈『**博物誌**』〉

本書『天使の蝶』が一九六六年にエイナウディ社から出版されたとき、レーヴィは、ダミアーノ・マラバイラの筆名を用いた。その理由は、つまびらかにされてはいないが、おそらく、それまでに刊行された『これが人間か』と『休戦』がともに、アウシュヴィッツの強制収容所における自らの体験に基づくきわめて重い内容だったのにたいし、本書の内容と手法が前二作とは大きく異なることへの配慮がはたらいたと考えられる。たとえ、そこにはアウシュヴィッツの投げかける影が随所に認められるにしてもである。なお、この筆名は、レーヴィがあるインタヴューで語ったところによれば、トリノ市内から郊外のセッティモ・トリネーゼへの通勤路で見た商店の看板からとられているという。

本書の原題 *Storie naturali* は、『自然界の物語』とも、『自然史』ないし『博物誌』とも訳せるが、作者がプリニウスの『博物誌』(*Naturalis Historia*)を参照したことは明らかだ。本書のエピグラフとして掲げられたラブレーの『ガルガンチュア』の一節には、プリニウスの『博物誌』への言及がある。引用された箇所は、母親の耳から生まれたガルガンチュアの誕生にかんするものである。ラブレーは、こうした自然に反する奇妙な出産のさらに驚くべき事例が『博物誌』に書かれているとして、読者に一読を薦めているのだ。ラブレーが参照を求めた『博物誌』の第七巻第三章には、両性具有のヘルマフロディトスの誕生例、象を生んだ女や蛇を生んだ女がいたことなどが書かれたあとで、ヒッポケンタウロスにかんする次のような記述がある。「クラウディウス皇帝は、テッサリアで半人半馬(ヒッポケンタウロス)が生まれ、即日死んだと書いているが、事実彼の治世に、彼のためにエジプトからハチ蜜漬けにして送られて来た半人半馬をわれわれもこの目で見た」。

レーヴィのラブレーへの敬愛は、評論集『他人の仕事』に収められた「フランソワ・ラブレー」と題された論考からも明らかである。レーヴィはラブレーについて次のように書いている。「彼の作品の全体をつうじて、たった一頁でも、メランコリックな頁を探すのはむずかしい。しかしラブレーは人間の悲惨さを知っている。それを沈黙しているのは、執筆するときでさえ、よき医者として、それを受け入れないからである。彼はそれを治療したいのである」。そしてこのあと、「涙よりも、笑いを描くほうがましなのです。なにしろ笑いとは人間の本性なのですから」という『ガルガンチュア』の一節を引用して論考を終える。レーヴィはここで、リヨンで医師として働きながら創作を続けたラブレーに、化学者と作家の仕事を両立させてきた自らを投影させているようにも思われる。悲惨な状況を描くレーヴィの筆致にも、ときとして皮肉と笑いがこめられる。たとえば、『これが人間か』の書き出しの一文、「幸いなことに、私は一九四四年になってからアウシュヴィッツに連行された」（傍点は引用者）以上に、アイロニカルな表現があるだろうか？

アガンベンは、レーヴィが、「人間の尊厳が終わったところで始まる倫理の閾の番人」であると書いた。おそらく、ここで言われている「倫理」は、医学や生物学を含む人間学のすべてを巻きこんでゆくはずである。本短篇集における作者の関心は、節足動物や鳥類としてのヒトの仮説が検討される「創世記　第六日」や、ナチスの人体実験が示唆された「天使の蝶」に顕著なように、アウシュヴィッツ以降に人間が被ったであろう人間の条件の変化と人類学的変容、および、科学によって被るであろうそれらの変化に向けられている。しかし、レーヴィの未来の展望は、けっして悲観的なものばかりではない。昆虫と協定を結び、人間には不可能なさまざまな労働を請け負わせるという物語「完全雇用」、あるいは、サナダムシの表皮の細胞から文学が解読される「人間の友」に顕著なように、ときに、ユートピアへと転じる可能性をも秘めている。自動車に生える猛成苔によって、自動車にも性別があることが明らかになる「《猛成苔(クラドニア・ラピダ)》」は、生物界と無生物界の接近がテーマとなる。レーヴィの測鉛は、ここにおいて、人間と他の生物との閾にとどまらず、生物と無生物、あるいは生物と機械との閾にまで降ろされる。

〈ケンタウロス〉

「プリーモ・レーヴィは自分を〈まっぷたつに割かれた〉作家と感じている」と題さ

れたエドアルド・ファディーニとのインタヴューで、レーヴィは、『天使の蝶』に関連して次のように述べている。「私は両生類あるいはケンタウロスのようなものなのです（……）。したがって、SFの両義性は私の現在の運命を反映していると思われます。私はふたつに割かれているのです。片方の半分は、工場でのもので、私は技術者であり、化学者です。反対に、もう片方は、最初の半分とは完全にかけ離れていて、私が執筆したり、インタヴューに答えたり、私の過去と現在の経験について考えたりするときのものです。脳がちょうどふたつに割れているのです。これは偏執狂的な分裂です」。

レーヴィにとって、ケンタウロスは、分裂した自己自身の比喩であるとともに、人間の本性の隠喩でもある。『周期律』所収の短篇「アルゴン」に、「人間はケンタウロスであり、肉体と精神、神の息吹と塵のからまりあったものである」と書かれていることからもそれは明らかであろう。

レーヴィのインタヴュー集『プリーモ・レーヴィは語る』（原題は『会話とインタヴュー――一九六三〜一九八七』）の編者であるマルコ・ベルポリーティはその序文で、短篇「ケンタウロス論」について次のように書いている。「ケンタウロスが意味するものは、たんに対照的な要素の共存状態ではない。それはまた、人間と獣、衝動と思慮の結合、その不安定でやがては崩れる運命にある結合状態を意味しているのである。人間―馬というイメージは、生き残った人々の誰もが自分自身のなかで体験し、彼の処女作の題名（『これが人間か』）そのもののなかで聖書の戒めのようにこだましている根源的な対立の象徴（エンブレム）である」。ケンタウロスは、「回教徒」と同じく、私たちに突きつけられる「これが人間か」という根源的な問いそのものなのである。

短篇「ケンタウロス論」を読んでみよう。ケンタウロスのトラーキは、人間の娘に恋してはじめて、自らの変化に気づき、「ネッソスやポロスといった猛々しい先祖たちの行為が、はじめて理解できた」と語り手の「僕」に告白する。ネッソスとポロスの名がここで現れるのは、『神曲』地獄篇第十二歌に登場するからであろう。この歌章では、隣人へ暴力をふるった者が煮えたぎる血の河プレゲトンに浸けられ、罰せられているが、ケンタウロスはその番人なのである。ダンテが典拠としたオウィディウスの『変身物語』では、ネッソスとポロスは、ともに他人の妻の略奪者として描かれている。ネッソスはヘラクレスの妻ディアネイラに恋し、彼女を奪い去ろうとするが、怒ったヘラクレスに毒矢で殺される。ポロスもまた、ラピテス族の王ペイリトオスの婚礼の宴席で酒に酔い、王の妻を強奪しようとする。このように古典世界におけるケンタウロスは、一部の例外をのぞき、獰猛で略奪を好む半人半馬の種族とみなされていた。だが、トラーキが語るケンタウロスはちがう。「人間と馬、双方の性質のよいところを受け継い」だ彼らは、ふだんは禁欲的でおとなしく、しかも、並外れた生命力と超自然的な能力が備わっている。「嵐の到来や降雪が近いことを予知し」、「生命の誕生を身体で感じる」だけでなく、「あらゆる欲望や交尾や性交を知覚できる」のである。トラーキは、恋する娘が「僕」と関係をもったことを察するや、絶望しながらもその恋から身を引き、自らの激情を牝馬に転じたのだった。

ここで語られるケンタウロスの創世神話もきわめて興味深い。ノアの方舟によって大洪水を生き延びたすべての種の婚姻が行われる。この第二の創世においては、大地が天空と姦淫し、獣と石、植物と石など異なる種のあいだの婚姻からも新たな生命が宿る。ケンタウロスの伝説では、ケンタウロスが人間と馬の子どもであるように、イルカはマグロと雌牛の子どもであり、蝶は蠅と花の子どもであるという。

「ケンタウロス論」は性をめぐる物語でもある。これは同じ世代に属するイタロ・カルヴィーノにもいえることだが、レーヴィは性の描写においてきわめて慎み深い作家である。この短篇でも、レーヴィは、人間の女と牝馬のあいだで引き裂かれ宙づりにされたトラーキの愛の激情を、直接的な描写を避けて表現している（ケンタウロスのメスはまれにしか存在しない。しかもオスの体とは特徴が逆で、頭が馬、腹部が人間の女となってあらわれるため、トラーキは、「化け物のごとき」同類のメスには魅力を感じていない）。しかしながら、ここで描かれているのが、種の壁を超えた、最も過激な愛のかたちのひとつであることにかわりない。

レーヴィの創作上の鍵を握ると思われるギリシア神話の共生の象徴はケンタウロスだけではない。『星型レンチ』では、男女ふたつの性を体験したテーバイの預言者テイレシアスに多くの記述が割かれている。レーヴィは性差をどのようにとらえていたのだろうか（『博物誌』第七巻第四章は、男女の性転換を話題にしている）。それを乗り越えがたい壁とはみなしていないのではないだろうか。「猛成苔」は、最近の生命科学の研究によって昆虫の性の決定に大きくかかわっていることが明らかになった共生細菌のボルバキアに、どこか似ていないだろうか？

〈天使の蝶〉angelica farfalla

本短篇集の表題作「天使の蝶」は、天使こそ「わたしたち人間の未来の姿だ」という考えにとりつかれた科学者レーブの影を追う物語だ。レーブによれば、「人間の姿は、未完成な下書きの状態でしかなく、さらに別の〝成体〟になる可能性を秘めていながら、たんにそれよりも早く死に邪魔だてされて、変態できないだけ」なのである。その男が残した論文のエピグラフにはダンテの『神曲』からの引用があり、論題が「天使の蝶」をめぐる実験だと書かれている。短篇の本文には「天使の蝶」以外の引用はないが、この詩句は、『神曲』煉獄篇第十歌の、高慢の罪を償う者たちにたいして言われた言葉のなかにある。「おまえたちは気づいていないのか、私たちが、裸で神の裁きに向かって飛ぶ天使の蝶になるために生まれた蛆虫だということに?」(一二四～一二六行)。

ここでもレーヴィの『神曲』への造詣の深さがうかがえる。レーヴィにとって『神曲』、とりわけ、オデュッセウスの旅をうたった地獄篇第二十六歌が、アウシュヴィッツという地獄を生き延びるための心の支えであったことは、『これが人間か』の「オデュッセウスの歌」と題された章で語られているとおりである。

人間を蛆虫（verme）にたとえた例は、詩篇のダヴィデの詩（新共同訳では「虫けら」と訳されている）にも見られるが、煉獄篇第十歌の上記の引用箇所は、ナタリーノ・サペーニョの注釈によれば、アウグスティヌスの『ヨハネ福音書注解』の次の一節を典拠としているようである。「肉から生まれるすべての人間が蛆虫でないとすれば、いったい何なのだろうか？　そしてこれらの蛆虫を神は天使にするのである」。サペーニョによれば、「天使の蝶」とは、天使と性質を一にする人間の不滅の霊魂を表しているという。

レーブの実験の目的は、文字通り、人間の肉体を天使へと進化させることにあった。だが科学者の夢見た天使の蝶は、鳥の化け物と化し、その見果てぬ夢は無惨な残骸だけを積み上げてゆく。ここで思い出されるのは、「新しい天使」と題されたパウル・クレーの一枚の絵にヴァルター・ベンヤミンが見た「歴史の天使」である。過去のカタストロフを見ながら、進歩という名の強風によって未来に飛ばされてゆくあの「歴史の天使」が、天使の蝶に重なる。

参考文献

本文中の引用で、既訳のあるものはそれを使わせていただいた場合がある。しかしその場合も、主に文脈上の理由によって、若干の変更を加えた箇所があることをお断りして、訳者の方々のご寛恕をお願いするしだいである。

Agamben, Giorgio

1. *Quel che resta di Auschwitz. L'archivio e il testimone*, Bollati Boringhieri, Torino 2002. 上村忠男・廣石正和訳『アウシュヴィッツの残りのもの』月曜社、二〇〇四年。
2. *L'aperto. L'uomo e l'animale*, Bollati Boringhieri, Torino 2002. 岡田温司・多賀健太郎訳『開かれ――人間と動物』平凡社、二〇〇四年。

Alighieri, Dante

La divina commedia, a cura di Natalino Sapegno, La Nuova Italia, Firenze 1984, voll. I e II.

Levi, Primo

1. *Se questo è un uomo*, Einaudi, Torino 1987. 竹山博英訳『アウシュヴィッツは終わらない――あるイタリア人生存者の考察』朝日新聞社、一九八〇年。

2. *Il sistema periodico*, Einaudi, Torino 1992. 竹山博英訳『周期律』工作舎、一九九二年。
3. *L’altrui mestiere*, Einaudi, Torino 1985.
4. *I sommersi e i salvati*, Einaudi, Torino 2001. 竹山博英訳『溺れるものと救われるもの』朝日新聞社、二〇〇〇年。
5. *Conversazioni e interviste 1963-1987*, a cura di Marco Belpoliti, Einaudi, Torino 1997. 多木陽介訳『プリーモ・レーヴィは語る――言葉・記憶・希望』青土社、二〇〇二年。
6. *Tutti i racconti*, a cura di Marco Belpoliti, Einaudi, Torino 2006.

プリニウス『プリニウスの博物誌（Ⅰ巻）』中野定雄・中野里美・中野美代訳、雄山閣、一九八六年。

フランソワ・ラブレー『ガルガンチュア』宮下志朗訳、ちくま文庫、二〇〇五年。

徐京植『プリーモ・レーヴィへの旅』朝日新聞社、一九九九年。

プリーモ・レーヴィ年譜　※は同年の社会史など

一九一九年
イタリア北部の都市トリノで、ユダヤの家系に生まれる。父も祖父も技術者。

一九二二年　三歳
※ムッソリーニの率いるファシスト党が政権の座につく。

一九三七年　一八歳
トリノ大学に入学。化学を専攻。

一九三八年　一九歳
※イタリアで「人種法」が発布される。

一九四〇年　二一歳
※六月、イタリア、第二次世界大戦に参戦。

一九四一年　二二歳
大学を卒業。ニッケルの鉱山で一時的な職を得る。

一九四二年　二三歳
ミラノの製薬会社に就職し、糖尿病の治療薬の開発に携わる。
反ファシズムの地下組織、行動党に入党する。

一九四三年　二四歳
※七月、イタリアで、ファシスト政権が倒される。九月、ドイツ軍イタリア

北部を占領。
レーヴィ、アオスタ渓谷でパルチザン部隊に参加。
一二月
ファシスト軍に捕らえられる。

一九四四年　二五歳
二月、アウシュヴィッツに移送される。

一九四五年　二六歳
一月
※ソ連軍アウシュヴィッツを解放。
レーヴィ、ソ連兵に保護される。
五月
※ドイツ降伏。
一〇月
九カ月にわたる苦難の旅ののち、トリノの自宅に生還。

一九四六年　二七歳
六月、化学塗料の会社で働くかたわら、執筆活動を始める。

一九四七年　二八歳
『これが人間か』（邦題では『アウシュヴィッツは終わらない』）に、強制収容所での体験をまとめ、トリノの小出版社より刊行するが、一部の評論家をのぞき、あまり注目されなかった。
ルチア・モルプルゴと結婚。
化学技師として、トリノの大手化学塗料会社シヴァアに転職。

一九五八年　三九歳
『これが人間か』が、イタリアの大手出版社エイナウディから再刊され、高い評価を得たことを機に、ふたたび執筆活動に力を入れるようになる。

一九六三年　四四歳
アウシュヴィッツからトリノへの帰還の旅を描いた長編『休戦』を出版。カンピエッロ文学賞受賞。

一九六六年　四七歳
幻想短編集『自然界の物語』（邦題『天使の蝶』）を、ダミアーノ・マラバイラというペンネームで発表。

一九七一年　五二歳
短編集『形の欠陥』出版。

一九七五年　五六歳
短編集『周期律』出版。

一九七七年　五八歳
シヴァ社を完全に退き、作家活動に専念する。

一九七八年　五九歳
『星型レンチ』出版。翌年、イタリア文学界最高の賞とされるストレーガ賞を受賞。

一九八二年　六三歳
『今でなければ　いつ』を出版。ヴィアレッジョ賞、カンピエッロ賞を同時に受賞。

一九八五年　六六歳
エッセイ集『他人の仕事』出版。

一九八六年　六七歳
評論集『溺れるものと　救われるもの』を出版。

一九八七年　六八歳
四月、トリノの自宅で投身自殺。

〈プリーモ・レーヴィのおもな著作〉

一九四七年　『アウシュヴィッツは終わらない』（朝日新聞社、一九八〇年）
Se questo è un uomo

一九六三年　『休戦』（早川書房、一九六九年／朝日新聞社、一九九八年）*La tregua*

一九六六年　短編集『天使の蝶』（光文社、二〇〇八年）*Storie naturali*

一九七一年　短編集『形の欠陥』（未訳）*Vizio di forma*

一九七五年　短編集『周期律』（工作舎、一九九二年）*Il sistema periodico*

一九七五年　詩集『ブレーメンの居酒屋』（未訳）*L'osteria di Brema*

一九七八年　『星型レンチ』（未訳）*La chiave a stella*

一九八一年　『ルーツの探求』（未訳）*La ricerca delle radici*

一九八一年　短編集『リリト他』（未訳）*Lilít e altri racconti*

一九八二年　『今でなければ　いつ』（朝日新聞社、一九九二年）*Se non ora, quando?*

一九八四年　詩集『不確かな時間に』（未訳）*Ad ora incerta*

一九八五年　エッセイ集『他人の仕事』（未訳）*L'altrui mestiere*

一九八六年　評論集『溺れるものと　救われるもの』（朝日新聞社、二〇〇〇年）
I sommersi e i salvati
一九九七年　『プリーモ・レーヴィは語る』（青土社、マルコ・ベルポリーティ編、二〇〇二年）*Conversazioni e interviste 1963-1987*

訳者あとがき

「解説」でも触れられているように、化学者でもあり作家でもあったレーヴィは、半身が馬で半身が人間のケンタウロスに己の姿を投影していた。作家としてのレーヴィの半身には、しかし、さらにふたつの魂が共存していたようだ。アウシュヴィッツの「生き残り」として、体験を書かずにはいられなかったレーヴィと、純粋に創作を楽しんでいたレーヴィだ。このふたつの行為は、彼自身のなかでも明確に区別されており、「見たことを書くことは、創作よりも簡単であるが、それほどの幸福感を得ることはできない。[中略]（小説を書くことは）いわば書くことを超越した行為である。もはや、地に足をつけておく必要はない。あらゆる感情や感動、恐怖とともに、空へと飛び立つようなものなのだ。それはちょうど、布と紐とベニヤでつくった二翼の飛行機に乗った、開拓者の高揚感にも似ている」（「小説を書くこと」『他人の仕事』より）と語っている。

日本ではこれまで、書くという十字架を背負わされて書き続けたレーヴィの半身に、もっぱら焦点が当てられてきた。レーヴィ自身が「空へと飛び立つ」とまで表現した解放感を感じながら、「他人を楽しませ、自分も楽しむ」ために書いていた作品群は、あまり紹介されてこなかったのだ。イタリア文学界でもっとも権威ある賞のひとつとされるストレーガ賞を受賞し、レーヴィ自らが「プロの作家としての最初の作品」と位置づけている『星型レンチ』でさえ未訳であることからも、日本におけるレーヴィ像が偏っているさまがうかがえる。

記録文学者としての半身だけでなく、小説家としての半身にも光をあてることにより、〝ケンタウロス作家〟レーヴィは、日本でも、猛々しく優雅な、ケンタウロスにふさわしい跳躍をはじめるのではないだろうか。「ケンタウロス論」を除く十四編が本邦初訳である本書が、微力ながらもそのための一助になるとしたならば、訳者としてこれ以上の幸せはない。

逆に、本書で初めてレーヴィと出会い、ときに美しく、ときにグロテスクで、ときに哀しい作品世界にこめられている、「自然界」——彼の言う「自然」には、生物はもとより、人間、神話の世界の存在、はては人間の作り出した機械までも含まれる——の真実の奥深さに心を打たれた方は、レーヴィがどのようにしてそのような世界観を養うに至ったかを知るために、彼のもうひとつの半身が残した記録文学を読んで、その重さとも向き合っていただきたい。

記録文学者としてのレーヴィと、小説家としてのレーヴィ、双方の根っこにあるのが、イタロ・カルヴィーノも絶賛した、「鋭敏で緻密な好奇心にもとづいたエンサイクロペディストとしての天分」であり、「偉大な才能といえる観察力」である。これは、いうまでもなく、レーヴィの化学者としての経験によって培われたものだ。化学は、「作家にさまざまなインスピレーションを与えてくれる無尽蔵のメタファーの宝庫である。［中略］比喩ひとつを例にとってみても、鋭い化学者は、驚くほど豊かな表現力を持っていることに気づく」と、レーヴィは述べている（「元化学者」『他人の仕事』より）。

一読者としてあれほど魅了された、彼の鋭い観察力と「無尽蔵のメタファー」に、翻訳者として向き合ったとき、わたしは慄然（りつぜん）とした。文章の細部に、それこそ底なしのレーヴィの知識が詰め込まれ、文字という二次元の世界に、彼の重い経験が幾層にも積み重なって、深みをなしている。たとえば、「痛みをとりのぞくことなどできない。絶対にとりのぞいてはいけない代物なのだ。痛みこそ、われらが番人なのだから」とレーヴィの表現する痛みを、わたしのようなほんとうの痛みも知らない人間が訳すことによって、その言葉の重みというか、読者に伝わる「痛さ」というものが、まったく異なったものになってしまうのではないだろうか……。また、あちこちに専門用語がちりばめられていながら、描きだされる世界のじつに詩的で美しいこと。フタル酸グリセリン、ケトアシドーシス、ベンゾイル誘導体……。わたしが必死になって訳語を探す言葉のひとつひとつを、レーヴィは鮮やかなイメージを持って使用している。はたして、これを日本語にできるのだろうか……。さまざまな疑念が湧いてきて、登頂などしょせん不可能な山に挑んでいるような気がしてきたのだ。いっそ、シンプソン氏に電話をして、機械に頼ってしまえたら、どれほど楽だろう。そう思ったことも、一度や二度ではなかった。

余談になるが、美人を測定するコンピュータをイスラエルの科学者が開発したとか、電極で頭皮ごしに脳波をとり、インターネット上の仮想空間で、頭で念じた通りに「分身」を動かす技術が開発されたとか、レーヴィとシンプソン氏のやりとりがたんなる空想ではなかったことを思わせるニュースを、本書と格闘している最中に耳にした。

翻訳していて、ひとつ、どうしても納得できなかったことがある。読者の皆さんもおそらくお気づきになったことと思うが、「完全雇用」（第13章）でシンプソン氏と契約を結ぶトンボは、アリジゴクの親ではない。エンサイクロペディストとしての知識を誇るレーヴィが、それを知らないはずがない。いや、化学者だったレーヴィは、意外に生物が苦手だったのかもしれない……。おもしろいことに、イタリア語では一般に、「アリジゴク」と「ウスバカゲロウ」はformicaleone（直訳すると、「アリライオン」となるので、幼虫のイメージのほうが強い）で、「ヤゴ」も「トンボ」もlibellula（こちらは四枚の翅（はね）で飛ぶ成虫のイメージ）と呼び、どちらも幼虫と成虫を名称で区別することはないそうだ。だとしたら、「アリジゴク」も「ヤゴ」もformicaleoneで、その親は、「ウスバカゲロウ」も「トンボ」もひっくるめてlibellulaだという錯覚が起こったとしても、不思議はないのかもしれない……。などと考えていたら、先ほど引用した小説についての論考のなかに次のような文章があった。「（小説を書いているときには）地球全体、いや宇宙全体が自分のものとなる。宇宙が窮屈に感じられたら、自分のケースに都合のいいように、別の世界を創り出せばいいのだ。それが、物理の法則や常識と一致するものであれば、それはそれで結構だし、一致しなくとも、別に構わない。いや、かえってそのほうがいいのかもしれない。どちらにしても、なんら大惨事を引き起こすわけでもないのだから。せいぜい、厳密な読者が、失望や反論を伝えるために、礼儀正しい手紙を書いてよこすくらいだろう」。というわけで、この疑問の答えは、読者のみなさんにゆだねることにしたい。

本書がこのような形になるまでには、多くの方のお力添えをいただいた。ロダーリ、ブッツァーティ、そして今回のレーヴィと、まったく異なる個性と素地と経歴を持ちながら、奇しくも同時代に生きたイタリアの三人の作家。「世界文学」という大河からしてみれば、支流ともいえるこのような作家たちを続けて紹介するスペースを与えてくださっただけでなく、それを大切にしてくださっている光文社文芸編集部のみなさん。自分からプリーモ・レーヴィをやりたいと言い出したにもかかわらず、当初の予想をはるかに上回る困難にめげ、脱走を試みようとするわたしを信頼し（無言の信頼ほど大きなプレッシャーはない）、大幅に遅れている翻訳を、文句も言わずに待ってくださった川端博さん。わたしの時間差攻撃にもへこたれず、十五名全員が登頂するまで、細かい気配りで見守ってくださった堀内健史さん（彼の伴走がなかったら、ゼッケン3番などは六合目あたりで早々と脱落し、今ごろは、どこかの岩陰でいないいない、ふりを決め込んでいたにちがいない）。

ご自身の翻訳で忙しいなか、快く解説を寄せてくださっただけでなく、訳文にかんして貴重なご指摘をしてくださった堤康徳さん。わたしの雑多な質問に、いつもすっきりとした回答を示してくれる、言葉のプロの平木靖成さん。ただでさえ複雑なのに、レーヴィの思考回路と重厚な知識のおかげで、こんがらかりまくっている（ようにわたしには思える）イタリア語を読みほどいてくれ、言葉の裏にある文化や教養までも辛抱強く説明してくれたMarco Sbaragli。そして、「翻訳っておもしろいね〜」とつぶやきながら、興味津々でパソコンの画面をのぞきこみ、できあがりを楽しみにしてくれた悠平くん。

みなさんに心から感謝しています。どうもありがとうございました。

二〇〇八年　盛夏

関口英子

光文社古典新訳文庫

天使の蝶

著者　プリーモ・レーヴィ
訳者　関口英子

2008年9月20日　初版第1刷発行
2020年3月25日　　　第3刷発行

発行者　田邉浩司
印刷　萩原印刷
製本　ナショナル製本

発行所　株式会社光文社
〒112-8011東京都文京区音羽1-16-6
電話　03（5395）8162（編集部）
03（5395）8116（書籍販売部）
03（5395）8125（業務部）
www.kobunsha.com

©Eiko Sekiguchi 2008
落丁本・乱丁本は業務部へご連絡くだされば、お取り替えいたします。
ISBN978-4-334-75166-1 Printed in Japan

※本書の一切の無断転載及び複写複製（コピー）を禁止します。

本書の電子化は私的使用に限り、著作権法上認められています。ただし代行業者等の第三者による電子データ化及び電子書籍化は、いかなる場合も認められておりません。

いま、息をしている言葉で、もういちど古典を

長い年月をかけて世界中で読み継がれてきたのが古典です。奥の深い味わいある作品ばかりがそろっており、この「古典の森」に分け入ることは人生のもっとも大きな喜びであることに異論のある人はいないはずです。しかしながら、こんなに豊饒で魅力に満ちた古典を、なぜわたしたちはこれほどまで疎んじてきたのでしょうか。

ひとつには古臭い教養主義からの逃走だったのかもしれません。真面目に文学や思想を論じることは、ある種の権威化であるという思いから、その呪縛から逃れるために、教養そのものを否定しすぎてしまったのではないでしょうか。

いま、時代は大きな転換期を迎えています。まれに見るスピードで歴史が動いていくのを多くの人々が実感していると思います。

こんな時わたしたちを支え、導いてくれるものが古典なのです。「いま、息をしている言葉で」――光文社の古典新訳文庫は、さまよえる現代人の心の奥底まで届くような言葉で、古典を現代に蘇らせることを意図して創刊されました。気取らず、自由に、心の赴くままに、気軽に手に取って楽しめる古典作品を、新訳という光のもとに読者に届けていくこと。それがこの文庫の使命だとわたしたちは考えています。

このシリーズについてのご意見、ご感想、ご要望をハガキ、手紙、メール等で翻訳編集部までお寄せください。今後の企画の参考にさせていただきます。
メール　info@kotensinyaku.jp

光文社古典新訳文庫　好評既刊

猫とともに去りぬ
ロダーリ
関口英子 訳

猫の半分が元・人間だってこと、ご存知でしたか？ ピアノを武器にするカウボーイなど、人類愛、反差別、自由の概念を織り込んだ、知的ファンタジー十六編を収録。

羊飼いの指輪 ファンタジーの練習帳
ロダーリ
関口英子 訳

それぞれの物語には結末が三つあります。あなたはどれを選ぶ？ 表題作ほか「魔法の小太鼓」「哀れな幽霊たち」「星へ向かうタクシー」ほか読者参加型の愉快な短篇全二十！

神を見た犬
ブッツァーティ
関口英子 訳

突然出現した謎の犬におびえる人々を描く表題作。老いた山賊の首領が手下に見放されて「護送大隊襲撃」。幻想と恐怖が横溢する、イタリアの奇想作家ブッツァーティの代表作二十二編。

月を見つけたチャウラ ピランデッロ短篇集
ピランデッロ
関口英子 訳

いわく言いがたい感動に包まれる表題作に、作家が作中の人物の悩みを聞く「登場人物の悲劇」など。ノーベル賞作家が、人生の真実を時に優しく時に辛辣に描く珠玉の十五篇。

薔薇とハナムグリ シュルレアリスム・風刺短篇集
モラヴィア
関口英子 訳

官能的な寓話「薔薇とハナムグリ」ほか、現実にはありえない世界をリアルに、悪意を孕む筆致で描くモラヴィアの傑作短篇15作。「読まねば恥辱」級の面白さ。本邦初訳多数。

光文社古典新訳文庫　好評既刊

鏡の前のチェス盤

ボンテンペッリ
橋本 勝雄 訳

10歳の少年が、罰で閉じ込められた部屋にある古い鏡に映ったチェスの駒に誘われる。「向こうの世界」には祖母や泥棒がいて……。20世紀前半のイタリア文学を代表する幻想譚。

ピノッキオの冒険

カルロ・コッローディ
大岡 玲 訳

一本の棒っきれから作られた少年ピノッキオは周囲の大人を裏切り、騒動に次ぐ騒動を巻き起こす。アニメや絵本とは異なる〝トラブルメーカー〟という真の姿がよみがえる鮮烈な新訳。

海に住む少女

シュペルヴィエル
永田 千奈 訳

大海原に浮かんでは消える、不思議な町の少女の秘密を描く表題作。ほかに「ノアの箱舟」、イエス誕生に立ち合った牛を描く「飼葉桶を囲む牛とロバ」など、ユニークな短編集。

ひとさらい

シュペルヴィエル
永田 千奈 訳

貧しい親に捨てられたり放置された子供たちをさらい自らの「家族」を築くビグア大佐。だが、とある少女を新たに迎えて以来、彼の「親心」は、それとは別の感情とせめぎ合うようになり……。

青い麦

コレット
河野万里子 訳

幼なじみのフィリップとヴァンカ。互いを意識しはじめた二人の関係はぎくしゃくしている。そこへ年上の美しい女性が現れ……。奔放な愛の作家が描く〈女性心理小説〉の傑作。

光文社古典新訳文庫　好評既刊

シェリ
コレット
河野万里子 訳

50歳を目前にして美貌のかげりを自覚するレアは25歳の恋人シェリの突然の結婚話に驚き、心穏やかではいられない。大人の女の心情を鮮明に描く傑作。（解説・吉川佳英子）

オリヴィエ・ベカイユの死／呪われた家　ゾラ傑作短篇集
ゾラ
國分俊宏 訳

完全に意識はあるが肉体が動かず、周囲に死んだと思われた男の視点から綴る「オリヴィエ・ベカイユの死」など、稀代のストーリーテラーとしてのゾラの才能が凝縮された珠玉の5篇を収録。

オペラ座の怪人
ガストン・ルルー
平岡敦 訳

パリのオペラ座の舞台裏で道具係が謎の縊死体で発見された。次々と起こる奇怪な事件に、迷宮のようなオペラ座に棲みつく「怪人」の関与が囁かれる。フランスを代表する怪奇ミステリー。

女の一生
モーパッサン
永田千奈 訳

男爵家の一人娘に生まれ何不自由なく育ったジャンヌ。彼女にとって夢が次々と実現していくのが人生であるはずだったのだが……。過酷な現実を生きる女性をリアルに描いた傑作。

グランド・ブルテーシュ奇譚
バルザック
宮下志朗 訳

妻の不貞に気づいた貴族の起こす猟奇的な事件を描いた表題作、黄金に取り憑かれた男の生涯を追う自伝的作品「ファチーノ・カーネ」など、バルザックの人間観察眼が光る短編集。

光文社古典新訳文庫　好評既刊

赤と黒（上・下）

スタンダール／野崎歓 訳

ナポレオン失脚後のフランス。貧しい家に育った青年ジュリヤン・ソレルは、金持ちへの反発と野心から、その美貌を武器に貴族のレナール夫人を誘惑するが…。

感情教育（上・下）

フローベール／太田浩一 訳

二月革命前夜の19世紀パリ。人妻への一途な想いと高級娼婦との官能的恋愛の間で揺れる優柔不断な青年フレデリック。多感で夢見がちに生きる青年の姿を激動する時代と共に描いた傑作長篇。

アドルフ

コンスタン／中村佳子 訳

青年アドルフは伯爵の愛人エレノールに言い寄り彼女の心を勝ち取る。だが、エレノールが次第に重荷となり…。男女の葛藤を心理描写のみで描いたフランス恋愛小説の最高峰！

狭き門

ジッド／中条省平・中条志穂 訳

美しい従姉アリサに心惹かれるジェローム。相思相愛であることは周りも認めていたが、当のアリサは煮え切らない。ノーベル賞作家ジッドの美しく悲痛なラヴ・ストーリーを新訳で。

ちいさな王子

サン＝テグジュペリ／野崎歓 訳

砂漠に不時着した飛行士のぼくの前に現われた不思議な少年。ヒツジの絵を描いてとせがまれる。小さな星からやってきた、その王子と交流がはじまる。やがて永遠の別れが…。

光文社古典新訳文庫　好評既刊

夜間飛行

サン＝テグジュペリ
二木 麻里 訳

夜間郵便飛行の黎明期、航空郵便事業の確立をめざす不屈の社長と、悪天候と格闘するパイロット。命がけで使命を全うしようとする者の孤高の姿と美しい風景を詩情豊かに描く。

人間の大地

サン＝テグジュペリ
渋谷 豊 訳

パイロットとしてのキャリアを持つ著者が、駆け出しの日々、勇敢な僚友たちや人々との交流、自ら体験した極限状態などを、時に臨場感豊かに、時に哲学的に語る自伝的作品。

戦う操縦士

サン＝テグジュペリ
鈴木 雅生 訳

ドイツ軍の侵攻を前に敗走を重ねるフランス軍。「私」に命じられたのは決死の偵察飛行だった。著者自身の戦争体験を克明に描き、独自のヒューマニズムに昇華させた自伝的小説。

消しゴム

ロブ＝グリエ
中条 省平 訳

奇妙な殺人事件の真相を探るべく馴染みのない街にやってきた捜査官ヴァラス。人々の曖昧な証言に翻弄され、事件は驚くべき結末に。文学界に衝撃を与えたヌーヴォー・ロマン代表作。

うたかたの日々

ヴィアン
野崎 歓 訳

青年コランは美しいクロエと恋に落ち、結婚する。しかしクロエは肺の中に睡蓮が生長する奇妙な病気にかかってしまう……。二十世紀「伝説の作品」が鮮烈な新訳で甦る！

光文社古典新訳文庫　好評既刊

マダム・エドワルダ／目玉の話

バタイユ
中条 省平 訳

私が出会った娼婦との戦慄に満ちた一夜の体験「マダム・エドワルダ」。球体への異様な嗜好を持つ少年と少女「目玉の話」。三島由紀夫が絶賛したエロチックな作品集。

恐るべき子供たち

コクトー
中条 省平
中条 志穂 訳

十四歳のポールは、姉エリザベートと「ふたりだけの部屋」に住んでいる。ポールが憧れるダルジュロスとそっくりの少女アガートが登場し、子供たちの夢幻的な暮らしが始まる。

シラノ・ド・ベルジュラック

ロスタン
渡辺 守章 訳

ガスコンの青年隊シラノは詩人にして心優しい剣士だが、生まれついての大鼻の持ち主。従妹のロクサーヌに密かに想いをよせるが…。最も人気の高いフランスの傑作戯曲！

ラ・ボエーム

アンリ・ミュルジェール
辻村 永樹 訳

安下宿に暮らす音楽家ショナールは、家賃滞納で追い出される寸前、詩人、哲学者、画家と意気投合し……一九世紀パリ、若き芸術家たちの甘美な恋愛、自由で放埒な日々を描く。

千霊一霊物語

アレクサンドル・デュマ
前山 悠 訳

「女房を殺して、捕まえてもらいに来た」と市長宅に押しかけた男。男の自供の妥当性をめぐる議論は、いつしか各人が見聞きした奇怪な出来事を披露しあう夜へと発展する。